# ブラウン神父の醜聞

G・K・チェスタトン



その古書を開いた者は跡形もなく消えてしまう――そう伝えられるとおりの事件が起きる「古書の呪い」を始め，閉ざされた現場で発生した奇妙な殺人の謎がこのうえなく鮮やかに解かれる「《ブルー》氏の追跡」，陸へ上がったばかりの提督が殺害された奇妙な事件とブラウン神父の鮮やかな推理が光る「緑の人」や「共産主義者の犯罪」など，いずれもチェスタトン特有のユーモアと，逆説にあふれた，粒よりの９編を収録する。全編が必読にして傑作という，奇跡のような〈ブラウン神父〉シリーズ，堂々の最終巻！

# ブラウン神父の醜聞

G・K・チェスタトン
中　村　保　男　訳

創元推理文庫

# THE SCANDAL OF FATHER BROWN

by

G. K. Chesterton

1935

目次

# ブラウン神父の醜聞

# ブラウン神父の醜聞

ブラウン神父の冒険をこうして記録しているからには、神父がかつて容易ならぬスキャンダルに巻きこまれたことがあるのを白状しないわけにはゆくまい。そうしなければ公正を欠くというものだ。いまだに、しかも神父と同じ社会に生きる人たちのなかにさえも、神父の名前に汚点がついているという説をなす者がいるのである。この事件が起こったのは、メキシコの街道筋の、絵のように美しいとある旅館で、これはあとでわかったことだが、かなりいかがわしい場所だった。そんなことからも、神父が、あとにも先にもこのとき一度だけ、自分のロマンチックな面と、人間の弱さに対する同情心とから、思わず自堕落でオーソドックスではない行動をやらかしてしまったのだと思った人もあったのだった。もっとも、話そのものは単純で、おそらくその意外さはもっぱらこの単純さのうちにあったのだろう。

　トロイの全滅はそもそも美女ヘレネーをめぐる争いに始まった。そしてこれから語ろうとするこの不名誉な物語は、ハイペシア・ポターの美貌に端を発しているのである。ヨーロッパ人はあまり高く買っていないが、アメリカ人には下から名士を創りあげる偉大な力がある。下からというのはつまり、民衆の発意によってということで、これは良いことなのだが、それゆえにやはり軽い面がいくつかある。その一つは、ウェルズ氏その他が注目しているとおり、一人物が公的な名士とならずに世間的な名士となりうるということである。美貌あるいは才気の点でずばぬけた娘さんならば、たとえ映画スターでもなく、《アメリカの理想女性》の雛形《ひながた》でなくても、いわば無冠の女王様になれるというわけだ。

さて、こういう流儀で世間一般に美人として通用するという幸運――いや、不運と言うべきか――を担った一人にハイペシア・ハードという婦人がいた。この女性、地方新聞の社交欄で華やかな賛辞を一身に浴びるという予備段階をすでにパスして、いまや一流の新聞記者にインタビューを求められる地位にまで達していたのである。戦争と平和について、愛国心について、禁酒問題について、さてはまた進化論や聖書のことにまで、この女史は魅力たっぷりの笑顔で発言しており、これらの意見のどれにしても、当人の名声を高からしめている真の理由とはあまり縁のなさそうなものだったが、さて、その真の理由は那辺《なへん》にありやということになると、これも同様にはっきりしないのだった。美貌と、それから富豪の令嬢であるということなら、女史の国アメリカでは珍しくはない。ところが、女史はこれに加うるに、ジャーナリズムの落ち着きのない目を惹《ひ》きつけるにたるものを兼ね備えていたのであるから、その崇拝者といえども、ほとんど誰一人として当人にお目にかかった者はなく、そうできる見込みもないという始末で、まして、その父親の富のおこぼれに与《あず》かるなどということは論外だった。言うなれば、これは大衆のためのロマンスといったところで、かつての神話にかわる現代の代用品なのである。そして、こういう背景がそもそもの土台となって、のちに女史が登場するもっと仰々しくて波瀾万丈《はらんばんじよう》のロマンスがお目見えする次第となるのだが、このロマンスこそ、ブラウン神父の評判が他の関係者の名声とともにすっかり地に堕ちたと多くの人びとが考えた、当の事件なのである。

アメリカ人が皮肉に「啜り泣きの姉妹《ソッブ・シスター》」と呼んでいる類の女性がある。つまり、センチメンタルな婦人記者という意味であるが、この手合いがときにはロマンチックな気分で、ときには諦めの念をもって受けいれている事実として、ハイペシア女史がすでにポターという名の極めて裕福で堅実な男性と結婚しているという事実がある。いや、さしあたり女史をポター夫人と見なしておくことさえも可能なのである。なぜと言うに、その夫こそ、ポター夫人のただ一人の夫であると世間一般に認められていたのだから。

それから、かの「大スキャンダル」が持ちあがって、女史の味方も、敵も、等しなみに、それぞれ願ってもかなえられないくらいに身をすくめ、怖気《おぞけ》をふるうこととなった。ほかでもない、女史の名前がメキシコに住む某作家と（おかしな表現もあるものだが）つがいあわされたのである。この男、国籍はアメリカ人であるが、精神の面ではえらくスペイン系の強いアメリカ人で、不幸なことにその悪徳は女史の美徳に負けずおとらずで、新聞の特ダネになるという点で両人はまさに瓜《うり》二つ。ほかでもない、人も知る悪名高きルーデル・ロマーニズその人で、この詩人の作品は、図書館からしめだしをくらい、警察の迫害を受けることによってあまねく人気を博していた。なにはともあれ、女史の清澄《せいちよう》にして平穏なる恒星は、この彗星詩人と結びついて仰がれるようになっていたのである。この男、なにかと言えば彗星にたとえてよいタイプで、それほど毛が（彗星のしっぽのように）ふさふさとしていて、人柄がまた熱っぽかった。第一の毛ぶかいことはその肖像写真に、第二の熱狂的なところはその詩作に、それぞれ見られるものであるが、もう一つ、この男は破壊的だった。この彗星のしっぽは、彼氏と離婚した女たちのひとつながりというわけで、それは恋人としてこの色男が成功してきた証拠だと言う人もあれば、いや、夫としていまだに失敗を重ねている前科だと見る人もあったが、これはハイペシアにはつらいことだった。だいたい、完全無欠な私生活を衆人環視のなかで送るということには不都合が伴うもので、言ってみれば、それはショーウィンドーのなかで家庭の内幕を披露するようなものなのである。インタビュー記者たちは、「至高なる自己実現こそ愛の真に偉大な法則である」とかいうような怪しげな言辞でこの情事を報道した。異教徒たちは拍手喝采した。例の「ソッブ・シスター」団はロマンチックな感傷にひたって、いやいや遺憾の意を表した。なかにはモード・ミュラーの詩を引用するという、頑《かたく》なな大胆さを示した者もあったくらいで、その引用は、「実現しなかった昔の希望」という一句ほど世にも悲しい言葉はない、という意味の詩文だった。

ところで、エイガー・P・ロック氏は、もともと神聖なる義憤によっておセンチ奨励記者連を憎んでいたこととて、自分はこの場合ミュラーの詩を改作したブレット・ハートの言い方のほうに全面的に賛成する、とやったものである。ハートの詩はこうである。「日々に我らが目に触れるものこそ悲しけれ。げに、そは変えるあたわじ。されど、かくあるべきにあらざるもの」

だいたい、ロック氏は、この世の非常に多くのことがあるべきにあらざることを固く正しく信じて疑わぬ人だった。ほかでもない、《ミネアポリス流星》紙上に国民の堕落を痛烈、猛烈に批判する論文をのせており、その人柄は至って大胆で、正直だった。いささか公憤の気概をもっておのが専門としすぎているきらいはあったが、それとても動機はしごく健全なもので、現代ジャーナリズムならびにゴシップが正も邪もいっしょくたにして混乱を巻きおこそうとしている安易な風潮に対する反動として氏はそうしていたのである。氏はこれを表現するのにまず、銃器をふり回す悪党やギャングが祀《まつ》りあげられて神聖ならざるロマンスの後光に包まれていることに対する抗議という形をもってした。おそらく氏は、持ち前の飛躍的な性急さから、ギャングは一人残らず南欧人《デイゴー》で、デイゴーは誰もかれもがギャングであると頭から決めてかかっていたようなふしがある。しかし、氏の偏見は、たとえいくらか狭隘《きょうあい》なところがある場合にせよ、ある種の変に涙もろくて男らしくない英雄崇拝ばかり見せつけられたあとでは、いささか清新な感じがした。この種の英雄崇拝は、職業的な殺人者を流行の先端をゆく指導者と見なしてはばからぬのであり、この傾向は、新聞記者が殺し屋の微笑はこたえられないとか、そのタキシードの仕立てや着こなしは満点であるなどと報道するかぎり、容易に絶えそうもない。氏の偏見であるのだが、それはいまロック氏の胸の底でしずまるどころか、かえってあおり立てられていた。というのは、氏がほかならぬデイゴーの住む土地に到来しているからで、この物語はそこで幕を開けるのである。

メキシコとの国境を越えた、とある坂道をいま氏は見るからにすさまじい勢いで登っていた。

めざすは白いホテル、棕櫚《しゅろ》の木が飾りとなってその周囲を縁どっており、そのなかにはポター夫妻が滞在中とのことで、かの神秘的なハイペシアが目下その御前会議を招集しているはずである。エイガー・ロックは、見るからに模範的な清教徒だった。二十世紀の柔軟で世間ずれのした清教徒というよりは、むしろ十七世紀の男性的活力あふれる清教徒そこのけと言ったほうがよい。氏に向かって、あんたの古くさい黒い帽子やら、消えたことのない暗い渋面《じゅうめん》やら、石のように固い整った目鼻立ちやらは、この日ざしの明るい棕櫚と葡萄《ぶどう》の土地に黒々とした影を投げかけている、と教えてやったら、氏はとてもありがたがったことだろう。氏は、地上のものすべて疑わしといわんばかりの目つきでしきりに左右をうかがっていた。と、ふと目に留まったのは、行く手の丘のいただきで、澄みきった亜熱帯の夕焼けを背にくっきりと浮かびでていた二つの人影であった。その人影が一瞬重なりあってとった姿勢——それを見れば、氏ほど疑いぶかくない人でも、これは怪しいと勘ぐったに相違ない。

その人物の一人は、それ自体としても注目すべきものであった。それが立っているのは、谷から登ってゆく曲がりくねった道のちょうど角のところで、あたかもその人物は彫像の身のこなしばかりか、彫像の建てられるべき場所についても本能的な勘を持っているかのようだった。身体は大きな黒マントに——バイロンさながらに——包まれ、突きでた頭までが黒い美しさで、バイロンに似ること著しいものがあった。この男、頭髪も鼻の穴も同じようにねじくれていて、どうやら世間に対しても同じようにねじくれた侮蔑と憤慨で鼻を鳴らしているらしい。手には長い鞭というか散歩用のステッキを握っていて、それは、登山に使うようなスパイクがついていたので、この幻想の一瞬にはあたかも槍のように思えた。それがなお一段と幻想味を帯びて見えたことに、もう一人の人物の恰好がいかにも滑稽《こっけい》で、このバイロン氏と似ても似つかぬものだった。なにしろ蝙蝠傘《こうもり》を持っているのである。どっこい、この傘は新品で、きちんと畳まれていて、たとえばブラウン神父のおなじみの傘とはまったく縁がない。それを持っているのは、休日用の明るい服をどこかの事務員のように着ている男で、ずんぐりとして頑健そうな身体つきに、顔には顎鬚《あごひげ》を生やしている。ところが、その散文的な蝙蝠傘は持ちあげられているばかりか、攻撃の身がまえよろしく急角度で振りかざされていたのである。

背の高いほうの男は斬り返したが、それはあわてふためいた自衛のひと突きだった。と、たちまち場面は喜劇に一変した。なんとなれば、蝙蝠傘がひとりでに開いて、持ち主はその陰に沈没するかに見え、相手はいわば巨怪な楯に槍を突き刺しているふうに見えたのである。が、その相手は槍を、というよりもそのいさかいを、あまり深くは突きつめないで、切っ先もしくは論点をひっこぬくと、苛立《いらだ》たしげに向きを変えて、わき目もふらずに坂をくだっていった。いっぽう小男のほうは、やおら立ちあがって、蝙蝠傘を丁寧に畳むと、反対の方向にあるホテルめざして歩きだした。ロックの耳には、この短時間のいささか無意味な肉体どうしの衝突の直前にあったにちがいない口論でどんな言葉がとびだしたものか、それは聞こえなかった。けれども、顎鬚の小男のあとを追うようにして坂を登りながら彼は、頭のなかであれこれと思いをめぐらした。そうしているうちに、いっぽうの男のロマンチックなマントと、オペラ歌手さながらの美男ぶりを、他方の男の頑固な自己主張欲に結びつけてみると、なるほど、こうしてさがしにやってきた当の物語の内容とぴったり一致して、これら二人の人物を名指しすることが自分にもできそうだと思うのだった。いわく、ロマーニズとポターである。

この見方は、ロックが円柱の林立するポーチに足を踏みいれるに及んで、あらゆる点で確認された。顎鬚の男が、なにやら口論中なのか命令をくだしているのか、大きな声を張りあげていたからである。男が話しかけているのは、聞いたところ、ホテルの支配人か事務員らしく、どうやらこの近辺に狂暴な危険人物が出没していることを一同に警告しているものと察せられた。

「その男がもうこのホテルにやってきたことがあるのなら」と小男は、誰かが小声で言ったことに答えて話していた。「それなら、まあ、仕方がない、今後二度となかへいれさせないでいただきたい。だいたい、ああいう人物は、諸君の警察がお尋ね者にしていなくてはならぬはずだ。が、まあ、とにかく、妻があんな男にまといつかれて迷惑な思いをするのはごめんだ」

ロックは唇を固く噛んで黙々と聞き耳を立てていたが、内心の確信はいよいよゆるがぬものとなっていった。入口の広間を横ぎって片隅のひっこんだ受付の前まで行き、宿帳がそこにあったので、最後のページまでめくってみると、なるほど、《例の男》がすでに投宿していることが判明した。《ルーデル・ロマーニズ》という、ほかでもない、あのロマンチックな名士の名前が、でかでかと外国の花文字で記され、その下に少し間を置いて、ハイペシア・ポターとエリス・T・ポターの名前が、まずは隣合わせに正確でいかにもアメリカ人らしい筆跡で書かれてあった。

エイガー・ロックが気難しげにひととおり見まわしたところ、ホテルの雰囲気からその些細な装飾に至るまで、なにもかもがどうも気にくわないものを含んでいるようだった。オレンジの木にオレンジの実がなっているのを不服に思うのは、たとえそれが鉢植えのオレンジだとしても、理不尽なことであろう。ましてや、それが擦り切れたカーテンや色褪《あ》せた壁紙に装飾模様の配列で実《みの》っていることに不満を抱くに至ってをやである。ところが、我がロック氏には、これらオレンジの赤と金の満月《ムーン》が装飾上、銀色の満月《ムーン》と交互に並べられているのを見れば、なんとも妙な話だが、あらゆる月　光《ムーンシャイン》（こと、いかさま）の精髄ここにありと思われたのである。氏の主義からすれば嘆かわしい現代の風習であるところのあのセンチメンタルな退廃がそこに見てとれるというわけであり、この悪弊は、氏の偏見によれば、なんとなく南国の暖かい気候や柔和さと切っても切れぬ縁があることになっていた。ワトーの絵なのか、ギターを抱えた羊飼いの姿が薄ぼんやりと見えている黒ずんだ画布やら、イルカにまたがったキューピッドのありふれた模様を描いた青いタイルやらが目の端にちらと見えるだけでも、氏は居ても立ってもいられぬ気持ちになるのだった。こういうものも五番街あたりのショーウィンドーにありそうな平凡な代物《しろもの》ではないかと氏の常識は告げるのだが、いかにせん、場所が場所なので、これらは地中海のあの異教の妖女《セイレン》が嘲《あざけ》りの声をあげているように思えた。

と、そのとき、不意にこれらのものの外観が一変するかに見えた。静まり返った鏡の面が、人影が風のように前を通ると、一瞬、ちらとかげる——これはそのような変化だった。氏は、部屋全体がある挑みかかるような存在によって占められているのを知ったのである。身を石さながらに固くして、一種の抵抗感をもって振りむいてみると、すぐ目の前にこれぞ何年ものあいだ読んだり聞いたりして知っていたあの有名なハイペシアが立っていた。

ハイペシア・ポター（旧姓はハード）は、《光彩陸離《レイディアント》たる》という形容が本当にその語原からもぴったりする数少ない人物の一人だった。つまり、新聞のいわゆる《個　性《パーソナリティ》》が彼女の身体からそれこそ放射線《レイ》となって発散していたのである。もしも自分のうちにひきこもるタイプの女だとしたところで、美しさはそれでも毫《ごう》も減じないばかりか、人によってはそのほうが魅力を増したろうにと思ったことだろう。だが、ハイペシアは、自分の殻に閉じこもるのはわがままにすぎないといつも教えられてきた。当人に言わせれば、わたしは「自分」というものを「奉仕」に捧げてなくしてしまったと言ったところだろう。事実はむしろ、「奉仕」によって「自己」を主張したと言うべきだろうが、しかし、本人としては奉仕というものをまじめに信じていた。それゆえ、めざましい星のようなその青い目は、爛々《らんらん》として射ぬくがごとく、いにしえのたとえを借りればキューピッドの矢のごとき眼光を放ち、いかに遠くのものも射とめずにはおかぬ勢いだった。しかし、それは単なる媚態《びたい》を超えた抽象的な征服をもくろんだまなざしであることをお断わりしておく。聖者の後光さながらにととのえられている淡い金髪にしても、ほとんど電光そのものの輝きを放っていた。この女性が、いま自分の前にいるのは《ミネアポリス流星》紙のエイガー・ロック氏なることを知ると、その目はたちまち、合衆国の隅隅にまで光芒を走らせる長距離サーチライトの光力を帯びた。

しかし、このことでハイペシアは思い違いを犯していた（ときどき思い違いをする女なのである)。エイガー・ロックは《ミネアポリス流星》のエイガー・ロックではなかったのである。この瞬間には、単にエイガー・ロックそのものだったのだ。その心のうちには、インタビュー記者のがさつな勇気を遙かに超えた真剣極まる道徳的衝動が大波をうっていた。美に対する騎士的、国民的な感受性に強く彩《いろど》られたある感情に加うるに、これも国民的な要素を含むある明確な道徳的行動へのやみがたい衝動、その二つに勇気づけられて一つの偉大な場面を演じようとしていたのだ。すなわち、高貴なる侮辱を加えんとするもくろみである。ロックがいま思い出していたのは、かのいにしえのハイペシア、新プラトン派の美人哲学者だった女性にほかならなかった。キングズリーはこの女性を主人公にして小説を書いたが、我がロック氏は子どもの頃この小説のなかで若き僧がハイペシアを淫売と偶像崇拝の罪ゆえに弾劾する場面に心を躍らしたものだった。それを思い出すにつけ、氏はいま、鉄のごとき厳粛さをもってハイペシア・ポターに相対し、いわく——

「マダム、失礼ながら、内密にお話ししたいことがあります」

「まあ」とハイペシアは輝かしいまなざしで部屋を見まわしながら言った。「こんなところで内密なお話ができますかしら」

ロックもあたりに目をはしらせたが、生き物といえばせいぜいオレンジの木ぐらいのもので、これとて植物であった。もっとも、一つだけ、大きな黒きのことしか見えないものが——判別するに、どうやらこの土地の司祭かなんかの帽子らしいが——あって、その主がこの地方の黒い葉巻をのんびりとふかしていたが、その煙を除けば、これも、活気のないこと草木のごとしであった。ロック氏はその人物の鈍重そうな無表情の顔を一瞥《いちべつ》して、ははあラテン系、特にラテン・アメリカ系の国では小作農から神父になる人が多いそうだが、なるほど、あの顔の野暮ったいところからして、あれはそういう一人だろうと見当をつけた。そこで幾分か声を低くして、笑いながら言った――

「あのメキシコ人の坊さんにはわたしたちの言葉はわからんでしょう。ああいう無精の塊《かたまり》みたいな連中が自分の国以外の言葉を習うことがあったら、それこそ奇跡というものです。いや、あれがメキシコ人にちがいないとは断言しません。何であるかわかったもんじゃない。ただアメリカ人でないことだけは確かだ。アメリカの宗教界からあんな低級な人物が出てくるはずがない」

「実に実に《げげ》」とその低級な人物が黒い葉巻を口から離しながら言ったものである。「わたしはイギリス人でして、名前はブラウンと申す。しかし、お二人だけになりたいとおおせられるのなら、お邪魔はいたしません」

「イギリス人だと言うのなら」とロック氏は熱っぽい口調で言った。「当然こういうナンセンスに対して、抗議する北欧人らしいまっとうな本能をお持ちになっていなければならぬはずだ。我輩としてここで言っておきたいことはただ一つ、この辺りを一人の危険人物が徘徊《はいかい》しているという充分な証拠を我輩は持っている。マントを着た背の高い男だ。よく昔の絵にある頭のおかしな詩人にそっくりの」

「それだけじゃ、大した目じるしになりませんな」とその神父は穏やかに言った。「この辺では大勢の人があいうマントを着ていましてね。日が暮れると急に冷えこむんですよ」

ロック氏は疑わしげな曇った一瞥を神父に投げた。氏の心にとってきのこ形の帽子や「ムーンシャイン」が象徴するあらゆるものの利益のために、神父がなにかいいかげんな逃げ口上を弄《ろう》しているのではないかと疑っているようなまなざしだった。「マントだけじゃないんだ」と氏は唸《うな》った。「たしかにマントの着こなし方も特徴があったがね。だいたい、その男の全体の様子が芝居がかっていた、男前の顔つきまでやけに芝居がかっていたくらいだ。こんなことを言っては何ですが、マダム、あの厄介者がここへやってきても、決してかかわりあいになってはいけませんぞ。あなたのご主人は早いところ、ホテルの人たちにその男を締めだすようにお命じになられた……」

ハイペシアはさっと立ちあがるや、ただならぬ手つきで顔を蔽《おお》い、髪のあいだに指を突きいれた。すすり泣いているのか、どうやら身を震わせているらしかったが、平静に復したときには、すすり泣きらしきものは哄笑《こうしょう》に近いものとなっていた。

「あなた方ときたら、おかしくて」と言うなり、ただならない動作で身をかがめると、ドアめがけて走り去り、姿を消した。

「ちょっとヒステリックになっているんだな、女があいう笑い方をするときには」とロックは腫《は》れ物にでもさわったように言った。そして、やや途方に暮れた体《てい》で、ちびの神父のほうに向くと、「そのう、あんたがイギリス人ならば、我輩の味方について、ああいうデイゴーを排斥《はいせき》するのが本当だな。いや、こんなことを言ったからって、我輩はアングロ・サクソン人でなくては日も夜も暮れぬという連中とは違う。しかし、歴史というものを無視することはできない。あんた方イギリス人は、アメリカの文明がイギリスから伝来したものであることをいつでも主張できるわけだ」

「それにつけ加えて、わたしどもイギリス人があまり鼻を高くしないように言っておきますが、イギリスの文明がデイゴーの国から伝来したものであることをわたしどもはいつでも認めねばなりません」

相手の心には再び、この神父は自分と戈《ほこ》を交えている、しかもまちがったほうに加勢して、なにやらからめ手戦法でのらりくらりと渡りあっているという、やりきれない気持ちがかすかに頭をもたげた。そこで開き直ると、神父の言ったことが解《げ》せない旨をぶっきらぼうに告げた。

「デイゴーと申しますか、イタリア野郎と申しますか、かつてジュリアス・シーザーという男がおりましたな」とブラウン神父は言った。「そのシーザーはのちに刺殺されました。ご存じのとおり、デイゴーたちはいつでもナイフを使うんでしてね。それからもう一人、アウグスチヌスという御仁《ごじん》。この方はわたしどものちっぽけな島にキリスト教をもたらしました。実を申しますと、このお二人がいなければ、わたしどもは大した文明を持たなかったことでしょう」

「どうであれ、そんなのは大昔の歴史だ」といくらか苛立ったジャーナリストは言った。「我輩の興味はもっぱら現代の歴史にある。我輩の見るところ、ああいう手合いは我が国に異教を持ちこみ、我が国のキリスト教をことごとく破壊しつつある。のみならず、我が国民の常識をもことごとく破壊しつつある。あらゆる根ぶかい習慣、あらゆる堅固な社会的秩序、農民だった我らが父や祖父が悪戦苦闘してきた、そのたくましい生き方、そういったものが、いまやひと月ごとに離婚して、結婚とは離婚への一手段にすぎぬとそこいらのばかな娘さん方に信じこませている映画スターをめぐる扇情的、官能的なゴシップによって、見る影もなくぐにゃぐにゃに溶けさってしまった」

「まことにお説のとおりです」とブラウン神父は言った。「もちろん、その点はまったく異論がありません。しかし、斟酌《しんしゃく》の余地もありますな。ああいう南欧系の人たちは、そのような欠点に生来おちいりやすいのかもしれません。北欧系の人間はまた別の欠点を持っていることをお忘れになってはいけません。南欧に住む人たちは、その環境のせいで、単なるロマンスを過大に考えるようにならざるをえないのでしょう……」

《ロマンス》の一語にエイガー・ロック氏の全生命をあげての憤慨が湧き上がった。

「ロマンスは大嫌いだ」と氏は前の小卓を叩きながら言った。「我輩は、ロマンスなどというとんでもない無駄事をやめさせようと、四十年間も勤めていた新聞を敵に回して戦ってきた。ごろつきがバーの女給と駆け落ちすると、きまってそれが、やれロマンスだの、なんだのと言われるのが、今度はほかでもない、れっきとした家庭の娘であるハイペシア・ハードが下衆《げす》なロマンスで離婚沙汰にひきずりこまれようとしておる。その離婚話は、さぞや、国王様の婚礼なみにおめでたいものとして全世界に喧伝《けんでん》されるだろう。頭のおかしな詩人のロマーニズがあの女につきまとう。すると、必ずスポットライトがそれを追いまわす、まるであの男が《世界の恋人》とか呼ばれている下衆な南欧出の映画俳優にでもなったようにな。さっき外でやつを見たが、あれはまったくスポットライト向きの顔をしておる。ところで、我輩が共鳴するのは、品のよさと常識だ。我輩の同情は、お気の毒なポター氏に向けられる。ピッツバーグ出身の地味でまっとうなブローカーをやっているあの男は自分の家庭を堅持する権利があると思っている。そして、家庭を守るために戦ってもいるんだ。ポターさんがホテルの従業員たちを叱咤して、ならず者は寄せつけるなと言っているのをさっき聞いたが、もっともなことだと思う。この連中はこすっからくて当てにならぬようだが、あの人は早いところ、神を怖れる心を連中に植えつけたらしいと我輩は思う」

「実を申せば」とブラウン神父は言った。「このホテルの支配人や従業員については、まあ、お説に賛成です。しかし、あの人たちを見ただけで全部のメキシコ人を裁くのはよろしくありません。それに、あなたのお話しになっていられる紳士は、どうやら、大声でわめきちらしたばかりか、全従業員を自分の味方にひきつけるために相当のドルをまきちらしたようです。従業員たちはドアに鍵をかけて、なにやらえらく興奮した口調でささやきあっていましたよ。それはそうと、あなたのいわゆる地味でまっとうなお友達は、たいへんなお金持ちのようですね」

「そりゃあ、あの人の商売はうまくいっているにちがいない」とロック。「健全なビジネスマンの象徴みたいな男だからな。どうしてそんなことを言うのかね？」

「もう一つ別のことを思いつかれるのではないかと思ったのですが」とブラウン神父は言った。そして、やや鈍重な丁重さで立ちあがると、部屋を出てしまった。

ロックはその夜、晩餐《ばんさん》の席で非常に念入りにポターを観察した。その結果、いくつかの新しい印象を得たが、しかし、ポターの家庭の平和をおびやかしている悪が何であるかについての根深い印象は毫もゆるがなかった。ポター氏そのものは、よりいっそう詳しい観察に値するものとわかった。初め我が新聞記者は氏を散文的で控え目な人物と思いこんでいたのだが、よく見れば、うれしいことに、いかにも悲劇の主人公、ないし犠牲者にふさわしい面が陰影深く認められるのであった。ポターの顔は、心配ありげでときには不機嫌そうでもあったが、概して思慮深げな、秀《ひい》でた容貌だった。ロックの受けた印象では、ポターは病気回復の途上にある人のようだった。色褪せた髪は薄かったが、かなり長く伸びていて、近来とんと手入れをしないらしく、また、かなり異様な顎鬚も、見る人に同じ印象を与えた。そう言えば、ポター氏は一度ならずかなり刺々《とげとげ》しい口調で夫人に話しかけ、錠剤をくれとか消化をよくするにはどうのこうのとか、一人で騒いでいた。とは言え、氏の本当の心痛の種は外部からの危険にあったことはまちがいない。夫人のほうは、かの貞淑《ていしゅく》無比なるグリゼルダそこのけの辛抱強さで、いくらか恩に着せるふうはあったが、とにかくあっぱれな傅《かしず》き方で氏の機嫌をとっていた。しかし、夫人の目もまた絶えまなくドアや窓に向けられ、何者かの侵入を怖れているようだった。が、それは心からの不安ではなさそうだった。ロックとしては、夫人の先刻の妙な言動に接していたことから、この不安が心からのものではないことになりそうだと案ずるだけの充分な理由があったのだ。

途方もない事件が突発したのは、その夜半だった。ロックは、上へ行って寝床に就くのは自分が最後だと思っていたので、ブラウン神父が広間《ホール》のオレンジの木の下で薄ぼんやりと丸くなって、まだ悠然《ゆうぜん》と本を読んでいるのに驚かされた。神父はロックの挨拶《あいさつ》に応えたきりなにも言わず、新聞記者氏はそこで階段のいちばん下のステップに足をかけた。そのとき、突然表に通じるドアが蝶番《ちょうつがい》ごときしみ、震動し、たたき割られるような音を立てた。外から誰かが力まかせに叩いているのだ。その音よりなお喧《かまびす》しい大音声《だいおんじょう》が、入れろ、入れろとわめいている。新聞記者はなぜか直感した、あの音は登山杖《アルペンストック》のような先の尖《とが》った棒を叩きつけている音だ、と。うしろを振り返って暗い一階の床を見れば、ホテルの従業員たちがここかしこに音もなくすべりよって、ドアに鍵がかかっているかどうかを確かめている。ドアを外来の客に開けてやるのではないのである。それを見てからロックはゆっくり二階の部屋へあがり、腰をおろすや猛然と報道記事を書きはじめた。

　まずホテル籠城の模様、そのあたりの悪の雰囲気、ホテルのみすぼらしい豪華さ、神父のいいかげんな言いのがれ、そしてなによりも、農家の周りを徘徊する狼さながらの、ドアの外で叫ぶ怖ろしい声。そこまで書いたときだった、新しい音が聞こえて、思わず居ずまいを正した。それは長い口笛だったが、このときの気分では、二重に厭《いと》わしい音だった。それは共犯者への合図のようでもあり、鳥が鳥に呼びかける愛の調べのようでもあったからだ。完全な沈黙がそれに続き、その間ロックは身をこわばらせて静座していた。が、すぐだしぬけに立ちあがった。さらに一つ物音が聞こえたのだ。それはひゅーんという唸りと、すぐそれに続いた鋭いかたっという物音だった。何者かが窓になにかを投げたのにちがいない。ロックは身をこわばらせて階段を降り、いまでは暗く人っ子一人いなくなった広間に入った。いや、そこには人っ子が一人だけいた。ちびの神父が低くたれさがったランプに照らされて、オレンジの木の下にまだすわっているではないか。相変わらず本を読んでいるのだった。

「ずいぶん夜ふかしをするんだな」とロックはけんのある口調で言った。

「なんとも酔狂な遊び人ですよ」とブラウン神父は満面に笑みをたたえて見あげながら言った。「こんな夜分に『高利の経済学』を読んでいるんですからね」

「この家は鼠一匹入りこむ隙がない」とロックは言った。

「さよう、徹底的に戸締まりをしましたな」と相手。「顎鬚の御仁はあらゆる予防策を講じられたようですな。それはそうと、その顎鬚の御仁は少々神経を尖らせておいでですね。夕食の席でずいぶん不機嫌だったようですが」

「無理もない」とロックは嚙みつくように言った。「こんな野蛮な土地の野蛮人に自分の家庭生活が荒らされようとしていると思えば、誰だってそうなるのはあたりまえだ」

「どんなものでしょうか」とブラウン神父は言った。「家庭生活を外部の危険から守るのもけっこうですが、それを内側からよくしようと努めるほうが、よいのじゃありますまいか」

「そうくると思っていた、詭弁《キャズイストリー》はカトリックの十八番だからね」とロックはやり返した。「たしかにあの男は細君にちょっとばかり小言を言いすぎたかもしれない。が、それにはそれなりの理由があるってものだ。ところで、きみ、見受けたところきみはひと筋縄ではとらえられそうもない男だ。この一件について、きみは口にだして言う以上に多くのことを知っているんだろう。我輩はそう睨んだ。いったい、この地獄そっくりの場所でなにごとが起こりつつあるのかね。また、きみがそれを見届けようと寝ずの番をしているのは、どういうわけなのだ？」

「それがですな」とブラウン神父は辛抱強く言った。「どうもわたしの寝室を必要とする方が出てきそうに思えましたので」

「必要とするって、誰がだね？」

「実を申せば、ポター夫人が別の部屋をお求めになられたのです」とブラウン神父はいとも明瞭に説明した。「そこでわたしの部屋を夫人にお譲りしたわけです。あの部屋なら窓が開きましたものですからね。なんでしたら、見にいってごらんなさい」

「それよりも先にやることがある」とロックは歯ぎしりをしながら言った。「きみがこのスペイン式のいかさまホテルでどんないかさま手品をやろうと、我輩は最後まで文明とは縁を切らぬぞ」そう言い残して大股で電話ボックスに入ったロックは、新聞社に電話をかけ、邪悪なる詩人に加勢した邪悪なる神父の物語を細大洩らさず通報した。それがすむと、階上の神父の部屋に駆けあがった。そこでは神父がいましがた短い蠟燭《ろうそく》をつけたばかりで、向こう側の窓が大きく開かれているのが難なく認められた。

　ロックがかろうじて見届けたのは、即製の縄ばしごのようなものが窓枠からはずされ、下の芝生に立った紳士が笑いながらそれを巻いている光景だった。笑っている紳士は、背の高い浅黒い紳士で、そばには髪はブロンドだが笑っている点では紳士と変わらない婦人が寄りそっていた。このたびは、さすがのロック氏も、この女の笑いはヒステリーの発作なのだと自分を慰めるわけにはいかなかった。それは怖ろしいほど真実の笑い声で、その声がうねりくねった庭道にこだまするうちに、婦人とその吟遊詩人は暗い茂みのなかへと姿を消した。

エイガー・ロックは神父のほうに畏怖《いふ》すべき最後の裁きをくだす者のような顔を向けた。最後の審判そのものの表情と言ったらよいかもしれない。

「いいか、アメリカじゅうにこの話をひろめてやる」といきまいた。「有体《ありてい》に言えば、きみはあの女があの巻き毛の恋人と駆け落ちするのに手を貸したのだ」

「はい」とブラウン神父は言った。「わたしは、あの女があの巻き毛の恋人と駆け落ちするのに手を貸しました」

「きみはイエス・キリストの使徒と自称しながら、犯罪を自慢するのか」

「犯罪と言えば、何度か巻きこまれたことがあります」と神父は穏やかに言った。「幸いに今度だけは犯罪の要素を含まない事件です。これは単純な炉辺の牧歌なのです。家庭生活のほのかな燃えさしの光をもって幕となります」

「最後の幕は、絞首台のロープならぬ縄ばしごのロープだ」とロック。「あの女は夫のある身ではないのか」

「そのとおりです」とブラウン神父。

「それなら、夫といっしょにいるべきだろうが?」とロックは追及の手をゆるめない。

「いっしょにおいでです」とブラウン神父。

相手は愕然として怒り心頭に発した。「嘘をつけ。気の毒なご主人は、まだベッドでいびきをかいておられる」

「あの方の私生活についてたいへんお詳しいようですな」とブラウン神父は、悲しげに言った。

「《顎鬚の男》について伝記をお書きになれるくらいだ。たった一つ、あんたがまだあの男のことで発見していないのは、その名前がなにかということらしい」

「ばかな！」とロックは言った。「やつの名前は宿帳に記入されている」

「それは知っております」と神父はおごそかにうなずきながら答えた。「とても大きな字で、ルーデル・ロマーニズと書いてある。ハイペシア・ポターは、ここでやっと会ったので、その名の下に自分の名前をでかでかと書きつけた。やっと駆け落ちするつもりだったからだ。その上ハイペシアの夫も、二人を追ってここまで来たとき、そのまた下に自分の名前を記入した。抗議のつもりで、妻の名前のすぐ下に署名した。するとロマーニズは──なにしろ人間嫌いとして名の売れた人気者ゆえ金は腐るほど持っていたので──このホテルの人非人どもを買収して戸を固く閉ざさせ、正当な夫を締めだした。そこでわたしが、まことにあんたのおっしゃるとおり、しかるべき夫がなかに入るのを助けたという次第です」

しっぽが犬を振ったとか、魚が漁師を捕まえたとか、地球が月の周りを回っているとか、物事の順序があべこべになった話を聞かされると、人は誰でも、それがはたして本当かどうかを真剣に問うようになるまでにも時間がかなりかかるものである。ロックは依然として、この話が明々白々なる事実の正反対であるという意識をもって満足しており、最後にこう言った。

「まさかきみは、あのおちびさんが有名なロマンチック詩人のルーデルで、あの巻き毛の男がピッツバーグのポター氏であるなぞと言うんではあるまいね？」

「いや、そのとおりなのです」とブラウン神父。「わたしはお二人を見た瞬間にそれがわかりました。しかし、のちほど確認をすませておきました」

ロックはしばらく反芻《はんすう》していたが、やがて言った。「そんなことはまず絶対に不可能だろうな。それにしても、いったいどうしてそんな事実から遙かに隔《へだ》たった考えを持つようになったのか？」

ブラウン神父はいささかきまり悪そうな顔になり、椅子の奥深く身を沈め、空《くう》を見つめていたが、やがてその阿呆じみた丸顔にかすかな笑みがさしこみはじめた。

「そうですな」と神父は言った。「えへん、それというのもわたしがロマンチックじゃないからです」

「まったくきみが何であるか、我輩にはさっぱりわからぬ」とロックはぞんざいに言った。

「あんたはロマンチックでいらっしゃる」とブラウン神父は助け船を出すような具合に言った。

「たとえば、詩的な風貌の人を見ると、あんたはそれは詩人だと思いこまれる。大多数の詩人がどんな様子をしているか、あんたはご存じですか。十九世紀の初めに偶然三人の美男子の貴族が詩人だったために、何という混乱がひき起こされてしまったことか！　バイロンと、ゲーテと、シェリー、その三人です。よろしいですか、平民の男が《美女きたりて我が唇にその燃ゆる唇を寄せぬ》とか何とか、あのルーデルが詩に書いたようなことを書いたとしても、そのご当人が美男だとはかぎらないのです。それに、一人の男の名声が世界にすっかり広まる頃には、その男が概してどのくらい年をくってしまっているか、それを考えてみたことがありますか。ワッツはスインバーンの肖像画を描いたとき後光のような髪の毛を添えることを忘れなかった。しかし、スインバーンは、アメリカやオーストラリアの崇拝者たちのもとに、自分の有名なヒアシンス色の髪のことがまだ伝わりきらぬうちに禿《は》げ頭になっていたのですよ。イタリアの詩人ダンヌンツィオの場合にしても同様です。実のところ、ロマーニズはまだかなりご立派な頭をしています、近くからとくとご覧になれば、わかります。あの人はいかにも知的な人のようです。事実、知的な方です。そして不幸なことに、他の多くの知的な人と同様、あの人は愚かなのです。わがままを通し、やれ消化不良だの何だのと駄々をこね、すっかりだめな人間になってしまいました。ですから、あの野心満々のアメリカ婦人も、詩人との駆け落ちがいかほどミューズの神々とともにオリンポスの頂上めざして天に駆けのぼるのに似ていようと、さすがに一日か二日で嫌気がさしてきたのです。そこで、夫があとを追ってきて、このホテルに不意打ちの訪問をかけると、喜んでその夫のもとへ帰りたがったという次第です」

「それにしても、夫のほうはどうなんだ？」とロックは問うた。「夫のことについては、どうもまだ納得がいかないのだ」

「なるほど、あんたはよほど性愛に関する現代小説を読みすぎていらっしゃるんですな」とブラウン神父は言った。そして、相手のきつく抗議するまなざしにこたえて薄く目を閉じた。

「多くの物語は、もうめちゃくちゃに美しい女性が初老の株屋かなにかのところへ嫁いでゆくところから始まるんでしょう。しかし、それはなぜか？　この点においても、たいがいのことと同様に、現代小説というやつはまさに現代的の正反対ですな。そういうことは絶対に起こらんと言うのではない。が、そういうことがまれに起こるとしても、それはその女性自身のせいです。いまどきの娘さんは自分の気に入った男と結婚します。ハイペシアのような甘やかされた娘さんなら、なおさらです。ところで、どういう男と結婚するのでしょうか。ああいう美しい裕福な娘さんの取り巻きには大勢の崇拝者がいる。そのなかから誰を選ぶでしょうか。十中八九まで、そういう女はとても若いうちに結婚する。その選ばれた相手は、ダンス・パーティーやテニスで知りあった男性のなかで、いちばんの美男子に相違ありません。さて、ありふれたビジネスマンでもときには美男子です。一人の若き美男——いわくポター——が現われる。その男がブローカーだろうと強盗《バーグラー》だろうと、女にとっては同じようなものです。しかし、女の生い立ちを考えてみれば、その男はまずブローカーである可能性のほうがずっと大きいわけですし、それに、ポターという姓を名乗っているということも大いに可能です。よろしいですか、あんたはもう根っからのロマンチストなものだから、若い美男子がポターなどという、野暮ったい名前を持っているはずがないと思いこんで、その前提の上にすべての仮説を樹《た》てられたわけなんですな。まことに、名前というやつはあまり実物にふさわしくつけられてはいないのです」

「で——」と相手は短い間を置いてから言った。「それからどうなったのかね?」

ブラウン神父は、それまでくずおれるようにして身を沈めていた椅子からだしぬけに立ちあがった。蠟燭の光が壁一面に神父のずんぐりした姿を影にして映しだし、この室内のバランスが一変したような印象を与えた。

「ああ」と神父はつぶやくのだった。「それからがひどいのです。悪魔さながらの邪《よこしま》さ。このあたりのジャングルにすむインディアンの悪霊よりも遙かにひどい。あんたは、わたしがこの辺のラテン・アメリカ人たちのだらしない生き方を弁護しているものとばかり思っていらした。ところで、そういうあんたの妙な点は」とここで神父は眼鏡の奥で梟《ふくろう》のようにまばたきしながら相手を見すえ、

「あんたの最も奇妙な点は、ある意味であんたの言うことが当たっているということなのです。あんたはロマンス追放と言われる。わたしは正真正銘のロマンスを敵に回して戦うことのほうに自分を賭けます。真のロマンスというものは、青春の初期の熱狂的な時代は別として、稀少価値を持つほど少なくなっている。それなればこそ得がたい敵なのです。わたしは言いたい、《知的な交際》よ消えてなくなれ、《プラトニックな結びつき》よ滅び去れ、《自己充足その他の高邁《こうまい》なる法則》よ廃止されてしまえ、そうすれば、わたしは真のロマンスだけと勝負することができる。愛とは名ばかりで、実は誇りと見栄と宣伝と波紋づくりでしかないような愛を取り除いてくれ、そうすれば、わたしどもは、名実ともに愛であるところの愛に対しても、肉欲と色情の愛に対してと同様に、必要とあればあえて戦いを挑むでありましょう。司祭は若い人たちが情熱を持つものであることを知っています、ちょうど医者が若い人たちにハシカがつきものであることを知っているのと同様です。ところが、ハイペシア・ポターはもう四十の声を聞いている人です。あの小さな詩人のことなぞ、出版屋か自分の宣伝係くらいにしか思ってはいないのです。いや、問題の要点はまさにそこにある。ロマーニズはハイペシアの宣伝係にほ

かならなかったのです。あの女を破滅させたのは、元を正せば、あんた方の新聞なのですぞ。脚光を浴びて暮らすこと、いつも自分のことが大見出しつきで書かれているようにしておきたいという望み、それがあの人を破滅させたのです。たとえスキャンダルであっても、それが辛うじて精神的なもので高級でありさえすればかまいはせぬというわけだったのです。第二のジョルジュ・サンドになりたい、我が名を第二のアルフレッド・ミュッセと結びつけて不朽のものにしたいという望み、それがすべての原因でした。青春の日の偽りないロマンスが終わってしまったとき、その心に取りついたのは中年の罪悪、すなわち知的な野心という罪だった。あの人には取りたてて言うべきほどの知性はありません。が、なにも知性がなくても人はインテリになれるのです」

「ある意味ではかなり頭のいい女だったと我輩は言いたいがね」とロックは記憶をたどるようにしながら評した。

「さよう。ある意味ではそのとおり」とブラウン神父。「たった一つの意味において、すなわち、ビジネスの才能にかけては、という意味です。そして、それはこのあたりの哀れなのらくらデイゴーたちとはまったく無関係なのですよ。あんたは映画スターたちをこきおろし、ロマンスは大嫌いだとおっしゃる。なるほど映画スターは四度も五度も結婚するが、それはロマンスに迷ったためでしょうか？　あんたはそうだとお思いかもしれませんが、こういう人たちは実はとても現実的なのです。あんたなどよりもよほど現実的です。あんたは単純でしっかりした《ビジネスマン》は見あげたものだとおっしゃる。ところで、ルーデル・ロマーニズは《ビジネスマン》ではないとあんたはお考えなのでしょう。ロマーニズは、ポター夫人もそうでしたが、有名な美女とのこのたびの華やかな情事が宣伝的価値をたぶんに持っていることを百も承知していたのです。同時に、その情事の相手が充分に自分の側にひきつけられていないことも知っていた。だからこそ、大騒ぎをして世話をやかせたり、給仕たちを買収してドアを開かなくさせたのです。しかし、そんなことよりも本当にわたしが声を大きくして言いたいのはたった一つ、もし世間の人たちが罪というものを理想化して罪人《つみびと》を気どるなどということをしなければ、スキャンダルの数はよほど減っているだろうということなのです。このあたりの哀れなメキシコ人たちは、なるほど獣《けもの》なみの生き方をする、というよりも人間らしく罪を犯すこともある。が、決して《理想》にうつつをぬかすことはないのです。少なくともこの点に関しては、あの連中を高く買ってやらねばなりません」

神父は立ちあがったときと同じくらい唐突に腰をおろし、申し訳なさそうに笑い声をあげた。「さて、ロックさん」と言う。「これでわたしの告白はおしまいです。わたしがいかにしてロマンチックな駆け落ちを手伝ったかという世にも怖ろしい物語の一部始終が以上のとおりであります。あとは何なりと、あんたのお好きなようになさってください」

「そういうことであるならば」とロックは立ちあがりながら言った。「我輩は部屋へ戻って記事原稿を少々訂正するとしよう。だが、なによりも先に社へ電話をかけて、いままでの記事はみんな嘘だったと伝えねばならん」

ロックが第一報を送って、カトリックの神父が詩人に加勢して婦人との駆け落ちを遂げさせたと報告した時刻から、神父は実は詩人がまさにそうしようとするのを妨げたのであると第二報で伝えた時刻まで、わずか三十分たらずの時間しか経っていなかった。ところが、その短時間のあいだに、驚くなかれ、《ブラウン神父の醜聞《スキャンダル》》というニュースが誕生し、みるみる成長して、四方八方にばらまかれたのであった。そして、いまだに真相はこの中傷の物語より三十分がた遅れをとっており、はたしていつになったら、あるいはどこまでいったら、真相が中傷に追いつくものやら、誰にも確信が持てないという有様なのである。新聞関係者のおしゃべり好きと、敵方のまたとない熱のいれ方とで、ニュースの第一報は、それが第一版の活字となって現われるよりも早く全市にひろまっていた。これはただちにロック自身によって訂正、否定され、この事件の正しい結末が第二報によってもたらされたのであるが、だからと言って、第一報が葬り去られたとは確言できぬのである。実に驚くべきほど多数の人々が新聞の第一版を読んでおり、しかも第二版には目も通していないらしいのだ。いつまでたっても、世界の隅隅で、おや、またかという具合にひょっこりと、黒ずんだ灰から残り火が気まぐれに燃えあがるように、《ブラウン・スキャンダル事件》ないしは《司祭、ポター家を破滅に導《みちび》く》というおなじみの物語が出現しつづけた。神父の側についている人たちは倦《う》まず弛《たゆ》まず目を光らせていて、この記事が現われたと見るや、執拗に否定宣言やら、暴露記事やら、抗議文やらをその新聞に送りこんだ。こうした書簡は紙上に掲載されることもあったが、されないこともあった。

それにしても、いったいどのくらいの人たちが最初の話を聞いただけで否定の報道は聞かずじまいにいるものか、いまだに誰も見当がつかないくらいで、言ってみれば、この《メキシコ事件》は、かの有名な十七世紀初頭の《火薬陰謀事件《ガン・パウダー・プロット》》と同列に並ぶ正規に記録された史実にほかならぬと考えている悪気のない純真な人たちが、それこそ山ほどいるに相違ないのである。そうこうしているうちに、誰かがこういう単純な人たちの蒙《もう》を啓《ひら》いてやることになるわけだが、そうしてみれば、なんのことはない、少数の教育ある人々のあいだに元の話が新規にひろまっているという次第。まさかそんなデマにしてやられるとは思えないような人のあいだに、話がぶり返しているのだから手のつけようがない。そんなわけで、二人のブラウン神父は追いかけっこをして、永久に地球の周りを駆けめぐっている、片や裁きの手をのがれんとしている破廉《はれん》恥《ち》な犯罪人、片や名誉回復の後光に包まれながらも中傷にくじけた殉教者。だが、どちらにしても本物のブラウン神父とはあまり似ていない。ブラウン神父はくじけてなどいないのである。それどころか、例の寸づまりの蝙蝠傘をたずさえて、よちよち歩きながら世界を渡り歩いている、そのなかに生きている人々の大半を愛しながら、そして世界を自分の裁き手としてではなく伴侶《はんりょ》として受けいれながら。

# 手早いやつ

なんとも釣り合いのとれない、二人の他国者をめぐる希代な物語がいまだに忘れられずにいる場所がある。サセックス州の海辺の土地で、そこにはメイポール・アンド・ガーランドと呼ばれる閑静な大ホテルがその庭園の向こうに海を見晴らして建っている。妙な取り合わせのこの二人づれは、日ざしのうららかだったあの日、やはりこの閑静なホテルに入ったのである。

一人は明るい陽光のなかにひときわ目だつ存在で、頭に巻きつけたつややかな緑色のターバンが褐色の顔と黒い顎鬚《あごひげ》を取りかこんでいたことによって、あたりの海岸のどこからでも一目瞭然に見てとれたが、他の一人となると、これは黄色い口髭《くちひげ》と獅子の毛の長さほどもある黄色い髪の毛を生やした上に柔らかな黒色の僧帽をかぶっていたので、見る人によってはこのほうが較べものにならぬくらい異様で不気味だと思ったことだろう。第二の人物は少なくとも砂浜で説教をしたり、少年禁酒団《バンド・オブ・ホープ》の礼拝を小さな木の鋤《すき》で指揮したりするところはたびたび人の目にふれていたのだが、ホテルのバーへ入るところはいまだかつて見た人がなかった。この珍妙な二人づれのご到着こそ、この物語のクライマックスにあたるのであるが、それは物語の発端ではない。だいたいが謎めいた雰囲気に閉ざされたこの物語をできるだけはっきりさせるには、そもそもの始まりから語りおこすに如《し》くはないだろう。

問題の、人目につきやすい二人の人物がこのホテルに足を踏みいれて、居あわせた人たちすべての注目を浴びた時刻よりも三十分早く、やはり二人づれの、これはいかにも目だたない人物が同じホテルに入って、誰の注目も惹《ひ》かなかった。その一人は大男で、堂々とした美男子だったが、この男、あまり場所をとらないこつを心得ていると見え、芝居の背景さながらに控え目だった。ただし、病的に近い疑い深さでこの男の半長靴《はんちょうか》を調べてみる者があったら、実は極めて地味な平服を着た私服の警部であることに気がついたろう。いま一人は、どこといって精彩も取り柄もない小男で、服はやはり地味、ただそれがたまたま僧服だっただけのことである。とは言うものの、誰一人としてこの男が砂浜で説教しているのを見た者はない。

この旅人たちもやはり、片側にバーを備えた大きな喫煙室に入ってきたのであるが、そうしたのはなぜかという理由こそ、この悲劇的な午後に起こったあらゆる出来事を決定した原因にほかならなかった。つまり、メイポール・アンド・ガーランドというこの格式の低くないホテルは目下改装中だったのである。昔ながらのこのホテルが気にいっていた連中は、この改装を称して《改悪》ないしは《改滅》と言っていたが、《改滅》派の急先鋒は、この地随一の不平屋ラグリー氏で、この変わり者の老紳士は片隅でチェリー・ブランデーをひと口飲んでは悪態をついていた。

それはともかくとして、ホテルはいまや、かつてそれがイギリスのホテルであったことを示すしるしを、それがどんなに些細なものであれ、念入りに取り払われつつあった。そして一ヤードまた一ヤード、ひと部屋またひと部屋と忙《せわ》しなく改装されて、アメリカ映画にでも出てきそうなユダヤ人高利貸しの宮殿まがいの建築物へと姿を変えつつあった。簡単に言えば、《装飾施工》中というわけだが、その装飾が完成していて、客たちがどうにかくつろげるところといえば、広間に通じているこの大きな喫煙室しかなかったのである。この部屋はかつてバー・パーラーと呼ばれていたが、現在では解《げ》せないことにサルーン・ラウンジという名前で知られ、最近アジア式の喫煙室ふうに《装飾》がしつらえられたばかりだった。なるほど、その新しい室内装飾にはオリエンタル・スタイルがいきわたっていて、以前には銃架に鉄砲がのせてあったり、狩猟の版画や、ガラス・ケース入りの魚の剝製《はくせい》があったりしたところに、いまでは東洋産の掛け布が花綵のようにかけられ、三日月形の刀やインドの曲がり剣、それにトルコ剣などの戦利品が、まるでターバンを巻いた紳士の到来に備えて並べられたかのように飾られてあった。そんなことは、まあ、どちらでもよいとして、実際的に問題なのは、もっと洗練された正規の部屋が全部まだ改装途上にあったために、わずかばかりの到来客がみな、この新装なったラウンジに送りこまれねばならなかったという事実なのである。おそらくは、この同じ理由によって、これらのごく少数のお客様がたは蔑《ないがし》ろにされていたのだろう。支配人その他は、ほかのところで説明やら監督やらに忙殺されていたというわけだ。どういう理由であれ、とにかく最初に到着した二人づれは、しばらくのあいだ、ほったらかしにされて、じれったい思いをしたことだった。

その際、バーには誰も人がいず、警部はしびれを切らしてしきりにカウンターを叩き鳴らしていたが、一方の小柄な神父は早いところ安楽椅子に身を沈めて、別段急ぐ様子もなくゆったりと構えていた。連れの警部がそちらに向いてみると、なるほど、ちび神父の丸顔はすっかり無表情になっていた。こういうことは、この神父によくあることだが、どうやらいま、神父はその満月のような眼鏡をとおして装飾し直されたばかりの壁を見つめているらしかった。

「一ペニー進呈、なにをぼんやり考えておいでかね」とグリーンウッド警部はため息をつきながら振り返って言った。「ほかにはなにも一ペニーをくれてやるものがないときている。このホテルのなかで、梯子やペンキでごった返していない部屋はここだけだというのに、ここはこですっからかんの空き部屋だ。ビール一杯給仕してくれる給仕もいやしない」

「なに……わたしの考えていることなんぞ一ペニーの値打ちもありませんて。ましてやビールなど、もったいなくて」と神父は眼鏡を拭き拭き答えた。「どうしたわけなんでしょうか……わたしの考えていたのは、ここで人を殺すのはどんなに簡単だろうかということなんですよ」

「うらやましいかぎりですな」と警部は上機嫌に言った。「神父さんはいままでにたっぷり一人分以上の殺人事件にありついてきたというのに、我々警察官は一生ひもじい思いで手をこまぬいて待っているだけですよ。それはそうと、またどうして……ほう、壁にかかったトルコ剣をごらんになっているんですね。なるほど、人を殺すものはたくさんありますな。しかし、それにしても普通の台所にだってこれくらいの刃物はある、肉切りナイフだとか、火かき棒、その他よりどりみどり。こんなことは殺人の条件にはなりませんね」

ブラウン神父は、いささかへどもどしながら自分のとりとめのない考えを思い出そうと努めているようだった。そして、まあ、そうでしょうと答えた。

「殺人というものはいつだって簡単です」とグリーンウッド警部は言った。「殺人ほどやさしいものはないくらいだ。ただいまこの場で神父さんを殺すことだってできる、このほったらかしのバーで酒を手にいれるよりもそのほうがずっと簡単ですよ。ただ一つ難しいのは、自分が殺人犯になることなく殺人を犯すことです。犯した殺人を認める恥ずかしさ、自分のなしとげた偉業に対して殺人犯が愚かしくも謙遜してしまうということ、それがわざわいのもとなのです。殺人犯は、誰にも見つけられずに人を殺さねばならぬという途方もない固定観念に取りつかれている。だからこそ、短剣だらけの部屋のなかでも遠慮してしまう。そうでもなければ、どの刃物屋も死体でいっぱいになっていることでしょうよ。ところで、まさにこの事実から、どうしても防ぐことのできぬ殺人というものが説明されるでしょう。それが防げない殺人であるからこそ、我々哀れな警察官はいつもそれを防がなかったと非難されるのです。狂人が国王か大統領を殺すということになると、それはもう絶対に防げない。国王を石炭庫に住まわせたり、大統領を鋼鉄の箱に詰めて持ち運んだりすることはできません。殺人犯になってもかまわないと思っている人間なら、誰だって国王や大統領は殺せるわけです。その点、狂人というやつは殉教者に似ています、俗世間の法則を超越しているんですからな。真の狂信家はいつでも気の向くままに人殺しができる」

　神父がそれに答える暇のないうちに、陽気なセールスマンの一隊がイルカの群れのようになだれこんできた。そして、大きなネクタイピンを輝かせた喜色満面の大きな男が威風堂々と大声を響かせると、平身低頭した支配人が口笛に呼ばれた犬そっくりの熱心さで駆けつけてきた。さっき私服の警官があんなに呼んでも、うんともすんとも返事をしなかったのに。

「たいへん申し訳ありません、ジュークス様」と支配人は言った。いくらか取り乱した微笑を浮かべ、てかてかとよく光る一巻きの髪を額にたらしている。「ただいまのところ人手が不足がちなもので、ちょっとホテルのほうの雑用をやらねばならなかったのです、ジュークス様」

ジュークス氏は寛大だったが、それがなかなか騒々しい寛大ぶりだった。ひととおり酒を注文し、平身低頭の支配人にまで一杯おごった。ジュークス氏は非常に有名で人気のある酒造会社のセールスマンで、こういう場所では自分が一座の長になるのも当然だと思っていたのかもしれない。とにかく、氏はやかましい独白を始め、それがまた支配人に向かってホテルの経営法を説くという方向に傾きがちだったが、他の者たちは氏をその道の権威者として認めているらしかった。警部と神父は背の低いベンチにひきさがって、小さなテーブルを前にしたそのひっこんだ席から成り行きを見守っていた。この状態は、警部が断固介入に踏みきった、あのかなり特筆すべき瞬間まで続いたのである。

さよう、次に起こったことというのが、ほかでもない、あの緑色のターバンにくるまった褐色のアジア人が、それよりももっと（そんなことがありうるとしての話だが）驚くべき姿の非国教派の牧師に伴われて、その驚くべき姿を現わしたことなのである。破滅的な出来事の前に現われる不吉の兆《きざ》しがこれであった。この場合、その前兆がたしかにあったという証言には事欠かない。三十分前から（のんびり仕事をやるたちだったので）階段を掃除していた寡黙だが目ざといボーイや、色黒の、ずんぐり太ったバーテンから、如才《じよさい》はないが取り乱した様子の支配人に至るまで、みなこの奇跡の目撃者だったのである。

この二人づれの出現は、不信の懐疑家が言うとおり、超自然ではなく自然な原因によるものだった。黄色い髪をたてがみとして、略式の僧服をつけた一方の男は、砂浜で説教をする宗教家として世間に親しまれていたばかりか、有力な伝道家《プロパガンディスト》として現代の世界にその名を馳《は》せていたデヴィッド・プライス・ジョーンズ師その人であり、師の高らかに響きわたるスローガンは《我が本土および海外英国領に禁酒と浄化を》というのであった。その演説は見事で、組織者としての手腕もすぐれていた。この人があるとき思いついた着想というのが、禁酒主義者ならもうとっくに思いついてよかったはずの考えだった。それは至って単純な考えで、いやしくも禁酒が正しいものならば、おそらくは世界最初の禁酒主義者たる大預言者マホメットに相当の敬意を払ってしかるべきだというのだった。師はかくしてイスラム教思想界の指導者たちと交信し、遂にある著名なイスラム教信者（その名前の一部はアクバールだが、残余の部分はどうにも翻訳しようのないアラー、アラーの連続みたいなもので、おまけに形容句がしこたまついている）その何とかアクバール氏を説き伏せて、いにしえのイスラム教の禁酒令についてイギリスで一席弁じることを承知させた。さて、このご両人、酒場と名のつくものにかつて足を踏みいれたことがなかったのだけれども、すでに述べた事情で、ただいまおとなしい喫茶室から追い払われて新装なったばかりの酒場へ送りこまれた次第だった。それにしても、この偉大なる禁酒主義者が、その持ち前の無邪気さから、うっかりカウンターの前に歩を進めてミルクを一杯と注文するようなまねをしなかったならば、万事つつがなく終わっていたことだろう。セールスマンたちは、みな親切気のある連中ではあったけれど、たちまち異口同音に痛ましげな悲鳴を放った。声を押し殺してのひやかしがささやかれた。いわく「ボウルで出すのはよそうや」またいわく、「牛を連れてきたほうがましだぜ」しかし、威風堂々のジュークス氏は、自分の富裕さとネクタイピンにかんがみても、もっと洗練されたユーモアを披露する必要ありと感じたので、いまにも気絶しそうな人の恰好で手を扇に見立てて胸に風をいれ、悲しげにいわく、「羽根一枚でおいらを殴りとばすこともおできでしょう。ぷっとひと吹きでおいらを吹きとばすこともおできでしょう。おいらのお医者が言うには、おいらはそんなショックにも耐えられぬとか。そうと知っているくせに、やっこさん方、血も涙もない冷たい輩《やから》、おいらの目と鼻の先にやって来て、冷たいミルクを召しあがる」

デヴィッド・プライス・ジョーンズ師は、公開の席でやじをあしらうのに慣れていたことから、この非常に趣《おもむき》の違った、遙かに大衆的な雰囲気のなかでうかつにも相手をたしなめ、悪いのはおまえのほうだとやり返す挙に出た。オリエントからやってきた全面的節制家はと言えば、こちらはアルコールにかぎらず演説のほうも節制しており、そうすることで疑いもなく威厳を高めた。この男に関するかぎり、イスラム文化は沈黙の勝利を博したと言っても過言ではない。どう見ても師はセールスを職業とする紳士連よりは数段まさった紳士で、必然、その貴族的な我関せず焉《えん》の態度に対してかすかな反感を持たれる結果となった。かようにして、我がプライス・ジョーンズ氏がその議論のさなかにその点に言及するや、一座の空気はいやがうえに緊張した。

「諸君にひとつお訊きしたいのだが」とプライス・ジョーンズ氏は演壇に立ったときさながらの大仰な身ぶりで言った。「ここにおられる東洋のお方が、いったいなぜ我々キリスト教徒に対して真のキリスト教的な自制と友愛の手本をお示しになっておられるのか？　この方はいまここに真のキリスト教精神、いかさまでない洗練、正真正銘の紳士的態度といったものの亀鑑《きかん》として、こういう場所につきものの口論と喧騒のまっただなかに毅然と立っておられる、それはなぜでありましょうか？　そのわけを言えば、教義の上では両者のあいだにどのような違いがありましょうとも、少なくともこの方の国土においては、忌《い》むべき植物であるあのホップや葡萄《ぶどう》がかつて一度として――」

論争のこの一大危機に際して、誰あろう、渦巻く論争の大嵐を呼ぶ前触れの嵐たる論争好きのあのジョン・ラグリーその人が、赤ら顔に、白髪の頭には旧式のトップ・ハットをあみだにのせて、杖をば棍棒のように振り振り、侵入する軍隊よろしくホテルに入ってきたのである。

ジョン・ラグリーは一般に変人と見なされていた。新聞に手紙を書き送り、その投書はたいがい掲載されないという、そういう御仁《ごじん》であった。が、その手紙はのちほど当人の自費によってプリント（ないしはミスプリント）されてパンフレットとなり、数多《あまた》の紙屑籠《かみくずかご》に配布される仕組みになっていた。ラグリーは保守派とも急進派とも同じように論争を闘わせ、ユダヤ人を憎み、店舗ばかりかホテルで売られるどんな品でも九十九パーセントまでは信用しなかった。とは言え、こういう気紛れの背後には事実の裏づけがあった。この州を隅から隅まで実に詳しく知っており、しかも、なかなか鋭い観察をする人だったので、支配人のウイルズ氏さえもがひそかに一目置いていたくらいである。ウイルズ氏は紳士仲間でこの程度の狂気が大目に見られているということを鋭敏に嗅ぎつけていたのである。むろん、本当の意味で上得意であるジユークス氏のくったくのない堂々たる態度に対するあの平身低頭のうやまい方とは違うにせよ、少なくとも、この老いぼれた不平屋と言い争いはしたくないという気持ちがあったことは否めない。それというのも、一つにはこの不平屋の毒舌が怖ろしかったせいであろう。「そちらさんはいつものやつでございますね」とウイルズ氏はカウンターに身を乗りだして横目を使いながら言った。

「ここにある酒でまともなのはそれだけじゃないか」とラグリー氏は見るからに妙な旧式の帽子をばさっと置きながら言った。「なんたることだ、イギリスに残っているイギリスのものといったら、チェリー・ブランデーだけじゃないかと思うことがよくある。チェリー・ブランデーなら、たしかにチェリーの味がする。ところが、どうだ、ホップの味がするビール、林檎《りんご》の味がするサイダー、ほんのかすかにでも葡萄から造られたらしい味がするワインってものがあったら、ぜひ持ってきてくれ。いまや我が国のホテルというホテルで言語道断の詐欺が行われつつある。これがよその国だったら、とっくに革命が起こっているところだ。このことについて拙者は二、三の事実をさぐりだしてある。印刷して発表するつもりだから待っているがいい、みんなそれを読んだら目の玉がとび出るだろう。我が国民がこういう悪酒で中毒にかかるのを防ぐことが拙者にできたら——」

ここでまたしてもデヴィッド・プライス・ジョーンズ師は気のきかないことをやってしまった。気転というものを高く買っている師なのだが、どうしたものか迂闊《うかつ》にも、悪い酒ということと酒は悪いということとを見事に混同したあげく、ラグリー氏と同盟関係を結ぼうと企《くわだ》てたのであった。師はまたまた、あのこちこちの威厳ある東洋人を議論のなかにひきずりこんで、これぞ我々イギリス人のがさつな生き方にまさる上品さを持った外国人であると論じようと試みた。それぱかりか、なんと愚かにも、幅の広い神学的見地こそ肝要だとまくしたて、遂にはマホメットの名前までとびだす始末となり、その名はたちまち爆発的反響を呼びおこした。

「汝《なんじ》の魂、呪われてあれ！」とラグリー氏がほえたてた。これは、あまり幅の広くない神学的見地に立った発言である。「世界の果ての遠い砂漠でワインがマホメットとかいういかさま師のために禁じられたからというので、イギリス人までがイギリスのビールを飲んじゃいかんというのか！」

あっという間もなく、うしろにひかえていた警部が、それこそひとまたぎで部屋の中央に達していた。それというのも、その一瞬前に、問題のオリエントの紳士の物腰に顕著なる変化が生じたからで、この紳士は、眉毛一つ動かさずに目を輝かせて不動の姿勢で立っていたのが、いまや、ジョーンズ師の言葉を借りれば、真にキリスト教的な自制と友愛の手本を示すべく、虎にもおとらぬ敏捷《びんしょう》さでひとっ跳びするや、壁にかかっていた重い剣をひとふりひっつかみ、投石器から発射された石弾のごとき勢いでそれを投げつけたからたまらない、剣はラグリー氏の耳の上ちょうど半インチの壁に突き刺さってしばらく小きざみに震えた。もしもグリーンウッド警部がこの紳士の腕を押さえて狙いを狂わせることにあと一秒でも遅れていたら、剣は疑いなくラグリー氏に命中していたであろう。ブラウン神父は席についたまま目を細くして、口元にはほとんど微笑のようなゆがみを浮かべ、このいさかいの一瞬の暴力行為以上のものをそこに見てとったかのごとくに成り行きを見守っていた。

その辺から喧嘩の風向きが妙な具合になってきた。このことは、ジョン・ラグリー氏のような人間というものがもっとよく理解されないかぎり、誰にも理解できるといったことではない。この赤ら顔の狂信的老人は、驚くなかれ、やおら立ちあがると、こんな気のきいた冗談は聞いたことがないと言わんばかりに、腹を抱えて大笑いを始めたのである。あのいつもの小言ぐせと、皮肉さはどこへ行ったのか、まったく別人のようであった。たったいま自分を殺そうとした、やはり狂信者の相手を、氏はしつこいほどのいつくしみをもって眺め——

「これはしたり！」と言うのだった。「あんたは拙者が二十年来初めて会った男だ！」

「この男を告発なさるんですか？」と警部が確信のない表情で言った。

「告発だなんて、とんでもない」とラグリー。「この人に酒が許されているのなら、一杯おごりたいところだ。拙者はこの人の宗教を侮辱したんではない。拙者の望みたいことは、おまえたち腰抜け連中がいやしくも自分の宗教を侮辱されたならば——いや、侮辱したくともおまえたちには宗教がないんだからそれはだめだが——とにかく自分の国のビールでもいいから侮辱されたならば、その相手を殺すくらいの勇気があってほしいということだ」

「あの方がわたしどもを腰抜けと呼んでくれましたから」とブラウン神父はグリーンウッドに

言った。「これで平和と調和が回復したようですな。いっそのこと、あの禁酒運動の演説家がお連れさんの投げた短剣で串刺しにされてしまえばよかった。騒ぎの種をまいたのはあの人ですからね」

こんなことを話しているうちにも、室内の雑多なグループは解散しはじめた。商人用の特別室を、セールスマンたちのためにあけてやることができるとわかったので、一同はそちらへ座を移し、酒場のボーイが新規の注文の酒を盆にのせてそのあとを追った。ブラウン神父は、カウンターに残されたグラスをしばらく見つめていたが、すぐにあの不吉なミルクのグラスと、もう一つウィスキーのにおいのするグラスとに気がついていた。そして、ふと振り返ってみると、あの二人の変わり者、東洋の狂信者と西洋の狂信者とがいましも別れようとしているところだった。ラグリーは依然として騒然たる愛嬌《あいきょう》を振りまいていた。イスラム教信者のほうは、まだいくらか翳《かげ》のある陰険なところがあったが、それだって生来のものかもしれなかった。とにかく、この東洋人は威厳を崩さぬ和解の身ぶりとも言うべき荘重な態度で一礼して部屋を出た。さしものもめごとも完全に幕となったかの観が歴然としていたのである。

とは言うものの、少なくともブラウン神父の胸のなかでは、これら敵同士の二人のあいだにかわされた最後の礼儀正しい挨拶《あいさつ》が記憶に残り、それを解釈してみるにつけ、これは簡単に無視できるものではないと思われるのだった。というのも、奇妙なことに、あくる日の早朝ブラウン神父がホテルの近所で神父自身の宗教のお勤めを果たすべく降りてくると、あの現実ばなれした東洋ふう装飾の細長いサルーン・ラウンジに死のようなあかつきの白光が満ちていて、一つ一つの物が明瞭に見てとれ、しかもその一つの物とは部屋の片隅に折れ重なるようにして押しこまれたジョン・ラグレーの死骸なのであり、その心臓に突きたてられていたのが、あの重い柄のある曲がった短剣だったのである。

ブラウン神父は足音を忍ばせて階上へ戻り、友人の警部を呼んだ。二人はまだ誰も起きていないホテルのなかで、その死体のかたわらに立った。

「誰にでも考えつきそうな説明ができますが、それにとびつくのもいけないし、それを見て見ぬふりをするのもよろしくない」とグリーンウッドはややあって言った。「それはとにかくとして、きのうの午後わたしが話していたことをここで思い出してみるのは悪くないことです。それにしても、きのうの午後よりによってあんな話をするなんて、考えてみればおかしなことです」

「わかっています」と神父は梟《ふくろう》のように目を見開いてうなずいた。

「わたしは言いました、どうしても防げない殺人は、たとえば、宗教上の狂信者のような人間の犯す殺人だとね。あの膚《はだ》の茶色い東洋人は、死刑になったらマホメットの名誉を守った手柄でまっすぐ天国へ行けるのだと考えているのかもしれませんよ」

「もちろん、それはあります」とブラウン神父は言った。「あのイスラム教の方がこの人を刺したのだとすれば、それはなかなか道理にかなったことだと言えそうです。しかも、あの方のほかには、この人を刺すことが道理にかなうことであるような人物は、まず見あたらないと言ってよろしい。にもかかわらず……にもかかわらず、わたしは思ったんですよ……」神父の丸顔はまた急にうつろとなって、その唇は固く閉ざされてしまった。

「どうなさったんです?」と警部は訊いた。

「どうも、これは妙な話なんですが」とブラウン神父は心細そうな声で言った。「とにかく、わたしは……思ったんですよ、ある意味では、誰がこの人を刺したかということはあまり問題ではないのだ、とね」

「それはいったい新しき道徳というやつですか?」と友人は問いただした。「それとも、やっぱり昔ながらの詭弁法《きべんほう》かな。詭弁法のお得意なイエズス会の坊さんがいよいよ殺人賛成論を唱えはじめたんですか?」

「誰がこの人を殺したかは問題ではない、などとわたしは言いませんでしたよ」とブラウン神父。「もちろん、この人を刺した人がこの人を殺した人でないとはかぎらない。が、それはまったく別人だということもありうる。なにはともあれ、それはまったくときを異《こと》にして行われたのです。あなたは当然あの剣の柄から指紋を検出なさろうとするでしょう。が、指紋はあまり重視なさらぬがよろしい。わたしには、この気の毒な老人の身体にもっと別の人たちがこのナイフを刺したのだという理由をいろいろ想像できるのですよ。もちろん、教育上あまりためになるような理由じゃありませんが、殺人とはまったく違うものです。それを探りだすには、まだあと何本もナイフをこの人の身体に突きとおさねばならんでしょうな」

「つまり——」と相手は神父をまじまじと見て言いかけた。

「つまり、死体解剖ということですよ」と神父。「それで真の死因を発見する」

「お説のとおりだと思います」と警部は言った。「少なくとも、この刺し傷についてはね。我々は医者の来るのを待つ必要があります。しかし、医者もあなたの言うとおりだと言われるでしょう。この傷にはどうも出血の量が足りない。このナイフは、死体が冷たくなってから何時間ものちに刺しこまれたものです。しかし、それは何故か？」

「イスラム教信者の方に罪をかぶせるためかもしれませんぞ」とブラウン神父。「陋劣《ろうれつ》なやり口です、が、必ずしも殺人ではない。このホテルには誰やら必ずしも殺人犯ではないのに秘密を隠そうとしている者があるようですな」

「そこまではまだ考えてみませんでした」とグリーンウッド。「どうしてそうお考えになるのですか」

「きのう初めてこの怖ろしい部屋に入ったときに言ったでしょう、ここでは簡単に人殺しができるだろう、と。しかし、そう言ったときわたしは、あそこに並べてあるあのたわけた武器のことを考えていたのではない——あんたはそのように思ったらしいがね。実は、ずっと別のことを考えていたのですよ」

これから数時間、警部と神父は綴密な、徹底的な調べを行って、ここ二十四時間のあらゆる人の出入りや、酒の配られた先や、洗ったのも洗わないのも含めたグラスのことや、その他あらゆる関係者ないしは一見したところ無関係者についてのあらゆる細目について調べあげた。その徹底ぶりは、まるで一人の人間ばかりか三十名もの人たちが集団毒殺された事件のような物々しさだった。

この建物のなかに入った人たちは、一人残らずバーの隣の大きな入口から入ったものであることが確実らしく思われた。他の出入口はすべてなんらかの形で改修工事のために道をふさがれていたのである。そして、この大きな入口の外の階段では一人のボーイが掃除をしていたのだけれども、このボーイはあまりはっきりした報告事項を持ってはいなかった。あのターバンを巻いたトルコ人の意表をついたご入来《にゆうらい》に至るまでは、お客らしいお客は大して見えなかったらしく、ただ例のセールスマンたちが、いわゆる《手早いやつ》をやりに来ただけで、一同は言うならばワーズワースの《雲》のようにひと塊《かたまり》となって移動したものらしい。表にいたボーイと、なかにいた連中とのあいだにはわずかながら意見のくい違いがあって、セールスマンの一人がその《手早いやつ》をやるのが桁はずれに手早く、そのため、すぐにまた単独で戸口に現われたか否かについて、支配人とバーテンのほうは、そのような単独行動をとった人間などまったく覚えていないと主張した。この支配人とバーテンはセールスマン一同をよく知っており、その連中がグループ全体としてどのように動いたかについては、まるで疑問の余地がなかった。一同はバーの前に立って、からかいあったりしながら飲んでいたのであり、威風堂々の指導者ジュークス氏を代表者としてプライス・ジョーンズ氏とそれほど深刻ではない言い争いをしたのち、アクバール氏とラグリー氏との唐突にして深刻極まる言い争いを目撃、そのあと商人専用室にひきとるようにと言われてそのとおりにして、各人の酒はそのあとから戦利品のように運ばれたのであった。

「調べようにも証拠が少なくて困る」とグリーンウッド警部は言った。「もちろん、あの大勢の仕事熱心な召使いたちが平常どおり務めを果たして、グラスというグラスをラグリー老人の飲んだやつまで洗ってしまったのは無理もないことだけれども、もし誰も彼もがあんなに能率的でなければ、我々探偵はよほど能率的に仕事ができたのになあ」

「その気持ちはわかります」とブラウン神父は言った。その口には再びあのゆがんだ微笑が浮かんでいる。「わたしはときどき思うんですよ、衛生というやつは犯罪人の発明ではないのかとね。と言うより、衛生改良派が犯罪を発明したのではないか。衛生改良派というやつはそんな顔をしていますよ、少なくとも一部の人たちはね。やれ、みすぼらしい魔窟だとか、不潔な貧民窟だとか、そういったところに犯罪がはびこるものであると世間の人たちは言いますが、実際はその正反対です。そういうところが不潔だと言われるのは、犯罪がそこで行われるからではなく、そこで摘発されるからです。きちんとした、一点のしみもないような清潔で整頓された場所においてこそ犯罪ははびこるのです。そこには足跡のつく泥がない。毒物を含有している飲み残りのかすがない。ご親切な召使いさん方が犯罪の痕跡をみんな洗い流してしまうのですからな。殺人鬼は六人の妻を殺して死体を焼却した、というのも、わずかばかりのキリスト教的なごみがなかったればこそです。いや、これはどうも、説明にあんまり熱が入りすぎたかもしれませんが、よろしいですか、実を申せばそのグラスについて、特に一つ、事件後に洗われてしまったグラスで、もっとよく知っておきたいやつがあるんですよ」

「ラグレーのグラスですか」とグリーンウッド。

「いいや、誰のでもないグラスです」と神父は答えた。「それは例のミルクのグラスのそばにあって、なかにはまだ一インチか二インチほどのウィスキーが入っていました。あのとき、あんたとわたしはウィスキーを飲まなかった。あの支配人は、陽気なジュークスのおごりで《ジンをひとったらし》召しあがりましたな。イスラム教のお方は、いくらなんでも緑色のターバンで装飾したウィスキー飲みだなんてはずはありえないし、デヴィッド・プライス・ジョーンズ師にしたところで、ウィスキー入りのミルクを気がつかずに飲んでしまったなんてことはないでしょう」

「セールスマンたちはたいがいウィスキーを飲みましたよ」と警部は言った。「あの連中はたいていウィスキーと決まっている」

「そうです。そして、たいていウィスキーを手にいれるわけです」とブラウン神父。「この場合には、ウィスキーを自分たちの部屋に注意ぶかくカートにのせて運ばせました。ところが、このグラスだけはあとに残された」

「偶然だったんでしょう」とグリーンウッドが確信なげに言った。「あとで商人専用室から簡単に別のグラスを取りよせることができたでしょう」

ブラウン神父は首を振った。「人間というものを、あるがままに見なくてはいけません。ああいう種類の人たちのことを、人によっては卑俗と言い、また平凡と言う。が、それはみんな好き好きの問題で、わたしとしては、あの種の人はたいがい単純な人だと言いたい。その多くは非常な善人で、細君や坊やのいるところへ帰るのを、無上の喜びとしています。なかには無頼漢もいるかもしれない。細君を何人も持っていたり、ひょっとしたら何人も殺した経験があるようなのもいるでしょう。が、たいがいは単純な人間なのです。そして――ここが大切なところですが――酔っぱらうにしても、ほんのほろ酔いにすぎない。大虎にはなりません。オックスフォードの公爵や学長さんのほうがよほど大虎が多い。あのセールスマンたちのような人があれほど浮かれているときには、いやでもいろんなことに気がついてそれを大げさに騒ぎたてるものです。どんな些細な事件でも彼らは途端に活気づいて騒ぎたてます。ビールの泡があふれそうになると、みんな口々に泡を立てて、『やれやれ、エマ』とか『ありがたきしあわせ』とか言わずにはいられない。ですから、そういう賑やかな連中が五人も個室のテーブルをかこんですわっているときに、グラスが四人前しかない場合、その一人仲間はずれになった男がそれを騒ぎたてないなんてはずはありません。ことによったら五人が一斉に騒ぎたてるかもしれません。少なくとも本人が騒がないというわけがない。階級の違うイギリス紳士のように、のちほどそっと酒が渡されるまで黙って待っているなんてことは絶対にない。室内は耳を聾《ろう》するばかりの『おいらの分はどうなった』とか、『おい、ジョージ、おれはいつ禁酒団《バンド・オブ・ホープ》に入ったんだっけ』とか、『おれのターバンに緑色が見えるのかね、ジョージ』といった言葉で反響するに決まっています。ところが、バーテンはこのような不平はぜんぜん聞かなかった。そこでわたしは確実なことだと思うのですが、このあとの残されたウィスキーのグラスは、誰か別の人がほとんど飲みほしたにちがいありません。わたしたちがまだ考えついていない別人がです」

「しかし、そんな人を考えつけますか」と警部は訊いた。

「支配人とバーテンはそういう人の存在を認めようとしない。それだからこそ、あんたは唯一の個人的な証言を無視してしまうのです。すなわち、表で階段を掃除していたあのボーイさんの証言です。ボーイさんいわく、いかにもセールスマンらしい人が、他のセールスマンとは行動をともにせずに入っていき、またすぐに出てきたということです。支配人とバーテンはその人物を見かけなかった。少なくとも、見かけなかったと言っている。しかし、その人物はとにかくバーから一杯のウィスキーを手にいれたのです。ここでひとつ、話を進める都合上、この人物を《手早いやつ》と命名しましょう。ご存じのように、わたしはあまりあなたの商売には干渉しません。わたしがやるよりも——と言うより、やりたがっているよりも——あなたがやるほうがうまくゆくに決まっていますから。わたしはこれまで一度として警察機構に活動命令をくだしたり、犯罪人を突きとめたりしたりすることに関係したことはないのですが、ただいま、生まれて初めて、それをしてみたくなりました。あなたに《手早いやつ》を見つけてもらいたいのです。《手早いやつ》を地球の果てまでも迫いつめていただきたいのです。警察の公式な全機構を動員して各国に大捜査網を張り、《手早いやつ》をまんまとひっとらえてほしいのです。やつこそわたしたちの求める人物なのです」

グリーンウッドは絶望するような身ぶりをした。「その人物は手早さということのほかに顔とか、身体つきとか、なにか目に見える属性を持っているんですか」

「その男はインバネスコートのようなものを着ていました」とブラウン神父は言った。「そして、表にいたボーイさんに、翌朝までにエディンバラに着かなくてはならぬと言ったそうです。

ボーイさんの覚えているのはそれだけですが、でも、あなた方警察は、これよりも少ない証拠を頼りにして人をさがしだしたことがあるんでしょう」

「神父さんはまたずいぶん熱心ですね」と警部はいささか面くらった様子で言った。

神父もなにやら判じかねた表情だったが、これは自分の考えていることに対してのようだった。神父は眉を八の字に寄せてすわりつづけていたが、やがてだしぬけに言った——

「まったく人の言葉というのは誤解されやすいものだ。人間は誰でも大切なのです。あなたも大切、わたしも大切。神学のなかでこれほど信じにくいことはありますまい」

警部はさっぱりわけがわからず、ただ相手を見つめるばかりだったが、神父はかまわず先を続けた。

「わたしどもは神にとって大切なのです。その理由は神のみぞ知りたもうです。が、ここにこそ、ここにのみ、警察官というものの存在理由があるのです」警察官は自分自身の宇宙的な存在理由について啓発された様子は毫《ごう》もなかった。「おわかりになりませんか、法律は結局のところある意味で正しいのです。すべての人が大切であるならば、すべての殺人犯が大切なのです。主がかくも神秘《ミステリ》的につくりたもうたことが、迷宮《ミステリ》入りとしてぶちこわされるようなことがあってはならぬのです。ところで——」

この《ところで》を神父は鋭く言った、あたかも新しき決意のもとに一歩を踏みだしたかのように。

「ところで、この神秘的な平等の次元から降りてくると、あなたの言う重大なる殺人事件がわたしにはとりわけて重大なものだとは思えないのです。あなたはひっきりなしに、これこれの事件が重大だとおっしゃっておいでだ。ごくありふれた現実家として、わたしは殺されたのが総理大臣であることを認めねばならぬでしょう。同様にして、ごくありふれた現実家として、わたしは総理大臣が少しでも大切だとは思わない。人間としての重要さということに関するかぎり、総理大臣は存在しないに等しい。仮に明日総理大臣始め多くの閣僚が撃ち殺されたとしても、たちまちほかの人たちが立ちあがって、道という道に探索の手が伸びておるとか、政府はこの事件を容易ならぬものとして考慮中とか、発表するんではありませんか。現代の巨匠たちにしても、大切じゃありません。正真正銘の巨匠たちですらあまり大切ではありません。新聞にのるような人はほとんどみなと言っていいくらい少しも大切ではありません」

神父は立ちあがりざま、テーブルを一つ軽く叩いた。ごくたまにやる身ぶりである。神父の声はまた変わっていた。

「しかし、ラグリーは大切だった。イギリスを救いえたかもしれない半ダースほどの大人物たちの一人だったのです。その人物たちは、見る人もない看板のように荒涼として控え目に、この単なる商業主義の泥沼で終わっているあのなめらかな下り坂の要所要所に立っているのです。風刺小説家だったスウィフト首席司祭、ジョンソン博士、そしてウィリアム・コベット。この人たちは例外なく気難し屋とか、野蛮な人種だとか言われていたのですが、みんな友人たちに愛される人で、また、愛されるだけの取り柄を持った人でした。あのラグリー老人が、獅子のごとき心を持っていて、いさぎよく敵を許した、あの態度は戦う勇者のみが示しうるものです。

あの人は禁酒の説教屋さんが説教なさったことを見事に実行しました。我々キリスト教徒に模範を示し、みずからキリスト教精神の手本となったのです。さあ、そういう人がいわば闇討ちに遭って殺されたとなると、それはもう一大事と言わねばなりませんので、たとえ現代の警察機構のごときものでも、あえて利用させていただかねばなりません……いやいや、そうご謙遜なさることはありません。わたしとしては、この事件にかぎって、あなた方を本当に利用したくなったのです」

かくして以後しばらくのあいだ連日連夜にわたって、奇妙な光景ながら、我らがブラウン神父の小さな姿がイギリス警察の全部隊と全機構をうしろから駆り立てるようにして動かしている有様が見られたと言っても過言ではない。言うならば、それはヨーロッパ全土を蔽《おお》う広大な戦術によって布陣した砲兵隊と戦列を、あの小柄なナポレオンが意のままに動かしたのと大差ない。警察署と郵便局は終夜活動し、交通は止められ、郵便は検閲され、各所で捜査が行われた。その目的はほかでもない、あのインバネスコートを着て、エディンバラ行きの切符を持った亡霊さながらの——顔も名前もなきに等しい——怪しの人物の高飛びの足跡を突きとめんがためだった。

この間にも、もちろん、他の角度からする調査もなおざりにされてはいなかった。検死の最終報告はまだ提出されていなかったけれども、これが毒殺事件であることは誰もが確信しているようだった。そこで当然、疑いはなによりも強くあのチェリー・ブランデーに向けられ、そこからして当然、ホテルに嫌疑が向けられた。

「なかでも怪しいのはホテルの支配人です」とグリーンウッドはむすっとした口調で言ったものである。「うじ虫みたいにいやらしいやつですからね。もちろん、あのバーテンか誰か、召使いが関係していないとは言えない。あのバーテンはずいぶん陰険なタイプのようですから、ラグリーのような怒りっぽい人なら――ラグリーはすぐにけろっとして寛大になる人ですけれど――一回や二回叱りとばしたかもしれません。しかし、なんと言っても結局のところ、第一の責任は、したがって第一の嫌疑も、あの支配人にかかってくるとわたしは言いたい」

「そうですとも、第一の嫌疑は支配人にかかってきますな」とブラウン神父は言った。「それだからわたしは支配人を疑わしいとは思わんのです。それよりも、第一の嫌疑が支配人か召使いにかかるだろうことを誰か別の人が知っていたにちがいないとわたしは思う。それだからこそわたしは、このホテルでは誰を殺すのも簡単だろうと言ったのですよ。……しかし、あなたとしてみれば、支配人と対決なさるほうがよろしいでしょうな」

警部はさっそく出かけていったが、驚くほど短時間のうちに会見をすませて帰ってきた。帰ってみると、友人の神父はなにやら書類に目をとおしていて、どうやらそれはジョン・ラグリーの波瀾万丈《はらんばんじよう》の経歴をとどめた記録らしかった。

「面くらわせですよ、まったく」と警部は言った。「こっちは証拠らしい証拠をなにも握っていないので、あのぬらぬらした蟾蜍《ひきがえる》みたいな支配人を尋問するのに、何時間もかかるだろうと思っていたところが、とんでもない、やっこさん、たちまち弱気になって泥を吐きおった。あの様子じゃ、怖気《おじけ》づいて、知っていることを全部しゃべってくれたにちがいない」

「そうでしょうな」とブラウン神父。「そういう人だからこそ、このホテルのなかでラグリーの毒殺死体を見つけたときにも、すっかり取り乱してしまったのですよ。それだからこそ、あの人は目の前がまっ暗になって、ついあの人の言う黒人に罪をかぶせるためにトルコ剣のお飾りをその死体につけるという不細工なまねをしてしまったのです。あの人の欠点と言えば、臆病だということだけです。生き身の人間にナイフを突き刺すなんて、とんでもない、あの人にはとうていできっこないことです。死体にそれを突き刺すにしても、満身の勇気を振りしぼってやらねばならなかったことでしょう。また、そういう人なればこそ、身に覚えのない罪で訴えられそうになると、途端に震えあがって、こういうばかなまねをするというわけです」

「どうやらバーテンとも会ってみねばならんようだな」とグリーンウッドは言った。

「まあね」とブラウン神父。「わたし自身としては、ホシはホテルの関係者じゃないと思っていますがね。と言うのは、見たところいかにもホテルの人たちが怪しいというふうに仕立てあげられていますから……ところで、どんなものです、ラグリーの生涯についてまとめたこの書類をご覧になりましたか？　あの人はたいそうおもしろい人生を送られましたな。誰かあの人の伝記を書く人が出てこないかな」

「こういう事件に関係のありそうなことは全部調べておきました」と刑事は言った。「あの人は男やもめだったが、昔、細君のことである男と争ったことがある。その相手はこの辺の土地売買業者で、ラグリーはこのときかなり手荒いまねをしたようです。ラグリーはスコットランド人を憎んでいたそうです。たぶん、それが理由で今度も……おや、苦笑いをなさっていますね、わかりますよ、なぜ笑っておいでなのか。スコットランド人が憎いのなら……エディンバラの男を憎むのも当然というわけでしょう」

「たぶんね」とブラウン神父は言った。「しかしまた、あの人がスコットランド人を嫌っていたのは、個人的な理由からではないのかもしれませんよ。妙なことではあるが、あのホイッグ党の重商主義運動に反対していたトーリー党の急進派というか何派というか、あの一派はこぞってスコットランド人を嫌っておりました。コベットがそうです。ジョンソン博士もそうでした。スウィフトはスコットランドなまりについて最も痛烈な批判の文を書いていますしね。シェイクスピアでさえもスコットランド人嫌いの偏見を非難されたことがあるくらいです。しかし、偉大な人間の偏見《プレジュディス》というものは、たいがい原理《プリンシプル》ないし主義と関係がある。それに、れっきとした理由もあるようです。スコットランド人は貧しい農業国の出身なのですが、その国土はやがて豊かな工業地帯となりました。スコットランド人は有能で活動的です。我こそ北方より工業文明をもたらしつつあるものなりと考えていたので、南部には南部特有の田園文明が幾世紀ものあいだ連綿と続いていたことを知らなかったのです。そういうスコットランド人自身の先祖の土地は、非常に田園的ではあったけれども、文明化されてはいなかった……まあ、それはそれとして、わたしらとしてはもっと新しい情報が入るのを待つより仕方がありませんな」

「シェイクスピアやジョンソン博士からは最新のニュースなど入手できませんよ」と警察官は

大きく笑って言った。「シェイクスピアがスコットランド人をどう考えたかということは証拠にはなりません」

ブラウン神父は片方の眉毛を吊りあげた。なにやら不意に新しい考えが湧きおこったらしい。

「よくよく考えてみると、もっとよい証拠がシェイクスピアからでさえも見つけられるかもしれませんぞ。シェイクスピアはスコットランド人のことはあまり言わなかった。しかし、ウェールズ人をからかうのはずいぶんお好きでしたよ」

警部は相手の顔をつぶさにうかがっていた。そのつんとすました表情の陰に緊張した気配が見てとれたからだった。

「これはしたり」と警部は言った。「嫌疑をそっちのほうへ向けられたのは神父さんが最初でしょうな」

「よろしいかな」とブラウン神父はおっとりと冷静に構えて言った。「あなたはなによりも先に狂信者の話をなさった。狂信者ならどんなことでもやってのけられるとおっしゃった。ところで、わたしらは昨日このサルーン・ラウンジで光栄にもやかましさと頭の鈍さにかけても現代一と言っていい大狂信者をおもてなしする機会を得た。もし一つの観念にこり固まったこちこちのあほうが殺人を犯すものであるというのならば、わたしとしては、アジアに住むあらゆる隠者を差しおいてまず、あの禁酒主義者の尊師プライス・ジョーンズ氏を槍玉にあげたいものです。ジョーンズ氏の怖るべきミルクのグラスがあの謎多きウィスキーのグラスと並んでいたことは先刻お話ししたとおり、まぎれもない事実なのです」

「そして、そのウィスキーのグラスは殺人と関係があった」とグリーンウッドは目玉を丸くして言った。「どうなんです、神父さんは真剣なのですか、ふざけておいでなのですか」

神父の顔をまじまじと眺めて、依然その表情に不可解なものを認めたときだった、バーの向こう側で電話がけたたましく鳴りだした。グリーンウッド警部はカウンターのあげ戸を持ちあげてすばやくなかに入ると受話器を取りあげ、ちょっと聞きいっていたが、いきなり一つ叫び声を放った。電話の相手に向かってではなくて、宇宙一般に向けての叫びだった。それから、いっそうの注意をこめて耳を傾けながら、警部はときどき爆発的に言うのだった。「うん、うん……すぐ来てくれたまえ。できればいっしょに連れてきてもらいたいな。……よくやった……おめでとう」

グリーンウッド警部はバーの向こうからラウンジに戻ってくると、青春を取り戻した人のような元気さで、どっかと席に腰をおろし、膝の上に両手を置いて友人を見つめながら言った

――

「ブラウン神父さん、よくおわかりになりましたね。あの男がそもそも存在していることさえ誰にもわかっていないうちに、あなたはその男が犯人だと知っていられたようですね。犯人は誰でもありません。何者でもないんです。証言の混乱そのものでした。ホテル内の誰もこの男を見ませんでした。表の階段にいたボーイだって見たとは断言できぬくらいです。たった一杯の汚れたグラスに端を発したごく些細な疑い、それだけのものにすぎません。しかし、それをひっ捕えたのです。それがわたしたちの求める犯人だったのです」

ブラウン神父は容易ならぬ危機感に見舞われて立ちあがっていた。その手には、ラグリー氏の伝記を書こうという作家にとって貴重極まるあの書類がおのずと握られており、神父の目は友人の警部をまたたきもせずに見つめていた。たぶんこの身ぶりにうながされてであろう、警部はあらためて説明を始めた――

「そうなんです、《手早いやつ》を捕えたんです。なるほど、この男は逃走するのにも早かったこと、やっとオークニーへ釣りに出かけるところをひっ捕えました。本人は釣りにいくんだと言っているわけです。しかし大丈夫、この男にまちがいありません。いつかラグリーの奥さんに恋慕したスコットランドの土地売買業者なんです。このバーでスコッチ・ウィスキーを飲んで、それからエディンバラ行きの汽車に乗った男なんです。それも、あなたがいてくれなければ、誰にもわからなかったところなんです」

「いえ、わたしの言いたかったのは」とブラウン神父はかなり面くらっているらしい口調で言いかけた。そのとき、ホテルの外に重い乗り物の響きがしたかと思うと、たちまちバーの入口に二、三人の別の警官が立ちふさがった。上司の警部の招きに従ってその一人が幸福だが疲れてもいるといった様子で重々しく腰をおろし、やはり感嘆のまなざしでブラウン神父をうち眺めるのだった。

「犯人を逮捕いたしました」と警官は言った。「犯人にちがいありません、なにしろ、あぶなくわたしを殺すところでしたから。あらくれ男ならこれまでに何人も捕えたことがありますが、こんなやつは初めてでして――馬がけりあげてくるみたいにわたしの腹を打ったすえ、五人の刑事の囲みを破ろうとしたのですよ。今度こそ本物の殺し屋です、警部殿」

「どこにおいでかね」とブラウン神父は目を見張って言った。

「表の護送車です、手錠をかけてあります」と警官は答えた。「しばらくはそのままにしておいたほうが賢明と存じます」

ブラウン神父は軽やかな卒倒と言っていいくらいのくずおれ方で深く椅子の奥に沈んでいった。神経質につかんでいた書類があたり一面にばらまかれ、綿雪さながら床の上を吹きまくり、すべりまわった。神父の顔ばかりか、身体全体までが、しぼんだ風船のようだった。

「おう……おう」と神父は繰り返し唸《うな》った。ほかのどんな嘆き方も充分ではないといわんばかり。「おう……またやってしまった」

「また犯人を捕えてしまったという意味なら」とグリーンウッドは言いかけたが、神父は気息《きそく》奄々《えんえん》のソーダ水のような弱々しい言葉を噴出させてそれを制した。

「いまの意味は」とブラウン神父。「いつでもこういうことになるという意味です。どうしてそういうことになるものやら、さっぱりわかりません。いつもわたしは、自分の言おうとしていることをはっきり言おうと努めているのですが、ほかの人たちがわたしの言おうとしていることに盛りだくさんの意味をつけてしまうのです」

「いったいなにごとだというんです?」とグリーンウッドが急に癇癪《かんしゃく》を起こして叫んだ。

「わたしはいろいろなことを言います」とブラウン神父はかぼそい声で言った。そういう声でしか、その言葉の弱々しさを伝えることはできなかったのである。「いろいろなことを言うのですが、人はみなそれが伝えんとする以上の意味をそこに読みとってしまうらしい。いつかも、破れ鏡を見て『なにかあったな』と言いますと、『そうなんです、おっしゃるとおり、二人の男がとっくみあいを演じて、一人は庭に逃げた』などとみなさんがお答えになりました。わたしには解せないことです。『なにかあったな』というのと『二人の男がとっくみあいを演じた』というのと、この二つのことはどうも同じことだとは思えない。しかも、これでもわたしは論理学の本を読んだことがあるんです。今度の場合も、まあ、これと同じようなものです。あなた方はみなこの男が殺人犯であることを信じて疑わぬようだ。しかし、その男が殺人犯だなどとはわたしは言った覚えがありません。わたしどもの求める人物だと言ったまでです。たしかにそういう人物なんです。とても必要な人物なのです。なにがなんでも見つけたい人物でした。この怖ろしい事件でまだ見つかってない一つのもの、すなわち証人として、どうしても必要だったのです」

一同は論議の新しい急激な展開に追いつこうとしている人のように難しい顔つきになって、神父を見つめた。果たせるかな、論議を再開したのは神父だった。

「あの大きながらんとしたバーに初めて入ったときから、この事件で問題にすべき点は、そのがらんとした空虚さであり、寂しさであり、誰でも一人になる機会が多分にあるという事実であるのにわたしは気づいていました。一言で言えば、目撃者の不在ということです。わたしたちの知っていたことは、ただ、わたしたちが入ってきたときには支配人もバーテンさんもバーにはいなかったということだけです。ところで、いったいその二人はいつバーにいたか？　誰がどこにいたかという時間表を作ることなど、これでは思いもよりません。この事件全体は目撃者の不在によって白紙の状態にあったのです。わたしとしては、わたしたちが入ってくる直前にバーテンか誰かがバーにいたものと想定します。それだから、そのスコットランドの方はスコッチ・ウィスキーを給仕してもらえたのでしょう。スコットランドの方がウィスキーを手にいれたのは、わたしたちが入ってきてからでないことは確かです。しかし、気の毒なラグリーさんのチェリー・ブランデーに毒を注いだのはこのホテルの人かどうかということを調べる前に、まず、バーにいたのは誰々で、それはいつのことであったかを確実に知る必要があります。そこで一つお願いがあります。このとんだ手違いはみんなわたしのせいかもしれませんが、ついでにもう一つわたしの願いをいれて、事件の関係者をこの部屋に全員集合させていただきたいのです。あのアジアからのお客さんがアジアに帰ってしまわれたのでなければ、みなさんを集めることはまだできましょう。そうしておいて、次にお気の毒なスコットランドの方を手錠から解放してやって、ここへお連れし、あのときバーにいてウィスキーを給仕したのはどの人で、ほかに誰がこの部屋にいたかなどを指摘させなさい。そのスコットランドの方だけが、犯行当時の模様について証言できる人なのです。その証言を疑う理由は毫もないとわたしは思うのですよ」

「しかし」とグリーンウッドが言った。「それではまた振り出しに戻ってホテル当局に嫌疑をかけることになるだろう。神父さんはさっき支配人は犯人じゃないという説に賛成なさったじゃないですか。バーテンなんですか、どうなんです?」

「さあ、どんなものでしょうか」と神父は無表情に言った。「支配人についても、何とも言えませんね。バーテンさんとなると、さっぱりわからない。支配人だって、殺人犯ではないとしても、ちょっとした共犯者かもしれない。それはわからないけれども、たしかにわかっていることは、たった一人だがなにかを見たかもしれない証人がいるということで、それなればこそ、世界の果てまでも警察の方にその人を追いつめてもらったのです」

かくして一堂に集められた人々の前にやがて姿を現わした謎のスコットランド人は、なるほど噂に違《たが》わぬ怖るべき容姿の男で、背は高く、歩き方はのそっとして、顔は細長く冷笑的な斧形のとんがり顔、それに赤毛がふさふさと生えていて、インバネスコートを着ているばかりか、グレンガリー式の帽子（つばのない戦闘帽と思えばよい）をかぶっていた。この男がいささかふてくされたような態度をしているのは、事情が事情だから、まあ無理はないとしても、誰が見ても、そうやすやすと逮捕に応じるような男ではなく、反抗さえしかねないことは明瞭だった。ラグリーのような闘志満々の男性と殴りあいまですることになったのも驚くにあたらないし、ひいては、逮捕時の様子から警察がこの男は手に負えない典型的な殺し屋であると確信するに至ったのも、当然と言えば当然である。ところが、本人はアバディーン州に住む、れっきとした農場主で、名はジェームズ・グラントという、と主張して譲らなかった。そして、ブラウン神父ばかりか、グリーンウッド警部ほどの経験豊富な、頭のきれるお方までが、このスコットランド人の荒れ方は、当人が有罪だからであるよりもむしろ無実だからであると間もなく信じるようになっていた。

「そこで、グラントさん、実はあなたにここまでご足労をおかけしたのも」と警部はたちまち礼儀正しい調子に一変しておごそかに言った。「ただ一つの重要な点につきまして、あなたの証言を得たかったからです。あなたが誤解によってお苦しみになったことは本官のしごく遺憾とするところでありますが、それにもかかわらず、あなたが正義の目的に奉仕なさりたいと念願していることを本官は信じて疑いません。さて、あなたはこのバーが開いた直後、五時半にここへお入りになられて、一杯のウィスキーを給仕してもらいましたね。そのときバーにいたホテルの人はどなただったか――バーテンさんか支配人か、それとも別の雇い人だったか、それが知りたいのです。さあ、この周りにいらっしゃる方々をご覧になって、あなたに酒を給仕したバーの係がここにいるかどうか、おっしゃってください」

「ああ、いるとも」とグラント氏は目ざとく見まわしてから渋い笑みを浮かべて言った。「どこで会ってもわかるだろうな。あんた方だって、やつが人目につきやすい大男だってことは認めるだろう。ここの召使いはみんなあんな大男なのかね」

警部の目は依然として冷静で、その声はあくまでも無色透明でよどみなく、ブラウン神父の顔もまた無表情を続けていたが、他の多くの人たちの顔には翳りがあった。バーテンは特に大柄ではなく、ましてや大男とはほど遠いし、支配人となると誰が見ても小男の部類だったのである。

「そのときのバーテンを確認してもらいさえすればよいのです」と警部は平静な声で言った。

「もちろん、我々にはすでにわかっておるのですが、とにかく、あなたがその人物を自分一人で確認なさることを我々は望んでおります。そういたしますと、あなたはつまり……」ここで警部は急に言葉を切った。

「いるいる、あれにまちがいなしだ」とスコットランドの男は物憂《ものう》げに言った。そして、一つ身ぶりをしたが、その動作と同時にあの花形セールスマンの巨大なるジュークスが、大通りを練り歩く象さながらに立ちあがり、あっと言う間もなく三人の警官が野獣を襲う猟犬のすばやさでジュークスを組み伏せたのであった。

「なに、至って簡単なことでしたよ」とブラウン神父はあとで友人に語った。「前にも言いましたが、あのがらんとしたバー・ルームに入った途端にわたしがまず考えたのは、もしバーテンがバーをあんなふうにあけっぴろげの状態で留守にしていたのなら、あなただろうと、わたしだろうと、そのほかの誰だって、やすやすとあのあげ戸を持ちあげてなかに入り、ずらりと並んでお客さんを待っている瓶のどれでも一本を選んで、そのなかに毒を注ぐことができただろうということでした。もちろん、現実的な毒殺者ならジュークスのやったとおり、毒物の入った瓶を普通の瓶とすり替えるところでしょう。それならば、電光石火の早業でやってのけられます。酒類のセールスをやっていたジュークスのことですから、同じ銘柄のチェリー・ブランデーを用意して持ち歩くことなど、朝飯前でしたろう。もちろん、それには一つの条件があります。が、それにしたところで、かなり月並みな条件です。つまり、大勢の人が飲むビールやウィスキーに毒をいれたのではまずい。それでは大量殺人になってしまいますからな。しかし、ある人がある特定の酒、たとえばチェリー・ブランデーのようなあまり飲まれない酒を常用していることがわかっている場合には、これはもう自分の家で毒殺をやるのと変わりありません。違いはただ、ホテルでやるほうがずっと安全だということです。なぜって、嫌疑はただちにホテルか、ホテルの関係者にかかるでしょうし、バーに入ってきた何百というお客さんのなかの特定の一人がその犯人だと示すような証拠は、たとえお客さんが犯人かもしれないとわかっても、ちりほどもないんですからね。これほど徹底して無名の、そして無責任な殺人は、まず珍しいでしょう」

「それでは、なぜ犯人はそんな罪を犯したのです？」と友人は訊いた。

ブラウン神父は立ちあがり、さきほど度肝を抜かれたときに取りちらかしてしまった書類をおごそかに寄せ集めた。

「どうでしょう、警部さん」と神父は笑顔で言った。「故ジョン・ラグリー氏の未発表の伝記および書簡集の資料にもう一度注意を向けていただけませんか。いや、それよりもむしろラグリー氏ご自身の口から出た言葉に注目していただけばよいでしょう。ラグリー氏はほかでもない、このバーでこう言った、拙者は多くのホテルの経営についてあるスキャンダルを摘発してやる、と。そしてそのスキャンダルというのが、ホテルの経営者と、リベートを払ったり取ったりするセールスマンとのあいだにいかがわしい協定が結ばれていたという、かなりありふれたやつで、セールスマンはその結果ここで売られる酒の全部の卸しを独占していたわけです。一メーカーの酒だけを売る特約酒場ならまだしも、これはそういう言わば公然の隷属企業ですらもなく、実は支配人がサービスをすることになっているお客様一人ひとりの懐を犠牲にすることで成り立っていた詐欺だったのです。法律的な犯罪だったのです。そんなわけで、あの悪がしこいジュークスは、バーに人がいないときを見はからってカウンターの内側に入り、瓶をすり替えた。運悪くちょうどそのときインバネスコートのスコットランド人が入ってきて、ウィスキーをくれと容易ならぬ剣幕で請求した。ジュークスは、こうなった以上はバーテンになりすまし、この客に給仕してやるよりほかに逃げ道はないと悟った。そして、ジュークスが大いに胸を撫でおろしたことに、このお客は《手早いやつ》だったのです」

「《手早いやつ》と言えば、神父さんご自身がずいぶん《手早かった》じゃありませんか」とグリーンウッド。「そもそもの始めに、がらんとした部屋の雰囲気そのものからなにかを嗅ぎとったとおっしゃるんですからね。始めからジュークスを怪しいと睨んでいたのですか?」

「あの人の話しっぷりは、どうもたんまり金を持っている人のようだった」とブラウン神父はあいまいに言った。「人間、どういうときに金持ちらしい声をだすものか、あなたもご存じでしょう。そこでわたしは自問したのですよ、いったいほかの正直な連中がみなかなり貧しそうなのに、どうしてこの男だけが胸くその悪くなるほど金持ちじみた鷹揚な声をしているのだろうか、とね。しかし、この男がにせものであることがわかったのは、あの胸に輝く大きなネクタイピンを見たときでした」

「そのピンがにせものだったから?」とグリーンウッドは確信なさそうに訊いた。

「いいや、本物だったからです」とブラウン神父は言った。

# 古書の呪い

オープンショウ教授のことを心霊家であるとか、心霊現象の信者であるとか言おうものなら、教授はきまって癇癪《かんしゃく》を起こし、それがまた尋常の怒り方ではないのだが、しかし、教授の爆発しやすい点はこの面にかぎられているわけでなく、心霊現象を信じない人だと言われたときにもやはり癇癪を起こすのだった。教授にしてみれば、自分の一生を心霊現象の研究にささげたことが誇りであり、かつまた、その心霊現象なるものがはたして心霊の作用によるのか、単なる自然現象にすぎぬのかについて断定はおろか、ヒントも与えたことがないというのも、教授の誇りとするところだったのである。教授にとってなによりの楽しみは、敬虔《けいけん》な心霊崇拝者の車座のなかに座を占めて、自分がいかにして霊媒のいかさまを次から次へとあばきたてていったかを爆弾宣言のように報告することにあった。

なるほど教授の探偵眼と摘発力は並みのものではなく、ひとたび教授が対象に目を据えるや、その働きはめざましく、ことに霊媒に対しては、いつも教授はこれを大いに疑わしい対象として注視していたのである。たとえば、同一人物のいかさま心霊術師が三とおりの変装をしていることを探りだしたという話がある。女になったり、白鬚《しろひげ》の老人になったり、チョコレート色に近い褐色の膚《はだ》をしたバラモンの師になったりしていたのだそうであるが、とにかく、こういった話は心霊術を心から信じている人たちにとっては、あまり気の休まる話ではなく、そこがまた教授のつけ目でもあった。けれども、信者たちはめったに不満をとなえなかった。というのも、どんな心霊主義者でも、いかさま霊媒の存在を否定してはいないからであるが、しかし、教授の滔々《とうとう》たる弁論は、どうも霊媒は全部が全部いかさま師であると言いたがっているらしかった。

しかし、また一方において、単純な心を持った純真なる唯物論者《ゆいぶつろんしゃ》――というのは一括してみると、かなり純真で単純な人種なのである――その唯物論者にしろ、教授の言うことに気をよくしたら、とんだことになる。唯物論者がそこで我が意を得たりとばかりに、幽霊などというものは自然の法則に反するとか、単なる迷信であるとか、さてはまた出まかせか、ないしは大ぼらであるなどと説きおこそうものなら、たちまち教授はそのあらゆる科学的論説の砲口を百八十度回転して、やれ疑問の余地なき目撃例だとか説明不能の現象だとかの砲弾をもって、戦場からそのあわれな無知蒙昧《もうまい》の唯物論者を一掃しさるのだった。あらゆる資料とあらゆる細目を並べたて、試みられては捨てられたあらゆる自然科学的説明を述べたてて唯物論者を攻撃する。その教授が述べたてないことと言えば、たった一つ、教授ことジョン・オリヴァー・オープンショウが心霊なるものを信じているや否やということであり、この点に関しては、心霊主義者たると唯物主義者たるとを問わず、教授の真意を探りだすことは絶対にできなかった。

オープンショウ教授は痩せ形で髪は淡い獅子色、目は催眠術師さながらの青い目で、いま立ったまま友人のブラウン神父と二言三言話しているところだった。ところは、この朝この二人が食事をとり、前夜宿泊したホテルの玄関前の階段である。教授は昨夜、例によって例のごとき大実験をおえて、少し遅目に帰ってきたという事情もあって、なにやらいきり立っている様子。唯物論と心霊主義の両敵に対していつも孤軍奮闘している闘争心で、いまだに血湧き肉躍らせているものと見うけられた。

「いや、あんたならかまわない」と教授は笑い声で言った。「あんたなら、たとえ本当のことでも、信じやしませんからな。ところが、あの連中となると、年がら年じゅう、わたしがなにを証明しようとしているのかとうるさく問いつめるんです。どうも、わたしが科学者であることをみんなのみこんでいないようでしてね。科学者たるものは何物も証明しようとはしないのです。おのずから証明されるものを見つけようとするだけです」

「が、それはまだ見つかっていない」とブラウン神父は言った。

「わたし自身としては、自分なりの考えをいろいろ持っているのですが、それは、たいがいの人が考えているほど否定的な考えではありません」と教授はしばらく顔をしかめて黙っていたのちに答えた。「とにかく近頃は、いやしくもなにか探りだせることがあるとすれば、あの連中はそれを見当違いの方向にさがしているのだと、そういうふうに考えるようになっています。なにしろ、すべてがあまりにも芝居がかっています。エクトプラズムだとか、ラッパだとか、声音だとか、みんなこれ見よがしのお芝居です。それがまた、どれもこれも、昔からあった例の《家つきの幽霊》をめぐる通俗劇やら歴史小説をそのままひき写したような設定です。そんな歴史小説のかわりに歴史そのものに目を向けるようになれば、なにかを探りだすこともできるでしょうが、出現物《アパリッション》に気をとられているうちはだめです」

「なんと言っても」とブラウン神父は言った。「アパリッションというやつは、ものの外相《アピアランス》にすぎませんな。あなたとしては、《家つきの幽霊》はただ外相を、つまり世間態をつくろっているにすぎない、と言いたいところでしょう」

教授のまなざしは、平素は上品なぼんやりした相を呈しているのだが、このとき不意に――怪しげな霊媒を見つめるときのように――たじろがぬ視線となって焦点を結んだ。強力な拡大鏡を目にはめこんでいる人のようだと形容したらよいだろう。と言って、教授が神父のことをいささかなりとも怪しげな霊媒だと考えていたわけではない。ただ、友人の神父が教授の考えに一歩も遅れずについてくるのが驚きであり、それで緊張したというわけだった。

「アピアランスか！」と教授はつぶやいた。「そいつはどうも。しかし、あんたがちょうどいまそれを口に出されたのは妙ですね。わたしは研究を重ねれば重ねるほど、連中は単なるアピアランスをさがしまわっているために成果をあげることができないのだと考えるようになってきたんです。少しでもいいからディスアピアランスというものを探ってみてくれたら――」

「さよう」とブラウン神父。「なんと言っても、本当の妖精伝説には、有名な妖精の出現《アピアランス》ということはあまり出てきません。タイテイニアを呼びおこしたり、月の光でオーベロンの姿を見せたりする話は少ない。ところが、人間が失踪《ディスアピア》する伝説となると、きりがない。みんな妖精がさらってゆくんですからな。あなたがさがしていらっしゃる行方不明者はキルムニーですか、それとも詩人のトマスなのですか」

「わたしのさがしているのは、みなさんが新聞でお読みになるありふれた現代人です」とオープンショウは答えた。「目を丸くされるのも無理はない。しかしいまのところ、それがわたしの目標なんです。もうずいぶん長いこと、これに携わっているんです。率直に申して、心霊の出現現象などというものは大方説明がつくのです。ところが人間の失踪となると、わたしは説明できません。新聞によく出ている、消えたまま二度と出てこない人たちの話なんですが……今朝も、そういう例の一つの確証をつかみました。ある年寄りの宣教師から届いた普通でない手紙なんです。非常に立派なお方です。今朝、わたしの事務所にお見えになることになっています。どうです、神父さん、昼食でもいっしょにいかがです。その人と会った結果をお話ししましょう、内密にね」

「ありがとう、お受けいたしましょう」とブラウン神父は控え目に言った。「ただし、その頃までに妖精にさらわれてしまわなければですよ」

それで二人は左右に分かれ、オープンショウは角を曲がって自分の小さな事務所まで歩いていった。この借り事務所はすぐ近所にあって、主として小規模な定期刊行物（その内容は最も無味乾燥にして最も不可知論的な心霊学および心理学に関する記事）の出版業務にあてられていた。事務員は一人いるきりで、それが手前の事務室の机に向かって報告記事のために必要な数字やら事実やらを集計していた。教授が、プリングルさんはお見えにならなかったか、と訊くと、事務員は機械的に「いいえ」と答えて、また機械的に数字の集計を始め、教授は自分の書斎にあてられている奥の部屋のほうに行きかけた。その途中、振り返らずに「ところで、ペリッジ君」と呼びかけて、「もしプリングルさんがお見えになったら、まっすぐわたしのところへお通ししてください。仕事をやめることはない。その記事は、できれば今夜までに仕上げてもらいたいんでね。出来た記事は、明日わたしの机の上に置いておいてくれればいい、もしわたしが遅刻したならばね」

こう言って教授は専用の書斎へ入っていったが、頭のなかではまだプリングルという名前が呼びおこした——というよりもそれが承認し、確認した——例の問題について思いをめぐらしていた。いかに公平にして冷静なる不可知論者といえども、ある程度は人間である。あの宣教師からの手紙が教授の個人的な、いまだに試験的な仮説の裏づけとなるにたる重大な価値を持つものに見えたとしても不思議はなかろう。教授はモンテーニュの像と向かいあった大きな安楽椅子に腰をおろして、いま一度ルーク・プリングル師からの短い手紙を読んだ。それに今朝会いたいということが書いてあったのである。さて、変人の書いた手紙を見ぬくことにかけては、我がオープンショウ教授の右に出る者はおるまい。ごたごたと書きつらねた内容、蜘蛛《くも》の糸のような筆跡、不必要な長さと繰り返し、そういった変人の筆を思わせる徴候はこの手紙にはなに一つ見あたらず、事務的にタイプした簡単明瞭なその文面には、心霊問題の研究者である教授の専門分野に属すると思われる二、三の不思議な失踪事件と出くわしたことがあると書かれていた。教授は悪い気はしなかったし、また、その相手が実際に現われたときにも悪い印象は抱かなかった。もっとも、この相手は、教授がふと目をあげてみると、もう部屋のなかに来ていたので、教授が不意を衝かれてあわてたことは事実だった。

「事務員の方がまっすぐ入るようにと言われましたので」とプリングル師は弁解がましく言ったが、顔一面に浮かべた微笑は愛想がよかった。その笑みの一部は、口の周りの赤味がかった灰色の髭《ひげ》に隠れており、その密生した髭はまさに髭の密林で、こういう髭は密林に住む白人がときどき生やすことがある。けれども、この男の獅子鼻の上の目には、いささかも野蛮で異境的なところはなかった。オープンショウは間髪を容れずにその目に強いまなざしを据えた。これは、スポットライトの集中というか、強力レンズの焦点というか、とにかく教授が多くの人に向かって山師か狂人かを見極めるべく放った懐疑の眼光なのである。が、このたびは、教授はいつになく安堵の胸を撫でおろした。なるほど、密林そこのけの髭は変人奇人の部類に属するかもしれないが、目は完全にこの髭と矛盾《むじゅん》していた。その目には、くそまじめないかさま師や、くそまじめな狂人などの顔には見たくても見られないあの腹蔵のない親しみのこもった笑いが満ちあふれていたのだった。こういう目をしているからには、これは実利一点ばりの俗物で、陽気な懐疑家といったところであり、幽霊とか心霊とかには浅薄だが心からの軽蔑を鼻を鳴らして示す人物かもしれないのであるが、これが職業的いかさま師でないことはまちがいなかった。いかさま師がこんな上っ調子の態度をとれるはずがないのである。その男は見すぼらしい古ぼけたマントに咽喉《のど》まで全部ボタンをかけてくるまり、ただ一つ締まりのない大きな帽子だけが聖職を暗示していた。しかし、だいたい密林地帯からやってきた宣教者というものは、聖職の身なりをすることになぞあまり気を使わないのかもしれないから、これも不思議はなかろう。

「これもまた新手のいんちきだとお思いかもしれませんが」とプリングル師はなにやら遠いところで楽しんでいる様子で言った。「あなたがいかにも自然にわたしを疑っているらしいのを逆にわたしが笑ってしまうのを、どうかお許しください。とにかく、わたしとしてはどうしても、どなたか権威者にわたしの話をお伝えせねば気がすまない。それは本当にあった話だからです。冗談はぬきにして、ほんとにこれは事実であるばかりか悲劇でもあるんです。かいつまんでお話しすれば、わたしは西アフリカのニアニアという任地で、森林の奥深くで布教に従事している者ですが、その土地にいる白人と言えば、わたしのほかには同地を掌握している部隊の隊長ウェールズ大尉くらいのもので、大尉とわたしはかなり親しい仲になりました。大尉が宣教というものを好いていたと言うのではありません。こう言ってはなんですが、あの人はいろいろな点で鈍いお人でした。よくある頭の固い、肩のいかつい行動家でして、考えごとなどする必要は少しもなく、ましてや信仰など論外でした。そこが、この話のいよいよもって奇妙なところなのです。

ある日、大尉は短い外出ののち森のテントに帰ってきて、えらくけったいな出来事に出くわした、どうしてよいものかわからない、と言うのです。そして、革で装幀した色褪《あ》せた古書を一冊持っていて、それをテーブルの上に拳銃やアラブの剣と並べて置きました。その剣は大尉が大切にとっておいたもので、稀な骨董品《こっとうひん》として珍重していたのだろうと思います。さて、大尉は言いました、この書物は自分がたったいま降りてきたばかりの船に乗っていた男のものだが、その男の誓って言うには、この本を開いたり、なかをのぞいてはならない、そんなことをしたら、悪魔にさらわれるか、跡形もなく消えてしまうか、どうにかなってしまう、と。もちろん、ウェールズ大尉は、そんな話は嘘っぱちだと言ったそうで、そこで口論になり、その結果、どうやら相手の男は臆病者だとか迷信家だとかとばかにされたのがたまらず、その本を開けてのぞいてみたらしいのです。そして、すぐに本を落とすと、船べりに歩いていって――」

「ちょっと」と教授は制止した。すでに二、三メモをとっている。「その先をお話しになられる前に、いいですか。その男はウェールズさんに、どこでその本を手にいれたとか、元の持ち主は誰だったとかいうことは話さなかったのですか」

「話しました」とプリングルは今度はすっかりおごそかな口調で言った。「その本をいまイギリスにいる東洋旅行家のハンキー博士のところへ持ってゆくところだと言ったらしいです。その博士がこの本の持ち主で、男は博士からこの本の魔力について警告を受けたのです。そのハンキー博士なのですが、この人がまた有能な人物で、相当な気難し屋なので、めったに感心などしない人なのですから、この話はいよいよ妙です。ですが、ウェールズの話の要点は至って簡単です。つまり、その本を開けてみてしまった問題の男は、船べりを越えて歩いていって、二度と姿を現わさなかったというのです」

「あなたご自身はそれを信じますか」とオープンショウはしばらく黙ってから言った。

「そうですね、信じますよ」とプリングル。「信じる理由が二つあります。第一、ウェールズはまったく想像力のない男なのに、この話につけ加えて言った一つのことは、想像力のある人にしか言えないようなことでした。こう言ったのです、その男は微風一つない凪《なぎ》の日に船べりの外へ歩いていった。けれども、水しぶきが少しも立たなかった、と」

教授はしばらくのあいだ黙りこくってメモ帳を眺めていたが、やがて言った。「もう一つの理由というのは？」

「もう一つの理由は」とルーク・プリングル師は答えた。「わたしが自分の目で見たことにあります」

再び沈黙が続いたのち、プリングル師が相変わらず実務的な口調で先を続けた。なにはどうあれ、この人物には変わり者や、さては信仰家でさえもが他人を説き伏せようとするときに示すあの熱心さがまるで見られなかった。

「すでに申しあげたように、ウェールズはその本をテーブルの上に剣と並べて置きました。テントには入口が一つしかなく、たまたまわたしはテントのなかで大尉に背を向けて遠くの森を眺めていました。大尉はテーブルのそばに立って、この怪事件についてぼやいていました。この二十世紀の世界で、本を開けるのが怖いなどとは愚の骨頂だ、おれが開けてはいけないわけがどこにある、とそんなことを呻《うめ》くようにつぶやいていました。わたしはこれを聞いて、なぜかどきりとしたので、そんなまねはせずにハンキー博士に返したほうがいいだろうと大尉に言いました。『どんな害があるというんだ』と大尉は不安げに言いました。『どんな害がすでにあったでしょうか？』とわたしは頑固に問い返しました。『船で会った方はどうなりましたか？』すると大尉は返事をしませんでした。どうにも返事のしようがなかったはずです。しかし、わたしは単なる虚栄心から自分の論理的優位をさらに推し進めました。『それならば、船のなかで現に起こったことをあなたはどう解釈するのですか?』とわたしは問いつめたのです。大尉はやはり黙っていました。そこでもう一度、振り返って見ると、大尉の姿はもうそこになかったのです。

テントのなかはからっぽでした。本はテーブルにのっていました。開いてありましたが、伏せてあって、大尉がそれを下向きに置いたかのようでした。ところが、例の剣はテントの反対側に近い床の上に落ちていて、テントのカンヴァスには大きな穴が——まるで誰かが剣で切り裂いて出ていった跡のように——ぽっかり空いていたのです。そこからは外の森の暗鬱《あんうつ》な光のゆらめきが見えるばかりでした。そばに近よって、その裂け目からのぞいてみても、長々と生い茂った植物や、深い雑草のもつれがはたして踏みつけられて折れたり曲がったりしているものかどうか定かに見ることはできません、少なくとも数フィート先の様子はまったく見当がつきませんでした。この日以来ウェールズ大尉の姿を見たことも、その消息を聞いたこともないのです。

わたしはその本を、なかを見ぬように細心の注意を払って茶色の紙に包み、まずハンキー博士にそれを返すつもりでイギリスに持ち帰りました。そこでたまたまあなたの雑誌にこういう問題についての仮説を暗示する論文がのっているのを見て、わたしはちょっと寄り道をしてこの問題をあなたに見ていただこうと決心したのです。あなたはどちらの側にも偏《へん》しない、自由なお心を持った方だと聞いておりましたもので」

オープンショウ教授はペンを置き、テーブル越しに相手の男をまじまじと眺めた。そのたった一瞥《いちべつ》のまなざしのなかにこめられていたのは、千差万別のいかさま師と渡りあった博士の長年の経験であり、正直だが変わり者だという異常者との経験もそれには含まれていた。普通ならば、博士は、こんな話は嘘八百だという健全なる仮説をまず述べたてたところだろう。いや、事実、博士はどちらかと言うと、これが嘘八百であると想定するほうに傾いていたのである。にもかかわらず、こんな人物がなぜこんな話をするのかということが博士にはわからなかった。少なくとも、こういう類の嘘つきがこういう類の嘘を語るということが解《げ》せなかった。この人物は、たいがいの山師やかたり屋とは違って、いかにも正直そうな上辺を見せかけようとはしていない。むしろその逆で、この男は、単に上辺に見せているものが何であれ、根は正直者であるというふうに思われた。博士はそこで、善人だが一つだけ無邪気な妄想を抱いている人間というものを考えてみた。が、それにしてもやはり徴候がいつもとは違う。この人物には、いわば男性的な無関心と言ってよいものさえあった。自分のその妄想を——仮にそれが妄想だとして——あまり気にしていないような、のほほんとしたところがあった。

「プリングルさん」と博士は証人をとびあがらせる弁護人のような鋭い口調で言った。「お話の本はいまどこにありますか」

物語るうちに厳粛味を帯びてきた男の髭面《ひげづら》が再びほころんで笑顔になった。

「表に置いて参りました」とプリングル師は言った。「表の事務室のことです。危険なことだったかもしれません。しかし、比較的にはそのほうが危険が少ないと言えましょう」

「それはどういう意味ですか？」と教授は問いただした。「どうしてまっすぐここへお持ちにならなかったのですか」

「そのわけは」と宣教師は答えた。「あなたがそれをひと目ご覧になれば、きっと話を聞かぬうちに開けてしまうにちがいないと思ったからです。この話を聞いてからならば、いくらあなたでも、開けるのを思いとどまるかもしれない、とそう思ったのです」

そこでしばしの沈黙があったのち、こうつけ加えた。「あそこにはあなたの事務員しかいらっしゃいませんでしたし、その方がまた、いかにも鈍感で堅実そうな人で、事務的な計算に没頭しておりました」

オープンショウは屈託のない心からの笑い声をあげた。「ああ、バベッジですか。あそこなら、あなたの魔法の書物は安全です、心配ご無用。ほんとの名前はベリッジというんですが、よくわたしはバベッジと呼ぶんです、なにしろ、あんまり計算器にそっくりなんでね。他人様《ひとさま》の茶色い包み紙を開くなんて、あの人間には——あれが人間だとして——思いもよらぬことですよ。それじゃ、あちらへ行って包みを取ってくるとしましょう。いや、心配はいりません、本をどうするかについては真剣に考えてみますから。実は、率直に申して」と教授はまた相手を見据えて、「それをいまここで開けてよいものか、ハンキー博士に送ったほうがよいのか、はっきりわからないのですよ」

二人は連れだって奥の部屋から外の事務室へと移った。いや、まだ移りきらないうちにプリングル師は叫び声をあげて事務員の机めがけて駆けよった。事務員の机はたしかにそのままだったが、肝心の事務員がいなかったからである。机の上には色褪せた革表紙の古書が茶色の包み紙からひっぱりだされて置いてあった。閉じてはあるが、たったいま、開かれたばかりのように見えた。事務員の机は、往来を見渡す窓の前にあったが、その窓ガラスには大きなぎざぎざの丸い穴があいており、人間の身体がそこから外の世界へ発射されでもしたかのようだった。ベリッジ氏は跡形もなく消えていた。

外側の事務室に取り残された二人の男は、一対《いっつい》の銅像のように微動だにしないで立っていたが、やがてゆっくりと生気づいてきたのは教授だった。いまだかつて見せたことのないほどしかつめらしい裁判官のような表情で、ゆっくりうしろを向くと宣教師に片手を差しだした。

「プリングルさん」と教授は言った。「お許しを請います。たとえ腹のなかだけではあっても、ともかくわたしが考えたこと、うすうすなりとも考えたこと、それをお許しくだされ。しかし、こうなってはもう、科学者である以上はこのような事実を正視しないわけには参りません」

「どうでしょう」とプリングル師はおぼつかなげに言った。「二、三問いあわせをしてみたら。あの方のお家に電話して、帰宅なさっているかどうか確かめてみたらどうでしょう」

「あれの家に電話があるとは思いません」とオープンショウは、かなり上《うわ》の空《そら》で答えた。「どこかハムステッドのほうに住んでいるらしいのですが、でも、いっしょに住んでいる友人か家族がいるだろうから、帰らなければ、向こうから問いあわせてくるでしょう」

「人相書きは整えられるでしょうね?」と相手は訊いた。「警察がほしいというかもしれませんのでね」

「警察！」と教授は白昼夢からひっぱりだされて叫んだ。「人相書きか……まあ、えらく十人なみの顔つきだな、困ったことに。ただ眼鏡をかけているのが特徴だ。よくある、顔をきれいに剃っている男だ。しかし、警察ということになると……いったいこれはどうしたらよいものだろう、まるで狂気の沙汰だ」

「わたしはどうしたらよいか知っています」とプリングル師はしっかりした口調で言った。「わたしはこの本をその前々からの持ち主であるハンキー博士のところへまっすぐ持っていって、これはどういうわけなのか訊いてみるつもりです。博士はここからあまり遠くないところに住んでいますので、話がすんだらすぐに戻ってきて、博士の言ったことをお知らせしましょう」

「なるほど、それはけっこうだ」と教授はいくらかげんなりしたように腰をかけながら、最後に言った。しばらくなりと責任を解除されてほっとしたのだろう。しかし、小柄な宣教師の元気のいい足音が通りの向こうに消えてしまってからでも、教授はいつまでもそのままの姿勢で入神状態の巫女《みこ》のように宙を睨んでいるのだった。

その同じ席で、姿勢さえもほとんど前のままで博士がまだすわっているうちに、外の路上にこれも同じ威勢のいい足音が聞かれ、宣教師が入ってきた。今度は、ひと目でそれとわかったことに、手にはなにも持っていなかった。

「ハンキー博士は」とプリングルはおごそかに言った。「一時間ほど本を手元に置いて、問題を考えてみたいとおっしゃいました。それから、結論を聞かせるから、わたしたち二人に博士の家まで来てくれるようにとのことです。特にこんどの訪問にはあなたをお連れするようにとの思《おぼ》し召しでした」

オープンショウは、沈黙のまま宙を睨みつづけていたが、不意に――

「いったいハンキー博士というのは何者かね？」

「まるで博士を悪魔だと思っているみたいですね」とプリングルは笑顔で言った。「実際にそう思った人もいるようです。博士は以前、あなたと同じ方面の研究で名高かった人ですが、それも主としてインドであちらの魔術などを研究なさった結果なので、本国ではあまり知られていないのではないかと思います。黄色い顔の、痩せ形の小男で、片足をひきずっています。性質はどうも怒りっぽい人のようです。でも、このあたりでは並みの立派な開業医として通っていますし、別に不都合なところもない人のようです。もっとも、このとんでもない怪事件について少しでも知っている唯一の権威者であることが不都合だとおっしゃるのなら、別ですけど」

オープンショウ教授は重そうに身体をひきずるようにして立ちあがり、電話の前へ行った。そしてブラウン神父を呼びだし、昼食の約束を夕食に変えた。インドに住んだことのあるこのイギリス人の先生の家へ遠征に出かけられるようにするためだった。それがすむと、教授はまた腰をおろし、葉巻に火をつけ、再び沈むように自分の底なしの想念のなかにひたるのだった。

ブラウン神父は夕食の約束をしたレストランについて、しばらく鏡と鉢植えの棕櫚《しゅろ》がところせましと並んでいるホールでしびれを切らしながら待っていた。オープンショウの午後の用事については知らされていないので、嵐模様の夕暮れが迫って鏡や緑の植物をしだいに深く包むにつれて、神父は、その用事でなにか突発的な、不当に手間どることが起きたのだろうと推測した。それどころか、教授はまったく姿を現わさないのではないかとさえ思った瞬間もあった。しかし、結局、教授が現われるに及んで、神父の大ざっぱな推測が正しかったことがわかった。なぜなら、教授はえらく血走った目をして、髪の毛さえ乱して、いまプリングル師といっしょにロンドンの北郊から車で帰ったばかりだと言ったからである。

ロンドンでもそのあたりへ行くとヒースの荒野や散在する共有地の原がまだ外縁にひろがっていて、それが雷を伴った嵐模様の日没の空のもとでいかにも陰気に見えたそうであった。それでも二人はめざす家を見つけた。ほかの家から、声をかければ届くが、距離的には少し離れた一軒家だったそうで、二人はその玄関に《J・I・ハンキー、医学博士、王立外科医大会員》と記された表札を確認した。しかるに、その医学博士、王立外科医大会員J・I・ハンキー氏は見いだされなかった。そのかわりに、二人がいつしか心の奥底で、無意識のうちに予期するようになっていたものが見つかったのである。ありふれた診療室のなか、テーブルの上にあの呪いの古書が、たったいま読まれたばかりらしい様子でのっており、その向こうに、裏口のドアがいっぱいに開け放たれ、かすかに認められる足跡が、足の悪い男にはそう軽々とは走り登れるはずのないえらく急な庭道の中途まで、点々と続いているのであった。が、走っていった男の足が悪かったことはまちがいない。これらわずかばかりの足跡のなかに、普通の靴と見まちがえようのないゆがんだ矯正靴の跡が認められ、その先にはこの矯正靴の跡だけが二つ

（まるで片足で跳ねたかのように）あるきりで、他にはなにもなかった。J・I・ハンキー氏から受けとるべき情報はこれ以上なにもなく、ただ氏が予告どおり結論を出し、決定をくだしたという事実が知れるのみであった。氏は神託を読み、そして破滅の運命に遭難したのである。

棕櫚の木に囲まれた入口に教授といっしょに入ってきたプリングルは、件《くだん》の本をまるで火の塊《かたまり》でも扱うように急いで小さなテーブルの上に置いた。神父は好奇のまなざしでそれを一瞥したが、その表紙にはぞんざいな筆跡で二行詩が一つ書いてあるだけだった——

この書を窺う者
神隠しの難に遭うと知れ

そして、その下に、これは神父がのちほど発見したことだが、同じような警告が、ギリシャ語、ラテン語、フランス語の三カ国語で記されていた。他の二人は、疲労と困惑のきわみにあっただけに、自然、アルコールを求めてそのほうに惹《ひ》かれ、オープンショウの注文に応じて給仕が盆にカクテルをのせてやってきた。

「いっしょに食事をしていただけますね」と教授は宣教師に言ったが、プリングル師は愛想よく首を振った。

「できることなら」と師は言うのだった。「どこかで一人きりになって、この本とこの事件に取っ組んでみたいのです。どうでしょう、あなたの事務所を一時間ほど使わしていただけないでしょうか?」

「いや、それは——残念ですが、戸締まりがしてあるんです」とオープンショウは幾分か不意を衝かれて言った。

「窓に穴が空いているのをお忘れですね」ルーク・プリングル師はそうでなくても目につく笑みをいっそう満面にひろがらせて、そのまま外の闇のなかに消えてしまった。

「どうも妙な男ですな、やっぱり」と教授は苦い顔で言った。

そこで教授は神父のほうを見やると、いささか驚いたことに、神父はカクテルを運んできたボーイと話しており、その話題がまた給仕の最も個人的な問題らしいのだった。病気だった赤ん坊がもう危機を脱したというようなことを話していたからである。教授はいくらかの驚きをもってこの事実に言及し、あんな男をよくご存じですねと感心してみせた。すると神父はあっさりと「二カ月か三カ月に一度はここで食事をしますので、話したことがあるんですよ」と答えた。

教授は、自分がここで一週間に五回は食事をするというのに、その男に話しかけようなどとは思ってもみたことがないのに気づいた。しかし、この考えも、けたたましい電話のベルと、「お電話です」という声に中断された。電話の相手はプリングルだと名乗ったが、その声はこもったように鈍かった。しかし考えてみれば、あの茂みのような髭がその声をこもらせているのかもしれない。とにかく話の内容は、それがプリングルであることを証明するに充分だった。

「教授」とその声は言った。「もうどうにも我慢ができません。自分で調べてみるつもりです。

この電話はあなたの事務室からかけています。本は目の前にあります。わたしの身になにか起こるとすれば、これがお別れです。いや、よせと言ってもむだです。どのみち間に合いはしないでしょう。いま、本を開けるところです。あっ……」

オープンショウはなにやら背筋がぞっとするような、それでいてほとんど音のない、ものの倒れる気配を聞きとったように思った。ただちにプリングル、プリングルと繰り返しどなったが、もはやなにも聞こえなかった。教授は受話器をかけると、あっぱれな学者らしい平静さに戻って――もっとも、それは絶望の平静さに似ていないこともなかったが――そのまま静かに元の食卓の席についた。そうして、どこかの降霊会でたわいないトリックが失敗したときの模様を語るような具合に冷静に、この驚くべき怪事件の一部始終を物語ったのであった。

「こういう世にも不思議な消え方でこれまでに五人もの人が消えてしまったのです」と教授は言った。「どれもみな異常な事件です。けれども、どうしてもわたしが納得できないのは、わたしの事務員ベリッジの場合なのです。ベリッジが誰よりもおとなしい人間だっただけに、この場合が最も腑《ふ》に落ちぬのです」

「さよう」とブラウン神父は答えた。「何にせよ、ベリッジがこういうことをしたというのは奇妙なことです。えらく良心的なお人でしたな。いつでも実に細かく気を使って事務所の仕事と自分の楽しみを区別しておられた。まさか、あの人が家に帰ればたいへんなユーモリストだったなぞとは誰にも――」

「ベリッジのことですね！」と教授はたまげた。「いったい、なんのことをしゃべっておいでなんです？　あの男をご存じだったのですか？」

「いいや」とブラウン神父はぞんざいに言った。「ただ、ちょっとあの給仕さんを知っているくらいは知っています。わたしはよくあなたの事務所であなたが出ていらっしゃるまで待たねばならぬことがありましてね、それで、気の毒なベリッジさんを相手に暇つぶしをしたものですよ。あの人はなかなかおどけたところがありました。いつだったか、こんなことを言われましたよ。世間の収集家は値打ちがあると思いこんだたわいのない品を集めているが、ぼくは値打ちのない物を集めたい、とね。そう言えば、昔、値打ちのない物ばかり集めた女がいたという話がありますな」

「なんのことをしゃべっておいでなのか、解しかねます」とオープンショウは言った。「しかし、たとえあの事務員が変わり者だとしても――あの男ほど変わっている人間はいないとわたしは思うんですが――それであの男の身に起こった事件が説明されるわけじゃありませんし、ましてや他の四人の場合はなおさらです」

「他のなんですって？」と神父は訊いた。

教授は神父を見つめ、子どもに向かって言うように明瞭に言った。

「いいですか、ブラウン神父さん、五人の男が消えているんですよ」

「いいですか、オープンショウ教授殿、誰も消えてはおらんのですよ」

ブラウン神父は教授のまなざしと同じたじろがぬ視線を返し、その声もまた教授の声におとらず明瞭だった。

「誰も消えてはおらぬと申しているのです」

一瞬の沈黙があって、神父はつけ加えた。「0+0+0=0ということほど人にわからせにくいことはありません。どんなに奇妙なことでも、連続して起こると、人はそれを信じるものです。マクベスが三人の魔女の三つの言葉を信じたのもそのためです。もっとも、第一の言葉はマクベス自身が知っていたことですし、最後のは、マクベスにしか実現できないものでしたけれどもね。けれども、あなたの場合では、真ん中の項がいちばん弱いところになっています」

「と言うと？」

「あなたは誰の消えたところも見たわけではない。例の男が船から消えるのを見たわけじゃないし、大尉がテントから消えるところを見たわけでもありません。すべてはプリングルさんの言葉にかかっているのです。が、その点はいま論じないことにします。それはそれとして、次のことはお認めになるでしょう。つまり、もしあなたが事務員さんの失踪によってプリングルさんの話が裏づけられたとお思いにならなければ、あなたはその話を信じなかったでしょう。マクベスも、コーダーの領主になるだろうという自分の信念がそのとおり実現されなかったならば、自分が国王になるだろうなどとは信じなかったでしょう」

「それは、まあ、そうでしょう」と教授はゆっくりとうなずきながら言った。「しかし、あの話が裏づけされたときには、もうこれは絶対の事実にちがいないとわたしは思いました。神父さんは、わたしがなにも見ていないとおっしゃる。ところが、わたしは見ているんです。ほかでもない、わたしの事務員が消えるのを見たんです。ベリッジはたしかに消えたんです」

「ベリッジはたしかに消えたんではないのです」とブラウン神父は言った。「その反対です」

「《その反対》というのは、どういう意味です」

「つまり」とブラウン神父。「ベリッジさんは消失などしていないのです。事実は、出現なさったのです」

オープンショウはまじまじと神父を眺めたが、その目つきはすでに変わっていた。新しい問題の提示に心を傾けているような目つきだった。神父は先を続けた――

「ベリッジさんは、茂みのような長い赤毛の髭を生やし、不恰好なマントにすっぽりくるまって、その変装姿でルーク・プリングル師と名乗って現われたのです。ところが、あなたはご自分の事務員を少しも気をつけてご覧になったことがなかったので、事務員さんのこんなお粗末な変装さえ見破れなかったというわけです」

「しかし――」と教授は言いかけた。

「警察にあの人の人相を教えてやれますか」とブラウン神父は聞いた。「あなたには無理です。そりゃあ、あの人がきれいに髭を剃ったり、色眼鏡をかけているというようなことはご存じだったでしょう。ところが、その眼鏡を取りはずすだけで、なにかほかのものを顔につけるよりはずっと立派な変装になったのです。あなたは、あの人の目を、あのいつも陽気そうに笑っている目を、ついぞご覧になったことがなかったのです。あの人は例のたわいのない本をはじめいろいろな小道具をすっかりしつらえておいてから、悠然《ゆうぜん》とガラス窓を破り、髭をつけ、マントを着て、あなたの書斎に入ったのです。あなたが一度もあの人をご覧になったことがないのを、あの人は知っていた。それだから、こうしたのです」

「それにしても、どうしてこんなおかしないたずらをしたのだろう?」とオープンショウは知りたがった。

「なに、あなたが一度もあの人をご覧になったことがないからですよ」とブラウン神父は言った。神父の手はかすかによじれ、ひき締められた。身ぶりの激しい人だったならば、テーブルを叩こうというところである。「あなたはあの人のことを計算器だとおっしゃったが、それは、あなたがあの人を計算器としてしかお使いにならなかったからです。たまたまあなたの事務所に迷いこんできた赤の他人でも、五分もおしゃべりをすれば気づくようなことを、あなたはとうとう気づかれずにきたのです。それは、あの人が変わり者で、なかなかのおどけ者だということです。そして、あの人があなたという人間や、あなたの理論や、あなたが人を《見わける》のがうまいという評判などについて、実に盛りだくさんの意見を持っているということです。どうです、おわかりになりませんか。そういう評判のあなたが、ご自分の事務員を見わけることができずにいるということを、あの人はなんとか証明しようと矢も楯もたまらなくなったのです。あの人はいろいろナンセンスな考えを持っていて、たとえば、役に立たないものの収集などをやっていました。この世の中でもっとも無用だと言っていい二つのもの――すなわち、お医者さんの表札と木製の義足――を買ったという女の話をあなたはご存じですか? あなたの、発明精神旺盛な事務員さんは、これら二つのものを手がかりにして、ハンキー博士という注目すべき人物を創りあげたのです。ウェールズ大尉も同様にして生まれました。そして、これら二つの品を自分の家にしつらえてから――」

「と言うと、わたしたちが訪問したハムステッドのあの家はベリッジ自身の家だったと言うんですか」とオープンショウ。

「いったい、あの人の家をあなたはご存じでしたか？　住所をさえ知ってはいなかったのでしょう？」と神父は応酬した。「まあ、お聞きください、わたしは決してあなたという人間やあなたのお仕事に対して、不敬なことを申しているのではありません。あなたは真理に仕える大奉仕者です。この事実に対しては、わたしとても脱帽しないわけには参りません。あなたは、いざその気になれば、多くの嘘つきを見破れる。事実、見破ってきました。しかし、嘘つきを見るだけではいけません。どうか、たまには正直な人たちも見てやってください。たとえば、あの給仕です」

「ベリッジはいまどこにいます？」と教授は長い沈黙ののちに訊いた。

「ああ、それは、あなたの事務室に帰っているにきまってますよ。ほかでもない、あのルーク・プリングル師が魔の書物を読まれ、空にお消えになられたまさにあのとき、ベリッジさんは事務室にお帰りになったのです」

ここでもう一度長い沈黙があって、オープンショウ教授はやがて笑いだした。その笑いは、偉人を小さく見せるほどに偉大な笑いだった。教授はそこでだしぬけに――

「これも当然の報いでしょう、ごく身近の助手をろくに眺めたこともなかったのですからね。しかし、それにしても、ああいう事件の連続というか累積はたまげたものだと認めぬわけにはいきますまい。あなただって、一瞬くらいは、あの怖ろしい書物に恐怖を感じたでしょうが」

「ああ、そのことですか」とブラウン神父は言った。「わたしは、それが机の上に置いてあるのを見るとすぐに開けてみましたよ。どのページもみな白紙でしたなあ。だいたいが迷信家じゃないものでしてね、はい」

# 緑の人

ニッカーボッカーをはいた若い男が、血色のいい横顔も真剣そのものに、一人でゴルフに興じている。ゴルフ場は、砂浜と海に平行しており、あたりには灰色の暮色がたれこめはじめていた。青年はいいかげんに球を打ちまくっているのではなく、ある一定のストロークをいわば微にいり細をうがった激しさで練習しているのだった。実に行儀のよい、きちんとした竜巻である。この男はすでに多くの遊びごとを素早く習得していたのだけれども、それが、その遊戯の習得に要する最低限度の時間よりも、なお短期間に習得するという傾向があった。《六回のレッスンでヴァイオリンを》とか、《完全なフランス語の発音は我が社の通信教授でどうぞ》といった類の華々しい呼びかけにころりと参ってしまうのが、この男の悪いくせだった。言うならば、こうした希望に満ちた宣伝広告と冒険の快いそよ風に生気づけられた雰囲気のなかに、この男は住んでいたのである。

現在の職は、海軍提督マイケル・クレイヴン卿の秘書であり、この提督の家がゴルフ場と接している大庭園の向こう側にあった。青年は野心家で、誰の秘書であれ、秘書などという地位にいつまでも安んじているつもりは毛頭なかった。しかし、この青年には分別もあったので、秘書をやめる最良の手だては、よい秘書になることだと承知していた。ゆえに、この青年はとてもよい秘書だった。提督宛の通信物が次から次へとたまって山となっているのを、ゴルフの球を相手にするときと同様の、脇目もふらぬ熱心さで処理していたのだ。この郵便物の滞貨と一人きりで——おまけに自分の判断で——取っ組まねばならなかったのである。提督はここ半年、航海に出て留守であった。すでに帰路についてはいるが、ここ数時間、ひょっとしたら数日間はまだ帰ってこないはずだった。

ハロルド・ハーカーという名のこの青年は、いかにもスポーツマンらしい大股の歩みでゴルフ場のいわば城壁になっている芝生の斜面をのぼりきると、砂浜の向こうの海を眺めた。奇妙な光景を見たのはそのときだった。それは、あまりはっきりとは見えなかった。嵐もよいの雲の下で黄昏《たそがれ》の微光がいよいよ早く薄れてゆくところだったからだ。が、それにもかかわらず、その光景は、いわば当人の瞬間的な錯覚によって、遠い昔の夢か、亡霊たちが演じる一幕の劇のように、歴史の別時代から到来したもののように思えた。

落日の最後の輝きが、銅色と金色の長い幾筋もの帯となって横たわっている沖合遙かな空の下に、光を失った海の地平線が青色というよりも黒色に見えていた。ところが、それよりもなお黒く、この西空のほの明かりを背にくっきりと、さながら影絵パントマイムの登場者のように、三角形の帽子をかぶって剣を帯びた二人の人物が通りすぎたのである。ネルソン艦隊の木造艦からいましがた降り立った軍人かと見まごうばかりであった。仮に我がハーカー氏に幻視や錯覚を見る習性があったとしても、これは氏などがとうてい見るはずのない不自然な錯覚だった。このハーカーという青年は血気も盛んだが科学的探求心も旺盛という人物であるから、幻を見るとすれば過去の軍艦よりも未来の飛行機を見る可能性のほうが強いのだ。そういうハーカーはいま、未来派といえども自分の目は信じることができるのだと、つくづく結論を出したことだった。

この錯覚は一瞬の間しか続かなかった。見直したときにはもう、その光景は珍しいものにはちがいなかったが、信じられぬ光景ではなくなっていた。十五ヤードほどの間隔を置いて一列縦隊に砂浜を大股で歩いている二人の男は、まさに現代の海軍士官にすぎなかったのである。ところが、この海軍士官の着ているものというのが、海軍士官の誰でもができることなら絶対に着ずにすましたいという、例のお話にならない海軍第一種礼装というやつで、王家の方が兵学校などを訪問されるというようなものものしい儀式的行事にしか着用されない代物《しろもの》なのである。先に立って歩いている男は、どうやらついてくる男をあまり意識していないようだったが、ハーカーがよく見ると、この先頭の男は、その高い鼻と、ぴんと先の尖《とが》った髭《ひげ》とから、主人の提督と知れた。あとからやってくる人物は見おぼえがなかった。とはいえ、この儀式的なよそおいに関連した事情の一端はハーカーにもわかっていたのである。提督の船が近くの港にはいると、さる高官がその船に公式の訪問をすることになっているということだった。なるほど、それならそれでこの士官たちの礼装ぶりも説明がつくというものだが、しかし、ハーカーはこの士官たちのことを——少なくとも提督のことを——よく承知していた。この提督は、普通ならどんなことがあってもあんなごてごてした礼装で上陸してくるはずがないのだ、どんなに忙しくても、せめて平服か通常軍装に着替えるわずかな時間は見つかるはず。これはなんとしても提督の秘書には解《げ》せないことだった。そんなことは提督の最もしそうにないことだった。そして、これこそがのちのち何週間にもわたってこの怪事件の主たる怪事として残った点なのである。なにはさておき、黒々とした海と砂浜が筋状に走ったこのうつろな情景のなかに浮きでたこれら荒唐無稽《こうとうむけい》な宮廷服には、なにやらコミック・オペラを思わせるものがあり、それを見る人はサリヴァンとギルバートのオペレッタ『軍艦ピナフォア』を思いおこさずにはいられなかった。

第二の人物はさらに輪をかけて異様だった。海軍大尉の礼服を一分《いちぶ》の狂いもなく着ているのだが、それでも異様だった。いや、外観はまだいいほうで、そのふるまい方がまた比較にならないほど異様だった。歩き方が妙に不規則で、しっくりしないのである。ときには早く、ときには遅く、その足どりはあたかも提督に追いつくべきか否かを決めあぐねているかのようだった。提督は耳が遠いほうなので、うしろからついてくる、柔らかい砂浜の上の足音はたしかに聞いていなかった。けれども、もしその足音を探偵的興味から突きとめようとすれば、これは足をひきずっている音だという推定から、いや、ダンスをしている者の足音だという臆測まで、二十もの説がとびだしたことだろう。その男の顔は翳《かげ》って暗くなっているばかり、もともと色黒のほうらしく、ときたま両方の目が動いて光り、それがまた当人の動揺ぶりを際立てているようだった。一度、この男は走りはじめたが、すぐにまた唐突に前の歩き方に還って、悠々《ゆうゆう》と肩で風を切って進むような、のんびりとして無頓着な歩みになった。その次にこの男がしたことは、いやしくも英国王に忠誠を誓った正常な海軍士官なら、絶対にやりそうにないことだとハーカー氏には思えたことだった。ほかでもない、男は剣を抜いたのである。

まさにこの怪しい兆《きざ》しの爆発点において、これら二つの通りすぎる人影は岬の陰に姿を消した。その直前、目を丸くして見ていた秘書は、色黒の見知らぬ大尉がまたもや無頓着な様子に戻って、手にした白刃きらめく剣でからかさ花の頭を叩き切ったのを見ていた。そのとき男は、第一の男に追いつこうという考えをすっかり捨てていたようだった。けれども、ハロルド・ハーカー氏の顔つきはしごく思案深げになっていて、氏はそのまましばらく反芻《はんすう》しながらたたずんでいたが、やがて海とは反対の方向へ深刻そうな面持《おもも》ちで歩きだし、屋敷の門の前を通って長いカーブを描きながら海岸に届いている道路に向かった。

海岸から登っているこのカーブをなした道路を、きっと提督はやってくるにちがいなかった。さっき提督が歩いていった方角から言ってもそうだし、提督が行こうとしているところが当人の家であることは、まず常識で考えられることだったからである。ゴルフ場の下の砂浜に沿ったこの小道は、例の岬の根元で内陸へと直角に曲がり、しだいに砂道を道路らしい舗装に変えて、再びクレイヴン邸に達している。したがって、その同じ道をいま、秘書のハーカー氏は帰宅途上の主人を迎えるべく氏独特の忙《せわ》しなさで駆けおりていったのである。ところが、どうやら主人は帰宅するところではなかったらしいのだ。それよりもただごとでないのは、秘書までもが帰宅途上にはなかったことである。少なくとも、数時間後までは帰宅しなかった。そして、それだけのあいだ帰宅が遅れれば、クレイヴン邸の人々が騒ぎだし、首をひねりだすのも無理ないことだった。

いささか過剰なくらい宮殿じみたその田園ふうの邸宅の円柱や飾りの棕櫚《しゅろ》の木の陰では、期待の念が徐々に不安へと変わりつつあった。執事のグライスは大柄の気難しい男で、主人の前であろうとなかろうと異常なくらい押し黙っているのが常であるが、それがいま、多少なりと落ち着かなげな様子で表玄関のホールを動きまわってはときたまポーチの脇窓から、海のほうへ下っている白い道を眺めやるのだった。提督の妹さんのユリオン――この屋敷を兄にかわって守っている人――は、兄に似て鼻が高かったけれども、変に気位が高そうなところは兄以上だった。なかなかのおしゃべりで、とりとめのない話をするほうだが、ユーモアがないわけではなく、ときたま急に鸚鵡《おうむ》のさえずりのように甲高《かんだか》い声をだして、話に力点を付することもやってのけた。提督の娘オリーヴは色黒で、目は夢見がちにとろんとして、大旨ぼんやりと口をつぐんで語らず、おそらく憂鬱《ゆううつ》症なのだろう。そこで概してユリオン叔母が会話の大部分をすることになるのだが、叔母はそうするのを喜んでいた。しかし、娘さんのほうも、急に笑いだす癖があって、それがまたとてもかわいらしかった。

「もう着いていてもいい頃なのに、どうしたのでしょうね」と叔母さんが言った。「郵便屋さんがはっきり言っていたわ、提督さんが浜辺づたいにやってくるのを見たって。あのいやなルークといっしょにね。どうしてあの人のことをみんなはルーク大尉だなんて呼ぶのかしら――」

「そうね」と憂《うれ》い顔の娘さんが瞬間的に陽気になって言った。「実際に大尉だから大尉と言うのかもしれないわ」

「提督はどうしてあんな男を飼っておくのかしら」と叔母はまるで犬か女中のことでも話すように言った。この人は、兄のことがたいそう自慢で、いつも兄のことを提督と呼んでいた。ところが、海軍士官の階級制についてのその知識たるや、不正確極まりなかったのである。

「そりゃあ、ロジャー・ルークはむっつり屋で、無愛想で、とっつきの悪い男ですわ」とオリーヴは答えた。「でも、それだからと言ってあの人が船乗りとして有能じゃないということにはなりません、もちろん」

「船乗り！」と叔母は例のかなり突拍子もない鸚鵡の音色で叫んだ。「あれが船乗りなものですか。《船乗りに惚《ほ》れた娘さん》というあの『軍艦ピナフォア』に出てくる歌、わたしの若かった頃はよくあれを歌ったものだけど……まあ、考えてもごらんよ、ルークは朗《ほが》らかじゃないし、気さくでもない。水夫の歌も歌わなけりゃあ、ホーンパイプダンスもやりやしない」

「そう言えば」と姪はおごそかな口調で言った。「提督だってホーンパイプダンスはあまり踊りませんわね」

「わたしの言う意味がおわかりだろうに。ルークは陽気でもないし、軽妙なところもない」と老婦人は言った。「あれに較べたら、あの秘書のほうがよっぽどましなくらいだよ」

　オリーヴのかなり悲劇的な顔は一変して、この人独特のあの若返るような笑い声が放たれた。

「ハーカーさんなら、ホーンパイプダンスを叔母さんのために踊ってくださるわ」と言うのだ。

「独習書で三十分くらいのあいだに習ったと言ってね。あの人はいつもそういうものをなにかしら習っているのよ」

ここで突然笑いやめて、叔母のかなり緊張した顔を見やり――

「ハーカーさんはどうして帰らないんでしょう、わけがわからないわ」とつけ加える。

「ハーカーさんのことなど心配してはいません」と叔母は答え、立ちあがって窓の外を見た。

夕べの光はもうだいぶ前に黄色から灰色へと変わり、いまや、ひろがりゆく月光のもとで浜のあたりのだだっぴろい平坦な風景の上に白色光となってたゆたっていた。目をさえぎるものと言えば、池の周りに茂った、潮風でねじれた木が数本と、その向こうに水平線を背にして黒黒と貧相に浮かびでている海浜の漁師相手の酒場《緑の人》だけだった。道路にも、この風景一帯にも、生きものの姿は杳《よう》として見えなかった。その夕方もっと早い時刻に海づたいに歩いているところを見られたあの三角帽子の人物も、そのあとからついていったもっと奇妙な人物も、誰もこれを見た者がなかった。それればかりではない、二人を見たところの秘書を見た者すらいないのである。

真夜中も過ぎたころ、やっと秘書がとびこんできて家じゅうを叩きおこした。その顔は、亡霊そこのけの白さであったのが、大柄な警部の鈍感そうな顔と身体つきが背景にあったので、ますますもって青白く見えた。ところが、警部の赤みを帯びた、鈍重そうな無関心の顔つきのほうが、秘書の蒼白《そうはく》で悩みすさんだ顔よりもなお破滅的宿命のマスクに似ていたのである。さて、できうるかぎり控え目に、一部の詳細を隠しまでして、二人の婦人に事実が知らされた。クレイヴン提督の身体があの木立のある池のうす汚れた浮き草や浮きかすのなかからひきあげられた、提督は水をのんでおり、死んでいた、というのであった。

秘書のハロルド・ハーカー氏と親しんでいる人なら誰でも、氏の動揺がいかばかりであったにせよ、翌朝には現場へ行きたくて矢も楯もたまらなかったと聞けば、いかにもあの人らしいことだとうなずかれるにちがいない。ハーカー氏は前夜《緑の人》のかたわらを通る道の上で会った警部を別の部屋に有無を言わせずに連れていって、二人だけの実際的な相談をした。そこで警部を尋問したのであるが、そのやり方たるや、警部が田舎者を尋問するようなものだった。しかし、バーンズ警部は鈍にして動ぜざる人物であった。こんな些細なことに腹を立てるには、あまりにも愚鈍ないしはあまりにも賢明だったのである。そのうち、おいおいわかってきたのであるが、警部は決して見かけほど頭の鈍い人物ではなかった。たとえば、ハーカーの勢いこんだ質問をさばいたそのやり口は、緩慢ではあったが系統だっており、なかなか合理的だった。

「なんと言っても」とハーカー氏は、《十日で名探偵になるには》といった題名の手引きで頭のなかをいっぱいにして）言った。「なんと言っても、こいつは例によって例のごとき三角問題でしょうな。事故か、自殺か、殺人か」

「どう見ても事故とは言えんようだ」と警察官は答えた。「まだ暗くなってもいなかったし、あの池だって一本道から五十ヤードほどしか離れていない。その一本道を提督は自分の家の庭道のようによく知っていた。あんな池にはまりこむくらいなら、往来のぬかるみにわざわざ横になるほうがよっぽど気がきいている。自殺かどうかという問題だが、自殺だと断定するにはかなりの責任がいるし、思うに、その可能性は少ないようです。提督はなかなかはしっこい人で、成功者だったし、えらく金もあり、百万長者とさえ言っていいくらいだった。むろん、そんなことは決定的な証拠にはならんけれどもね。とにかく、私生活においてもなかなか健全で、安楽な暮らしをしていたようだし、どう考えてもわたしには提督が入水《じゅすい》自殺するような人だとは思えない」

「すると結局」と秘書はスリルと興奮で声を低くして言った。「第三の可能性だけが残るということになりそうですね」

「あんまり性急に結論をくだすことはありませんよ」と警部は言って、なににつけても急ぎたがるハーカーをがっかりさせた。「しかし、知っておきたい点が二、三あることはもちろんです。たとえば、あの人の財産についてです。誰がそれを相続することになるかご存じですか？あんたはあの人の秘書でしょう。あの人の遺書についてなにか心あたりはありませんか？」

「秘書といっても、あまりプライベートな秘書じゃないんです」と若い男は答えた。「あの方の弁護士はサットフォードの、ハイ・ストリートにあるウィリース、ハードマン・アンド・ダイク法律事務所です。遺書はたしかその三人が管理しているはずです」

「なるほど、そこへ行ってみたほうがよさそうだな」

「すぐに参りましょう」とせっかちな秘書は言った。

秘書は部屋のなかをそわそわと歩きまわっていたが、新しい問題を爆弾のように投げつけた。

「死体はどうなさいました、警部？」と訊いたのである。

「ストレイカー博士が署で検死中です。一時間もすれば報告書が出来あがるでしょう」

「一刻でも早いほうがいいですね」とハーカー。「どうです、弁護士のところへ博士に来てもらったら時間が節約できるでしょう」ここでちょっと口をつぐんだが、その口調は急変して困惑の調子になった。

「よろしいですか」と言うのである。「ぼくとしては……いや、我々としては、提督の娘さんであるあの若いご婦人のことをできるだけ考えてあげるべきです。あの人は、まあナンセンスと言ってもいいような考えを持っているんですが、でも、あの人をぼくはがっかりさせたくないんです。いまちょうど町に泊まっている友達がいて、あの人はその友達に相談したがっているんです。ブラウンという人でして、神父だか、牧師だかをやっているんだそうです。その住所を彼女が教えてくれました。ぼくとしては、神父とか牧師とかにはあまり重きを置いていないんですが、でも——」

警部はうなずいた。「神父にも牧師にもぜんぜん重きを置いていないが、ブラウン神父になら大いに重きを置いていますよ」と言う。「ある社交界の宝石事件であの人とつきあったことがあるんだが、いや、どうして、あの人は神父なんかより刑事になったほうがよかったような人だな」

「へえ、結構じゃないですか」息つく暇もない急ぎ屋の秘書は、こう言いながら早くも部屋の外に消えかかっていた。「その人にも弁護士のところへ来てもらいましょう」

こうして二人が法律事務所でストレイカー博士と落ち合うべく近くのその町に駆けつけてみ

ると、ブラウン神父が早くもその事務所に腰を落ち着けていて、寸づまりの蝙蝠傘《こうもり》に両手を組んでのせ、事務所にたった一人居あわせた弁護士と四方山《よもやま》の話をしていたのだった。ストレイカー博士もすでに到着していたが、見たところいま着いたばかりらしく、手袋を山高帽のなかに、山高帽をサイド・テーブルの上に、それぞれ置いている最中だった。神父のお月様のような顔と眼鏡に浮かんだにこやかな表情と、神父のお相手をしている白髪まじりの陽気な弁護士の音をたてない忍び笑いとを見るにつけ、博士がまだ口を開いて訃報を伝えるには至っていなかったことは明瞭だった。

「なんと申しましても、うるわしい朝ですな」とブラウン神父は語っていた。「嵐もどうやら無事に頭の上を通りすぎてくれたようですね。大きな黒い雲が出ていましたが、雨は一滴も落ちませんでしたな」

「一滴もね」と弁護士はペンをいじりながら共鳴した。この弁護士は三番目の共同事業者で、ダイク氏という。「もう空には一点の雲もありません。祭日にうってつけの日和《ひより》ですね」ここでふと新参の人たちに気づき、目をあげてペンを下に置きながら立ちあがった。「これは、ハーカーさん、いかがです？　提督はもう間もなくお帰りと聞きましたが」ここでハーカーが口を開き、たちまちその音声は部屋いっぱいにうつろにこだました。

「申し訳ないんですが、悪いニュースを持って参りました。クレイヴン提督はご帰宅の途上で水死なさいました」

その静かな事務室の空気そのものに変化が起こった。動きのない人物たちの姿勢には何の変化もなかったのである。言いかけた冗談が唇のところで凍りついたかのように、神父と弁護士は秘書の顔を見つめるばかりだった。そして、やっと一言「水死した」と異口同音に鸚鵡返しして顔を見あわせ、それからまた秘書を見やるのだった。次には、ちょっとした質問の矢が浴びせられた。

「いつのことなんですか？」と神父。

「どこで見つかったのですか？」とこれは弁護士。

「見つかったのは」と警部が言った。「《緑の人》から遠くない、海岸沿いのあの池です。緑色の浮きかすが全身についていて見わけられぬほどでした。ところが、ここにいられるストレイカー博士の——どうなさったのです、ブラウン神父？　具合でもお悪いんですか？」

「《緑の人》か」とブラウン神父はぶるっと身を震わせて言った。「どうも……申し訳ありませんな、すっかり取り乱してしまって」

「なぜそんなに？」と目を丸くして警部がたずねた。

「緑色の浮きかすが一面についていたということでだろうと思います」とブラウン神父は笑い声で言ったが、その笑いは震えを帯びていた。神父はそこでいくらかしっかりした声でつけ加えた。「海藻じゃなかったかと思ったのですよ」

この頃には一座の者は一人残らず神父を眺めていた。この際には無理もないことだが、神父が狂ってしまったのではないかとみな思ったのである。ところが、これに次ぐ不意打ちの決定打は神父によって放たれたのではなかった。死んだような沈黙がひとしきり続いたあとで、口を開いたのは博士だった。

ストレイカー博士は一見しただけでも目を惹《ひ》くにたる人物だった。とても背が高く、角ばっていて、服装は格式ばっていて職業にふさわしかった。それでいて、ヴィクトリア時代中期この方とんとお目にかかれぬような流行を守っている。どちらかと言うと若いほうなのに褐色の鬚《ひげ》をとても長く、チョッキにまで届くくらいに伸ばしており、それと見くらべると、博士の険しいくせに男前の顔つきは妙なほど青白く見えた。その美男子ぶりを減殺《げんさい》しているものにもう一つ、深くくぼんだ目があった。目がかすか離れているように認められたからである。並みいる人たちはみなこういうことに気づいたが、それというのも、博士が口を開くや否や、何とも名状しがたい権威者らしい雰囲気が発散されたからだった。しかし、口にだして言ったことは、ただ――

「クレイヴン提督の水死について詳しく申しあげれば、あと一つだけ言うべきことがあります」ここまで言って一息ついてから、思案深げにつけ加えて、「クレイヴン提督は水死なさったのではありません」

警部は前と打って変わった敏捷《びんしょう》さで向き直り、質問の一弾を放った。

「ただいまあの方の死体を調べたのですが」とストレイカー博士はそれに答えた。「死因はなにか小型の短剣ようの先の尖《とが》った刃物で心臓を刺されたためです。死後、しかもだいぶ時間が経ってから死体は池に隠されたのです」

ブラウン神父はストレイカー博士を生き生きとした目つきで眺めていた。どんな相手にもめったに向けないような目つきなのである。そして、事務室に集まっていた人々が解散しはじめると、神父はこの医者をつかまえることに成功して、連れだって道を歩きながらさらに詳しく話しあった。やや形式的な遺言状の問題のほかには、別にこれといってみなをひきとめるような用件はあまりなかったのである。若い秘書の性急さは老弁護士の職業的なエチケットのためにいささか出鼻をくじかれた恰好だったが、結局のところ弁護士は、警察官の権威によってと言うよりはむしろ神父の如才《じよさい》ない誘導によって、実際には何の謎もないところを謎にしてしまうことをやめて、問題をはっきりするように仕向けられた。ダイク氏はこうして笑顔で次のことを認めたのである。すなわち、提督の遺言状は極めて正常な、常識的なもので、いっさいを一人娘のオリーヴに譲るという内容であり、この事実を隠す理由は別になにもない、ということだった。

さて、博士と神父は、クレイヴン邸の方角へと町の外に突きでている通りをゆっくりと歩いていた。ハーカーは例によって例のごとき意気ごみで、誰よりも早くいずこかへ立ち去っていたが、残された二人は自分たちの行く先よりも自分たちの目先の話題のほうにもっと気をとられている様子で、いましものっぽの医師はどちらかと言えば謎めかした思わせぶりな口調で横のちびの神父に訊いているところだった——

「ブラウン神父さん、あなたはこういう事件をどう思われますか?」

ブラウン神父は一瞬のあいだかなりまじまじと博士を見つめて、「さよう、一つか二つほど考えはじめていることがあるんですが、わたしにとってなによりもうまくないのは、提督をごくわずかしか存じあげていなかったということです。もっとも、娘さんなら、かなり見知ってはいますがね」

「提督は」と博士は気味の悪いほど動きのない表情で言った。「世界じゅうにただの一人も敵を持っていなかったと言われているような人でした」

「と言いますと」と神父は応じた。「ほかになにか言われていないことがあるというのですか？」

「なに、これはわたしの知ったことじゃないんだが」とストレイカーはあわてて――しかし、険しく――言った。「あの人だって気難しくなるときもあったんでしょう。前に、ある手術のことで告訴するとわたしをおどかしたことがありました。でも、考え直してくれたんでしょう。それから考えても、部下には相当手荒かったんだろうと想像しますね」

ブラウン神父の目は、遙か前方をずんずん遠ざかってゆく秘書の姿に釘づけになっていた。そうやって見つめているうちに神父は、秘書が急いでいる特別な理由を悟った。秘書よりもさらに五十ヤードほど先に提督の娘が同じ道を提督の家に向かってのんびりと歩いているのだった。秘書はほどなく相手に追いつき、それからは二人の人物の背中が見せてくれる沈黙のドラマを、神父はそれが遠くに消えてゆくまで見守った。秘書はあきらかになにごとかで非常に興奮していた。が、神父は、たとえそれが何であるかを推量したとしても、自分の胸に包みこんで明かさなかった。博士の家のほうへ行く道と分かれる角まで来ると、神父は手短かにただこう言った。「これ以上まだなにかお話しになりたいことがおありですか？」

「どうしてそんなことがありますか？」と博士はえらく唐突に答え、大股な足どりで歩き去った。これはいったい「わたしには話すことがなにもない」という意味なのか、それとも「話すことがあっても、話す必要はない」という意味なのか、曖昧《あいまい》のままに残された。

ブラウン神父は一人で、のうのうと若い二人連れのあとから歩いていった。しかし、提督邸の庭園の入口とそれに続く並木道にさしかかったとき、娘の行動が神父の目を惹いた。オリーヴは急に回れ右をして神父のほうにまっすぐやってきたのだ。顔はいつになく青ざめて、目は輝き、なにやら新しい、まだ名づけられない感情で躍動していた。

「ブラウン神父さん」とオリーヴは低い声で言った。「できるだけ早くご相談したいのです。わたしの話をぜひお聞きください。それ以外に解決の道はないのです」

「いいですとも」と神父は浮浪児に時間を尋ねられたときのように冷静に答えた。「どこにいたしましょうか？」

娘は庭のそこかしこにある荒れすさんだあずまやの一つを行き当たりばったりに選んで、そこへ神父を導いて、二人が大きなぎざぎざした葉が衝立《ついたて》のように生い茂っている陰に腰をおろすと、まるで心のなかにあるものを、きれいさっぱり吐きだしてしまわなければ気を失ってしまうと言わんばかりに、息つく暇もなく語りだした。

「ハロルド・ハーカーは」と言うのである。「いろいろなことをわたしに話しました。怖ろしいことなんです」

神父はうなずくと、娘は急いで先を続けた。「ロジャー・ルークのことなんです。ロジャーをご存じですか？」

「同僚の船乗りたちからジョリー・ロジャーと呼ばれている人ですね」と神父は答えた。「そう呼ばれているのは、ちっとも陽気《ジョリー》じゃないからで、むしろ海賊旗のあの髑髏《どくろ》と十字形の骨みたいな人だからでしょう」

「いつもそういうふうだとはかぎらなかったんです」とオリーヴは低い声で言った。「なにかとても妙なことがあの人に起こったらしいのです。あの人をわたしは子どもの頃よく知っていました。向こうの砂浜でよくいっしょに遊んだものです。とてもむちゃなことの好きな人で、いつも海賊になるんだと話していました。スリリングな冒険物語を読んだために犯罪に走りかねないタイプだと言われるような人でした。でも、あの人の海賊気どりにはなにか詩的なところがありましたわ。あの頃は本当にジョリーなロジャーだったんです。この俗世間を離れて海へ乗りだしてゆくという昔の伝説みたいなものをしっかりと守っていた最後の少年があの人だったと思うんです。そしてとうとうあの人の家族は、あの人が海軍に入ることに同意せざるをえなかったのです。ところが――」

「はい」とブラウン神父は我慢づよく言った。

「ところが」とオリーヴは珍しく陽気な声でそれを認めた。「ロジャーはかわいそうに失望したんじゃないかと思います。海軍士官は口にナイフをくわえたり、血まみれの刀や黒い旗を振りまわしたりなどめったにするものじゃありませんものね。でも、それだけじゃ、あの人に起こった変化は説明がつかないのです。あの人は変に固苦しくなってしまったんです。退屈で無口な、まるで歩きまわるだけの死人みたいになってしまったんです。あの人はいつもわたしを避けています。でも、そんなことはかまいません。わたしとは関係のない、とても悲しいことで気がくじけてしまったんだろうと思いました。ところが——もしあのハロルドの言うことが本当だとしたら、あの人の悲しいことというのは、気が狂ったのか、それとも、悪魔に魅いられたのか、そのどちらかにちがいないのです」

「ハロルドは何と言っているのですか?」と神父は訊いた。

「あんまり怖ろしくて口に出せないくらいです」と娘は答えた。「あの晩、ロジャーがお父さんのあとから忍び足でついていって、ちょっとためらってから剣を抜いたのをぼくはこの目で見たと断言するんです……しかも博士がおっしゃるには、お父さんは刃物で刺されたとか……わたしとしては、ロジャー・ルークがこの事件と関係があるとは、どうしても信じられないのです。そりゃあ、あの人のふさぎ癖と、お父さんの気難し屋なところから、二人はたまには言い争いをしたものです。でも、言い争いが何です? こんなことをお話ししても、わたし、昔の友人に義理立てして肩を持っているということにはならないんです。なぜって、あの人は友達らしい好意さえ示してくれないのですから。でも、たとえ相手が古いなじみでも、あることについてはいやでも絶対の確信を持たざるをえないものです。それなのに、ハロルドはあくまでも言い張って——」

「ハロルドという人は何でも断言したり、言い張ったりするようですね」とブラウン神父は言った。

二人のあいだに急に沈黙が落ちた。しばらくして娘が前とは違う声の調子で言った――「ほんとにあの人はほかのことでもきっぱり断言しますわ。ハロルド・ハーカーはたったいまわたしに結婚を申し込みました」

「おめでとうはあなたに言うべきか、むしろあの人のほうに言えばよいのですかな」と神父。

「わたしは、待たなくてはいけないわと言ったのです。あの人、待つのが得意じゃないんです」ここで再びこの娘には似つかわしくない剽軽《ひょうきん》さでさざ波のようにわき立った。「あの人、わたしのことを我が理想だとか、我が野心の的だとか言いました。前はアメリカに住んでいた人なのに、ドルのことを話していたことなど一度も覚えがありませんの。理想について語ってばかりいるのですもの」

「それで」とブラウン神父はしごくもの柔らかに言った。「あなたとしては、ハロルドに対する態度を決めねばならないから、ロジャーについての真相を知りたいというわけなのですね」

娘は身をこわばらせて、顔をしかめ、それから同じように唐突に笑顔になって言った。「まあ、怖いくらいよくご存じですのね」

「いや、ほとんどなにも知ってはいませんよ、特にこの事件ではね」と神父は厳粛に言った。「ただ、誰がお父上を殺したのかは存じております」娘はがばっと身を起こして、まっ青な顔でまじまじと神父を見おろした。ブラウン神父は渋い顔をして先を続けた。「初めてそれに気づいたとき、わたしはばかなまねをしました。それはちょうど、みなさんがどこで死体が見つかったかという話から緑色の浮きかすと《緑の人》の話題に移っていったときのことでした」

ここで神父は立ちあがり、あらたな決意をもってむんずと不恰好な蝙蝠傘をひっつかみ、あらたな厳粛さをもってオリーヴに語りかけた。

「もう一つほかに知っていることがありますが、それがあなたの悩んでいなさる謎のすべてを解く鍵になります。しかし、まだ申しあげますまい。それは悪い知らせになるでしょう。けれどもあなたが想像なさっていたことほど悪いことではありませぬ」神父は外套《がいとう》のボタンをはめると、門のほうに身体を向けた。「そのルークさんとやらに会いに参ります。海岸近くの、ハーカーさんがルークさんの歩いてくるのを見たあのあたりの、小屋で会います。ルークさんはあそこに住んでいるんでしょう」こう言い残すと、神父は浜の方角へきびきびと足早に立ち去った。

オリーヴは想像力のある娘だった。少しばかりありすぎて、友人の神父が投げていったヒントについて、一人でくよくよと考えさせておくのは危険なくらいだったと言えるかもしれない。だが、神父はオリーヴのこのくよくよを解消する最善の道を見いだそうとして、かなり急いでいた。ブラウン神父が初めて真相を知ったときの驚きと、それからあの池と酒場について何気なく語られた言葉とがどういう関係にあるのか、この謎がオリーヴの空想力をさいなみ、幾十幾百という醜怪なシンボルとなってその脳中を去来した。《緑の人》は亡霊と化して、あのいまわしい雑草をひきずり、月下の片田舎を歩きまわった。《緑の人》の看板は絞首台にぶらさがっているような宙づりの人間の姿となって、池そのものは酒場となった。死んだ船乗りたちをお客とする暗い、水面下の酒場。それでも神父はこのような悪夢をことごとく打ち破る最も迅速な方法をとり、そんな夜の闇よりもさらに神秘的に見える目くるめくような日光の一閃を投げかけたのであった。

さよう、まだ日の沈まぬうちに、オリーヴの世界全体をいま一度あべこべにひっ繰り返すようなものが当人の生活に戻って来たのだ。それは、だしぬけに与えられるまでは自分でもそれをほしがっているとは気がつかなかったもの、懐しく身近な、それでいていつまでもとらえにくく信じがたい夢のようなもの、であった。ほかでもない、ロジャー・ルークがつかつかと砂浜をやってきて、その姿がまだ遠景に認められる黒い一点にすぎなかったときにも、すでにルークの人が変わっていることがわかったのだった。近づくにつれ彼の黒い顔が笑いと高ぶりで生き生きとしていることを彼女は見てとった。ルークはまっすぐにこちらへ——まるで別離をしたことなどない二人が会うときのように——さりげなくやってきて、肩をつかむとこう言った。「これできみの面倒をみてあげられる、ありがたい」

オリーヴは自分でも何と返事をしたか覚えがなかったが、ルークがどうしてこんなに人が変わり、こんなに幸福であるのかをやや血眼《ちまなこ》になって尋ねている自分に気がついた。

「なぜって、幸福だからさ」というのがルークの答えだった。「悪い知らせをぼくは聞いたんだ」

見たところあまり関係もなさそうな幾人かを含めて、すべての関係者がクレイヴン邸に通じる庭道に集まり、弁護士が遺言状を読みあげるという形式上の手続き——いまやそれは真に正式のものとなったのであるが――に参列し、かつまた、この危機について弁護士の口から述べられるであろうもっと実際的な助言を聴取すべく待ちうけていた。遺言状で武装したその白髪まじりの弁護士のほかに、この犯罪に関するもっと直接の権威で武装した警部がおり、令嬢に傅《かしず》いていることを隠そうとしないルーク大尉がいたが、背の高い博士の姿も見うけられるとあっては、ある人は首をかしげ、さらにちんまりした神父の姿に接しては微笑を禁じえない人もあった。天翔《あまがけ》る使者さながらの急ぎ屋ハーカー氏は、一同を門に出迎えて芝生へと案内してから接待準備をするために再びとびだしていった。すぐに戻って参りますと言って出かけていったのであるが、そのピストン軸そっくりの精力家ぶりを見ている人たちにはそれが嘘だとは思えなかった。しかし、当面のこととして、一同は邸宅の外の芝生にしばらく立ち往生する恰好となった。

「まるで、クリケット競技でどんどん点をあげている人のようですね」と大尉は言った。

「あの青年は」と弁護士。「司法機構が自分ほど早く動けないことにだいぶ業《ごう》を煮やしているんですよ。幸い、クレイヴンのお嬢さんは手前どもの職業上の困難や遅延について理解を持っていてくださいます。わたしののろまなことにまだ信頼を置いているとさえおっしゃっていただきました」

「いったいそれはどういう意味ですか?」とルークが眉を八の字にして言った。「ハーカーは早すぎるというのですか?」

「早すぎるし遅すぎるのです」とストレイカー博士が、例によって謎めかした言い方をした。

「少なくとも一度だけあの男があまり早くなかったときのことをわたしは知っています。いったいいかなる理由であの池と《緑の人》の近くで夜半まで、警部がやってきて死体を見つけるまでぶらぶらしていたのでしょうか？　なぜ警部に会ったのか？　なぜ《緑の人》のすぐ外で警部に会うことを予想したのでしょうか？」

「おっしゃることがわかりません」とルーク。「ハーカーは本当のことを言わなかったというんですか？」

ストレイカー博士は黙っていた。白髪まじりの弁護士は気味の悪い上機嫌で笑い声をたてた。

「あの青年に対する悪口を言わせてもらえば」と弁護士は言った。「いちばん気にさわったのは、このわたしに向かってわたしの商売の仕方を教えようと迅速かつあっぱれな努力をしたということですな」

「それなら、我輩にも我輩の商売を教えようとしたぞ、あの男は」と一同の前列に加わったばかりの警部が言った。「しかし、それはどうでもよいことだ。ストレイカー博士がいまのヒントでなにか別のことを言いたいのだとしたら、博士のヒントはどうでもよいというわけにはいきませんな。さあ、先生、ずばりとおっしゃってください。我輩の職務上、即刻あの男を尋問すべきであるかもしれませんから」

「そう、やってきましたよ」とルークが言った。秘書の油断なさそうな姿が再び戸口に現われたのである。

このときブラウン神父は、それまで行列のしんがりにごく控え目におとなしくついていたのが、大いに一同を驚かすことをやってのけたのである。特に驚いたのは、ふだんの神父を知っている人だったろう。神父は前のほうにすばやく歩みでたばかりか、くるりと向き直って一同と相対し、新兵に号令をかけて止まれを命じる分隊長のような怖い表情で――

「待たれい！」と峻厳なと言っていい口調で制したのである。「みなさんにお詫びいたします。が、どなたよりも先にわたしがハーカーさんと会うことがどうしても必要なのです。あの人にわたしの知っているあることをお伝えせねばならんのです。そのことは、わたしのほかにはどなたも知っていないことだろうと思います。そのことをあの人は聞かねばなりませぬ。それによって、のちほどある人に対する非常に悲劇的な誤解が生まれずにすむかもしれぬのです」

「いったい何のことです？」と弁護士のダイク老人が訊いた。

「悪い知らせのことです」とブラウン神父。

「我輩にも言わせてもらいたいが」と警部はいまいましげに言った。が、そこでふと神父の視線をとらえ、以前に目撃したもろもろの不思議なことを思い出した。「まあ、これが神父さん以外の人だったら、誰だろうとかまわない、この出しゃばりの生意気めと――」

ところが、ブラウン神父はもう声の届かないところに行っていて、一瞬後にはポーチでハーカーと話しこんでいた。二人は数歩の間隔を行ったり来たりしていたが、そのうちに暗い屋内へと姿を消した。ブラウン神父が一人で現われたのは、それから十二分ほどしてからだった。

一同を驚かせたことに、神父は他の連中がいよいよ家のなかへ踏みこむことになったというこのときに、そこへ入ろうとする気配も見せなかった。葉ですっぽり蔽《おお》われたあずまやのぐらつきがちな腰掛けに倒れるように身を投げて、一行の列が戸口からなかへ消えると、パイプに火をつけ、頭のあたりの長いぎざぎざの葉をぼんやりと眺めながら、鳥の歌声に聞きほれるのだった。誰が無為を好きだといって、神父ほどなにもしないでいることをいつまでも心から楽しめるものはいなかった。

見るからに濛々《もうもう》たる煙と抽象の夢に包まれて神父がぼんやりしていると、玄関のドアがもう一度勢いよく開いて、二、三人の人影があわただしくとびだし、神父のほうに駆けよってきた。当家の令嬢と、その若き崇拝者であるルーク氏がこの競争で難なく一着となったが、二人の顔は驚きの表情で輝き、少し遅れてのっそのっそと庭をゆるがす象さながらにやってきたバーンズ警部の顔はといえば、これは驚きのほかにもう一つ憤慨の表情で燃えさかっていた。

「これはいったいどうしたことなんですの?」と、オリーヴは息せき切って足を止めながら言った。「いませんでしたわ!」

「逃げたんだ!」と警部は爆発的口調で言った。「ハーカーはスーツケースに荷をまとめて、ずらかりおった! 裏口から出て塀を越え、どこへやら跡形もなく消えちまった。いったい、あんたは何の話をしたんだ?」

「頭を働かせなさい!」とオリーヴは前よりも心配そうな顔つきで言った。「神父さんはあの人に素姓を見破ったぞと言ったのだわ。それであの人は逃げてしまった。まさかあんな悪人だとは思わなかった!」

「やいやい！」と警部は三人のあいだに割りこんできて、あえぎながら言った。「どうしたというんだ？　なんだってこんなふうに我輩を裏切ったんだ？」

「さてさて」とブラウン神父は同じリズムで鸚鵡返しに言った。「どうしたのでしょうかね？」

「殺人犯を逃がしたんだ」とバーンズはひっそりとした庭に轟音《ごうおん》もろとも落下した雷そこのけの決定的な口調で声を張りあげた。「殺人犯の逃走を助けたんだ。我輩は愚かにもあんたがやつに急を告げるのを許してしまった。やつはもう何マイルも先に行っている」

「なるほど、わたしはこれまでに何人か殺人犯を助けてやりました」とブラウン神父は言った。そして今度は慎重にはっきりと、「しかし、わかっていただけましょうが、殺人を犯すのを手伝ったわけじゃありませんからね」

「でも、神父さんはずっとわかっていらしたのね」とオリーヴは追及した。「初めからあの人にちがいないと睨んでいたのね。あの死体を見つけたときの模様を聞いて取り乱したというのは、そのことだったのでしょう。父は部下に嫌われるような人かもしれないと博士がおっしゃったのも、そのことだったのね」

「それが我輩には気にくわないんだ」と警察官は憤慨の体《てい》で言った。「あんたは知っていたんだ、やつが――」

「神父さんはあのときにもう知っていた――」とオリーヴはくいさがった。「犯人が誰かという――」

　ブラウン神父はおごそかにうなずいた。「はい」と言う。「あのときにもう知っていました、犯人がダイク老人だということを」

「犯人が誰だって！」と警部は問い返し、そのまま死んだような沈黙に加わって口をつぐんだ。ときたま鳥のさえずりが聞こえるばかり。

「弁護士のダイクさんです」とブラウン神父は幼稚園の子どもに初歩の原理を教えるように説明した。「白髪のあの紳士ですよ、遺言状を読みあげることになっていた」

三人がみな化石のようにたたずんで見つめているなかで、神父は念入りにパイプにたばこをつめかえ、マッチをすった。やっとのことでバーンズがこの窒息するような沈黙を破るにたる声の力を結集したが、それには暴力をふるいたたせるのに似た努力が必要だった。

「だが、いったいぜんたい、なぜだ？」

「ああ、なぜかと言うのですか」と答えると、神父はパイプをくゆらしながら思慮深げに立ちあがった。「なぜあの人がやったかということなら……そうですね、もうそろそろこの事件全体の鍵となる事実をお話ししてもよい時機でしょう、少なくともまだ知らないお方にはね。さて、それは大きな災難でした。また大きな犯罪でもありました。しかし、クレイヴン提督殺しそのものではありません」

神父はここでオリーヴの顔をまともに見すえて、真剣な口調で言った――

「例の悪い知らせというのを、ここで率直かつ手短にお伝えします。それというのも、あなたは充分に勇気がおありだし、それに充分に幸福でもあるようなので、これをお聞きになっても大丈夫だと思うからです。あなたは偉大な女性と言っていいものになられるだけの機会と、それから力さえもお持ちです。あなたは大相続人ではないのです」

これに続いた沈黙のなかで口を開いたのは同じく神父だった。説明が続く。

「お父上のお金の大半は、お気の毒ですが、なくなってしまいました。ダイクという白髪の紳士の財政手腕によって無に帰したのです。ダイクは、嘆かわしいことですが、詐欺師でした。クレイヴン提督は、提督に対する詐欺がいかにして行われたかについて永久に黙らされるために殺されたのです。提督が破産し、あなたが相続権をなくしたという一事こそ、提督の殺人ばかりかそれ以外の謎すべてに対する唯一の鍵なのです」神父はパイプを二、三度吸って、また話を続けた。

「わたしがルークさんにあなたの相続権がなくなったことを告げると、ルークさんはとんできてあなたを助けようとしました。ルークさんはなかなか類まれなお方です」

「よしてくれ」とルーク氏はおもしろくなさそうに言った。

「ルークさんは怪物です」と神父は科学者の冷静さで言った。「時代錯誤の塊《かたまり》、先祖返り、石器時代の野蛮な名残りです。現代に至ってすっかり死滅したものと思われている野蛮な迷信が一つあるとすれば、それは名誉ならびに独立という観念だったのです。ところが、死滅した迷信があまり多いので、わたしはどれもこれもごっちゃにしてしまいます。ルークさんはすでに死滅した動物であります。古生代のプレシオサウルスであります。奥さんの収入に頼って生活したり、自分を財産めあての男だと言いだしかねないような奥さんを持ったりすることを望まなかった。その結果として、いかにも見苦しい態度ですねるようになり、あなたが破産したという知らせをわたしが伝えるに及んで初めて生気を取り戻したのであります。あの人は妻のために働くことを望んだのでありまして、妻に養われたくはなかったのです。けしからん話ではございませんか。さて、お次はもっと明るい話題といたしまして、ハーカーさんについて述べましょう。

ハーカーさんにあなたが破産なさったことを伝えますと、あわてふためいて逃げだしましたよ。いや、ハーカーさんにあまり手きびしくしてはなりません。あの人は善いのも悪いのも取りまぜて、もっと大きな野心を持っていた。が、それをみなごっちゃにしておった。野心を抱くこと自体に害はありません。しかし、あの人は野心を抱いていたうえに野心を理想と称していました。旧来の名誉観というものは、人々に成功を疑問視することを教えました。つまり《これは恩恵である。したがって買収であるかもしれぬ》と言わせたのであります。新時代のずばぬけてナンセンスな《善くあれ》という道徳は、善くあるということと金もうけということをいっしょくたにすることを教えます。ハーカーさんという人間のいけない点は、すべてそこに帰着します。それ以外の点ではまったくの善人でして、こういう人はいくらもいます。幸運の星をつかんで出世することが向上というものでした。善い妻をめとり、金持ちの妻と結婚することが《善きこと》だったのです。と言っても、決して皮肉屋のやくざではありませんでした。そうだったら、臆面《おくめん》もなく戻ってきて、あなたを捨てるか、縁切りをするかしたはずです。あの人はあなたに面と向かうことができなかった。あなたがおいでになるかぎり、彼の破れた理想の半分が残っていたのです。

わたしが提督に話したのではありませんが、誰かが告げ口をしました。最後の艦上閲兵式の最中に友人である家つきの弁護士が提督を裏切ったという話が伝えられたのです。提督はこのうえなくいきどおって、そのために正気ではやれなかったようなことをしました。つまり、あの三角の帽子と金モールの正装のまま上陸し、ただちに警察へ電話をかけました。それだから警部さんが《緑の人》のあたりをうろついていることになったのです。ルーク大尉も提督について上陸しましたが、これは提督の一家になにかもめごとがあったらしいと気づいて、助けになってやり、自分の信用も取り戻したいという意向が薄々あったためです。ためらいがちにふるまったのも、このためです。それから、ひと足遅れて自分一人になったと思いこんだときに剣を抜いたことですが、あれはまあ想像力のなせるわざでした。彼はロマンチックな人で、剣を振りまわす夢を見て海へ乗りだした人です。ところが、いざ海軍に入ってみると、剣を身につけることすらも三年に一度ぐらいしか許されなかった。それで、あのとき浜辺には自分一人しかいないものと思って、子どものように刀遊びをしたというわけです。大尉のしたことがおわかりにならない人には、スティーヴンソンの言葉を借りて『それではきみは海賊になることはあるまい』と言う以外にありません。同時に、そういう人は詩人になることもないでしょう。その人は少年だったことがないのです」

「わたしは少年だったことはありませんけど」とオリーヴはものものしく言った。「それでも何だかわかる気がします」

「人間は十人中九人まで」と神父は考えこむようにして続けた。「刀や短剣に似た形のものなら何でも、たとえペーパー・ナイフでも、戯《たわむ》れに振りまわしたがるものです。それだからこそ、あの弁護士がそうしなかったのを見てわたしは妙に思ったのでした」

「と言うと」とバーンズが訊いた。「なにをしなかったというんですか」

「おや、お気づきにならなかったのですか」と神父は答えた。「あの事務所での初対面のとき、あの弁護士さんはペンをいじっていて、ペーパー・ナイフをいじってはいなかった。それも、小型の短剣を模した美しいスチールのペーパー・ナイフが、すぐ手元にあったのにもかかわらずです。ペンはどれも埃《ほこり》にまみれて、インクで汚れていましたが、そのナイフだけは洗いたてでした。それなのに、あの人はそれをもてあそぼうとしなかった。暗殺者たちの皮肉《アイロニー》というものにも限度があるんですな」

しばしの沈黙ののち、警部が夢から目を覚ましかけた人のように言った。「いいですか……我輩は自分の足が地についているのか、それとも逆立ちをしているのか見当がつかないくらいだ。あんたはこれでおしまいまで説明したと思っているかもしれないが、わたしはまだそもそもの発端に行きついてもいないのですぞ。いったい、その弁護士に関する事実をどこで探りだしたんです？　それに気がついたのは、どういうきっかけによってなんです？」

ブラウン神父は、くすりとおかしくもなさそうに笑った。

「殺人犯はその第一歩でへまをやっていたのです」と神父。「ほかの方がどうしてお気づきにならなかったか、わたしには解せないくらいですよ。あなたがあの法律事務所に初めて提督の死を知らせにいったときには、まだ誰も提督の帰宅が間近いということ以外にはなにも知ってはいないはずでした。提督が水死したとあなたが知らせてくれたとき、わたしそれはいつのことかと訊き、ダイク氏は死体がどこで発見されたかと尋ねた」

ここでひと息いれて神父はパイプの灰を叩きおとすと、また思案深げに話を始めた——

「さて、誰でもちかぢか海から帰ってくる船乗りが水死したという話を聞かせられれば、その人は海で水死したと思うのがあたりまえです。少なくとも、海で死んだものと仮定するのが常識です。波にさらわれて船べりから落ちたにしろ、船もろとも沈んだにせよ、または水葬に付されたとしても、その死体が見つかるだろうとは考えられない。弁護士が死体はどこで発見されたかと尋ねた刹那《せつな》に、わたしはこの人はその答えを知っているのだと睨んだ。なぜって、この人が自分で死体をそこに放置したからです。よりによって船乗りが海から数百ヤードも離れた陸《おか》のどまんなかの池で水死するなどというありそうもないことを考えつけるのは、当の犯人以外にはありえないことです。それですからわたしは急に気持ちを悪くして、まっ青どころか緑色になってしまったのです、《緑の人》ぐらい緑色にです。自分が殺人犯のすぐ隣にすわっていることにだしぬけに気がつくなんて経験は、いくら重ねても慣れるというわけにはいきませんのでね。ですから、わたしはたとえ話で話をそらすより仕方がなかったのです。でも、そのたとえ話にもやはり意味があったのですよ。わたしは言ったでしょう。死体には緑色の浮きかすが一面についていたが、浮きかすよりも海藻のほうがよかったのではありませんか、とね」

どんな悲劇でも決して喜劇を抹殺できるものではなく、この二つは平行するものだということはしあわせである。かくして、ウィリース、ハードマン・ダイク法律事務所でただ一人実務を司《つかさど》っていた弁護士が、逮捕しようとした警部の到来と同時に、脳天をぶちぬいた頃、夕暮れどきの浜辺では、オリーヴとロジャーが、遠くからお互いの名前を呼びあっていたのである、幼な友達だった頃の昔と同じように。

# 《ブルー》氏の追跡

日ざしの強いある午後のこと、海辺の遊歩道をマグルトンという（あほうという意味がある）やりきれない名前の人物が、それにふさわしい陰気な面持《おもも》ちで歩いていた。この人の額には気苦労の皺《しわ》が馬蹄形《ばていけい》に刻まれていて、足もとの砂浜にずらりと並んだ各種の芸人たちがその喝采を求めて上を仰ぎ見ても、笑顔一つ向けてもらえなかった。ピエロたちが死んだ魚の白い腹そっくりの青白い顔をあげてみせても、この男の心は晴れなかった。垢《あか》まみれの煤《すす》みたいなもので顔をすっかり鼠色にした者さえ、この男の頭をもっと明るい空想で満たすことはできなかった。それほど悲しみに沈む失意の男だったのだ。その外観は例の深い溝を刻んだ禿《は》げあがった額だけでなく、全体にひっこみがちな、ほとんど窪《くぼ》んだと言っていいものだった。しかも、それに加味されているくすんだ洗練ぶりが、顔のなかでひとところだけどぎつい装飾となっている箇所をいやがうえに不釣り合いなものにしていた。それは見るからに際立った、剛毛《ごわげ》のぴんと張った軍人髭《ひげ》で、つけ髭のようにいかさまくさく見えた。いや、事実それはつけ髭なのかもしれない。たとえつけ髭ではないとしても、やむをえず無理に生やしたものであるということも考えられる。まったく、どう見ても、これは生やしたいという一念で大急ぎで生やしたものとしか思えない。それほどこれは当人の人柄に適したものではなくて、その職業の一部と見えたのである。

無理もない、マグルトン氏は細々《ほそぼそ》と開業している私立探偵なのであり、氏の額に浮かんだ翳《かげ》りは氏が職業上大しくじりをやらかしたことに起因していた。とにかく、その失敗というのは、氏が妙な名前を持っているということよりもなお暗鬱《あんうつ》な事柄に関連していたのである。この名前に対して氏はもっと誇りを持ってもよいはずだった。なぜなら、氏の出身家庭は貧しいが格式の高い非国教派の家族で、この一族はマグルトン宗派の教祖と血のつながりがあると主張していたからであり、この教祖こそは人類史上にただ一人このマグルトンなる名前をひっさげて世間に名乗りをあげた人物だったからである。

ところで、私立探偵マグルトン氏の悩みのもっと正当な原因は（少なくとも、当人の説明によれば）、ある世界的に有名な百万長者の殺される現場に居あわせながら、それを防げなかったことにあった。氏は、ほかでもないそういう事態を予防する役目で週に五ポンドの給料で雇われていたのである。こんなわけであるから、《おいらに喜びの一日を》という題の歌が物憂《ものう》げな調子で歌われたところで、氏には人生の喜びなど満ちあふれてきはしなかったのだ。

しかし、その海岸には別の種類の連中もいて、我が私立探偵のあの殺人事件の問題やマグルトン派の伝統にもっと共感してくれそうな人たちもいないことはなかった。海浜の行楽地というものは、甘い感情に訴えるピエロたちばかりか、やはりそれなりに陰気で狂熱地獄的な流儀で説教に専念しているらしい説教家たちにとっても、好個の仕事場となっており、なかに一人、さすがのマグルトン氏も目を惹《ひ》かれずにはいられなかった年老いた熱弁家がいた。それほどその叫びは甲高《かんだか》く、バンジョーやカスタネットの喧騒をこえてその宗教的予言の絶叫は響き渡っていたのである。

背の高い、いかにもだらしのなさそうなこの老人は、漁師の着るようなセーターを着ていたが、どうも似つかわしくないことに、ヴィクトリア朝中期のある種のダンディーたちが退場してこの方、滅多に見かけないような、えらく長く垂れさがった頰髯《ほおひげ》を生やしていた。海岸のいかさま連というやつは、たいがいなにかを売り物ででもあるかのように展示する習慣になっているが、ご多分に洩れずこの老人も、かなり朽ちかけた漁師網を出していて、それをたいてい砂地の上におすわりなさいと言わんばかりにひろげて見せるのだった。女王様のおすわりになる絨毯《じゅうたん》でもあるまいに。ところが、ときどき、この網を老人は頭の周りに目まぐるしく回し、その恰好がまたローマの網使いの闘技師が三叉槍で人を串刺しにするときのような、なんとも物騒なものだった。いや、実際、もしも手元に三叉槍があったならば、この男は人を串刺しにしかねなかった。老人の口からほとばしる言葉は、つねに刑罰という一点にふりむけられており、聴衆の耳には肉体ないしは魂への脅威としか聞かれなかった。それほどまでにこの男はマグルトン氏と同じ気分にあったのであり、それゆえ、この男は殺人犯の大群団に説教している狂える絞首刑吏と言っても差し支えないくらいだった。少年たちはこの男を称して《業火《ブリムストン》の爺さん》と言っていたが、爺さんには神学的な偏向のほかにも奇癖が多々あった。その一つは、桟橋の下の入り組んだ鉄のけたに登って、網を海中に投じてひきずり、自分は漁で生計を立てているのだと言いふらすことだった。もっとも、この人が魚を捕えたところを見た者がいるかどうか疑わしいのだが。それでも、俗界の遊山客《ゆさんきやく》はときたま雷雲から轟《とどろ》く神の声のような、裁きの近きを警告する声を聞いてはっとすることがあり、なにごとかと思えば、それは鉄の屋根の下にちょこなんと座を占めて、例のとんでもない頬髯を灰色の海藻のようにたなびかせ、大きく目玉をむいている偏執狂の老人が呼ばわっているのにほかならなかった。

　それにしても、我が私立探偵にとっては、いやでもこれから会わねばならぬ別の牧師に較べれば、この《業火の爺さん》のほうがまだしも我慢できたろう。この二番目の牧師とのもっと重大な会見について説明するには、次の事実を指摘しておく必要があろう。マグルトンは、例の殺人で並みはずれた経験をしたのち、自分の持ち札をいさぎよく投げだし、問題の件を警察ならびに死んだ百万長者ブレアム・ブルースの唯一の代表者に伝えたのであった。ブルースの雇っていたきびきびした秘書アンソニー・テイラーがその代表者だったが、この秘書よりは係の警部のほうが同情的だったのである。しかし、警部の同情がもたらした助言は、マグルトンにはどうしてもこれが警察の助言であるとは思えないようなものだった。警部は、しばらくの熟考ののち、マグルトン氏をえらく驚かせた助言として、ちょうどこの町に滞在中の有能な素人探偵を知っているから、その方に相談してみなさいと述べた。自宅の書斎にインテリの蜘蛛《くも》みたいにすわりこんで世界ほども広い理論の網を張りめぐらしている《大犯罪学者》についてなら、報告やら物語やらを読んだことのあるマグルトン氏、それではこの名探偵は人里離れた館の屋根裏部屋に紫の化粧衣を着、阿片とクイズを糧《かて》に生きているような人だろうと思い、巨大な実験室ないしは寂しい塔へと案内されると思いきや、指示に従って出かけてみると、そこは雑踏した海浜の端の、桟橋のあるところで、相手の人物はずんぐりした小柄の神父、大きな帽子の下に大きな笑顔、それもちょうど貧乏な子どもたちの一団といっしょに砂浜の上をぴょんぴょん跳ねまわって、夢中でとても小さな木の鋤《すき》を振りまわしているところではないか。

この犯罪学者の神父——ブラウンというのがその名前らしい——がやっと子どもたちから離れて、と言っても鋤からは離れずに、やってくると、我がマグルトン氏にはこの人物はますます物足らぬものに思えてきた。神父は海岸に展開するばかげた見世物のあいだを頼りない恰好でぶらつき、手あたりしだいに四方山《よもやま》の話をしていたかと思うと、こういう場所にはつきものの例の自動機械に取りついて離れず、機械仕掛けの人形たちがかわりにやってくれるゴルフ、フットボール、クリケットなどのゲームに興じるために、一ペニーまた一ペニーとおごそかに財布をはたき、しまいには、金属製の人形がただ別の人形のうしろから駆けたり跳ねたりするだけらしい豆レースの仕掛けに満足する始末。それでも本人は始終、注意深く耳を傾けて、敗残の探偵がまくしたてる物語を聞きとっていたのである。ただ、なんとしても、この神父が自分の左手が——ペニー貨を使って——していることを右手に知らせまいとしているその態度が、探偵の神経にはえらくこたえたことだった。

「どこかに腰をかけませんか」とマグルトンはじりじりして言った。「この事件についてお知りになりたいのなら、どうしても読んでいただかねばならない手紙をわたしは持っているのです」

ブラウン神父は嘆息を洩らして、ジャンプを続けている人形に背を向けると、やがて鉄のベンチに連れと並んで腰をおろした。連れは早いところ件《くだん》の手紙を開いていて、無言でそれを神父に手渡した。

どうも唐突で奇妙な手紙だ、とブラウン神父は思った。百万長者というものは、相手が私立探偵のごとき使用人であればなおのこと、礼儀作法にあまり気を使わないということくらいは神父とて承知していた。ところが、この手紙には単なる無愛想とか、ぶっきら棒というようなこと以上のものが示されているように思えたのである。

マグルトン君

こんな種類の助力を求めるほどなりさがろうとは考えてもみなかったのだが、とにかくもう嫌気がさした。ここ二年間ますます我慢できなくなるいっぽうだった。この話できみの知る必要があるのは、次のことだけだろう。わたしの従弟《いとこ》にけがらわしいやくざが一人いる。お恥ずかしい話だが、この男は客引きもやった、浮浪者だったこともある、にせ医者だの俳優もやった。我が家の名前を使ってバートランド・ブルースという名で芝居に出るという鉄面皮なことさえやった。現在はこの町の劇場で半端仕事にありついているか、職さがしをしているのだろうと思う。しかし、これは信じていいが、その仕事にしてもやつの本当の仕事ではない。やつの本当の仕事は、わたしを追いつめて、できることなら永久に息の根を止めてしまうことだ。これはだいたいが古い話で、他人の知ったことじゃない。昔、わたしたちは肩を並べてスタートし、出世競争をやった。いわゆる恋の争いもやった。いったい、やつがのらくら者で、わたしが何でもうまくやる成功者だったということが、わたしの罪だろうか。ところがあのけがらわしい人非人は、自分はまだ成功するとほざいている。つまり、わたしを撃ち殺して、わたしの——いや、何でもない。やつは狂人に近いのだが、近々なんらかの殺人を犯すだろう。

栈橋のはずれの小屋で今夜栈橋の門がしまってからわたしに会い、わたしの言う仕事をひきうけてくれたら、五ポンドの週給をだそう。安全な会合場所はそこしかない——いまだに安全なものが一つでもあるとすれば。

J・ブレアム・ブルース

「おやおや」とブラウン神父は穏やかに言った。「ずいぶん急いで書いた手紙ですな」

マグルトンはうなずき、ひと息ついてから先ほど出くわしたことを語りだした。その声が妙に洗練されていて、当人のぎくしゃくした外観と釣り合わない。まったく華々しいところのない地味な下層ないしは中産階級の人たちにも、しばしば隠された教養が道楽としてひそんでいることは百も承知している神父だったが、相手の使う言葉が上等で、いささかペダントリーの気味があるのに驚かされた。男のしゃべり方は本そっくりだったのである。

「私が栈橋のはずれの小さな船室型の小屋に到着いたしましても、依頼人である名士のお姿は見あたりませんでした。私はドアを開け、なかに入りました。ブルースさんは、ご自身のみならず私の姿もなるべく人目につかぬことを希望しておいでだろうと思ったからです。もっとも、これはあまり重大なことではありませんでした。桟橋は非常に長く、砂浜や遊歩道から姿を見られる道理はなく、それに時計を見ますと、すでに桟橋の門が閉鎖されている時刻でした。ブルースさんがこの会見を他人に知られぬようにとこれほど用心なさっていることは、私にしてみれば悪い気持ちがいたしませんでした。あの方が心から私の助力ないしは護衛の力に信頼を置いていたことをそれは示していましたから。とにかく、桟橋の門が閉鎖されてから会おうというのはあの方の提案でしたので、私はしごく簡単にお引きうけしたのです。その小さな丸い天幕小屋と申しましょうか何と言うのでしょうか、そのなかには椅子が二脚ございまして、私は何ということもなくその一つに腰をおろしてお待ちしました。長く待つまでもありませんでした。あの方は約束の時間を固く守ることで有名な人だったのですが、はたせるかな、ふと、目を上げて反対側の小さな丸窓を見ますと、あの方がゆっくりその外を通りすぎたのです。まずはためしに小屋をひと回りしてみようといったような歩き方でした。

私はあの方の写真しか見たことがなく、それもずっと以前のことでしたので、当然あの方は写真よりも老けておいでだったのですが、でも、写真にそっくりなことは見間違いようがありませんでした。窓の外を通りすぎた横顔は、鷲《わし》の嘴《くちばし》に似ているという意味での鷲面《わしづら》でしたが、どちらかと言えば白髪まじりの尊厳ある鷲と言ったところで、じっと休んでいる鷲、もうとっくに翼を収めてしまった鷲のようでした。それにもかかわらず、権威者らしい威厳と申しますか、人に命令をくだす地位に長くあった人の無言の矜持《きょうじ》と申しますか、大組織をいくつも成立させて他人を服従させてきたあの方のような人物に必ず見られますところの特徴は、はっきりと見てとれました。服装は、私に見えましたかぎりでは、地味なものでして、特に日中のあいだ海浜に詰めかけている旅行客と較べますと、それがいちじるしゅうございました。しかし、外套《がいとう》はぴったり身体にあった特別仕立ての上品なものでして、襟のところにアストラカンがのぞいていました。こういったことを私はひと目で見てとったのでございます。そのときには私はもう立ちあがって、ドアの前まで行っておりました。そこでドアに手をかけてみて、私はその怖るべき夜の最初の驚きに出あったのです。ドアは錠がおりていたのです。何者かが私を閉じこめたのでございます。

しばらく私は啞然《あぜん》として立ちすくみ、丸窓を見つめておりました。もちろん、あの横顔が通りすぎて行った窓です。そこでだしぬけに私は事態の真相を知らせるものを見ました。もう一つ別の横顔が、獲物を追う猟犬のように鼻面《はなづら》の尖《とが》った横顔が、そのまん丸い視野のなかにとびこんできたのです。丸鏡にものが映るような具合にそれは見えました。その途端に、私はそれが何者であるかをさとりました。復讐者だったのです。殺人者ないしは固く殺人を誓った男、あの老いた百万長者をもう長いこと陸のはて海のはてに追いまわして、いまや遂に、海と陸の間に架けられた鉄桟橋の袋小路に追いつめた、その曲者《くせもの》。もちろん、ドアを閉めきったのはこの殺人者であることを私は知りました。

私の最初に見た男は背の高いほうでしたが、その追っ手はなお背が高く、ただ、背中を丸め、首と頭を猟犬さながらに突きだしていたので、いくらかのっぽの印象が弱められていました。

長身であるのと猫背であるのとがいっしょになって、全体の印象は猫背の巨人といったところでした。ところが、この悪漢と、いとこにあたる名士とのあいだに血のつながりがあるために、丸窓の外を通ってゆくそれら二つの横顔には似たところがありました。追うほうの男の鼻もかなり鳥の嘴に似ていましたが、ただ、全体の様子にいかにもすさんで堕落したところがあるため、鷲よりもむしろ禿げ鷹といったところでした。顔を剃っておらず、髭が生えているといっていい状態で、首には粗末なウールのスカーフをくるくると巻きつけて、猫背の印象をますます強めていました。こういったことは些細な点でして、この人物の横顔に見られる醜悪なエネルギーや、その闊歩《かっぽ》する猫背の容姿に感じられる復讐の執念といったものは、それだけではお伝えできません。ウィリアム・ブレークの絵に軽率にも《蚤《のみ》の亡霊》とか、もっと明瞭に《血なまぐさき罪のヴィジョン》とか呼ばれているのがあるのをご覧になったことがありましょう？　これはちょうどああいう姿でした。背中を丸く突きだして、ナイフと杯を持って忍びよる巨人の悪夢さながらの姿でした。この人物はナイフも杯も持ってはいませんでしたが、二度目に窓を通りすぎたとき私はこの目ではっきりと見たのです、やつがスカーフの合わせ目から一丁の拳銃を取りだし、きつく手に握りしめて構えるのを！　男の目が動いて月の光を受けて輝きました。それがまたえらく不気味な光で、目は躍り狂ういなずまのように前へ、うしろへと動くのでした。ある種の爬虫類が青光りのする角を突き立てるようにその男は自分の目玉を突きだせるのではないかとさえ思えました。

　追われる者と追う者が窓の外を都合三回まわって通りすぎてから、やっと私は、どんなに事態が絶望的であっても、なんらかの行動に出る必要があることに充分気づき、力まかせにドアをゆさぶりました。そして、まだ気づいていない被害者の顔を再び見て、私は今度は窓を激しく叩きました。次には窓を破ろうとしました。しかし、窓は珍しく厚いガラスの二重窓で、はざまが非常に広いために外側のガラスにはとうてい届きそうもありません。とにかく、私の依頼人は私のたてる音にも、私の信号にも気がつかず、この回転する影絵のような宿命の仮面劇はパントマイムさながらに黙々と私の周りをまわりつづけ、私はとうとう気分が悪くなったうえに眩暈《めまい》さえしてきました。と、二人の姿はぱったり現われなくなり、私は息を殺して待ちました。そして、もう二度と現われないだろうことを悟りました。いよいよのときが来てしまったのです。

この先はお話しする必要もないでしょう。ご想像におまかせしてよいくらいです。私自身、その場にへなへなとすわりこんでそれを想像しようと努めたものです。いや、想像しまいと努めたのです。くどくどと説明はいたしませんが、二人の足音が消えていったのちのあの怖ろしい静けさのなかで聞こえたものといえば、寄せては返す波の音のほか、二つの物音だけでした。一つは大きな銃声、第二はもっと鈍い水しぶきの音だったのです。

私の依頼人が私からわずか数ヤード以内のところで殺されたというのに、私は、合図一つできなかったのです。そのために私がどんな思いをしているか、それは事件に関係のないことなので話すのは遠慮いたします。しかし、たとえ私がこの殺人事件の痛手から立ち直れたとしても、その謎は依然残るのです」

「うん」と神父は至ってもの柔らかく言った。

「どの謎のことですか？」

「犯人がどうやって逃走したかという謎です」と相手は答えた。「あくる朝その桟橋に人びとの入場が許されるやいなや、私は一夜の監禁から釈放され、すぐさま改札の門へとって返し、開門してから桟橋を出た者はないかと問いあわせました。細かいことは省きますが、その門というのが特別の考慮によって本格的な大きさの鉄扉になっていまして、開けないかぎり、誰もそこから出入りすることはできないのです。係の人も、犯人にいくらかでも似た人物がそこから出るのを見てはいませんでした。しかも、犯人は人に見間違えられるような人間ではありません。どうにかして変装したとしても、あの高い背丈を隠したり、あの一族の特徴ある鼻をなくしたりすることはまず不可能です。また、岸まで泳ごうとしても、あの海の荒れ方では無理でしたでしょうし、だいたい人が陸にあがった痕跡がまったくありません。私はあの人非人の顔を六度ほど見たわけですが、たった一度見ただけでも、あの男が勝利を博した直後にあっさり身投げをしてしまうなどということは、絶対に考えられないのです」

「おっしゃりたいことはわかります」とブラウン神父は答えた。「それに、自殺してしまったのでは、犯人の出した脅迫状の文面とえらく矛盾《むじゅん》することになりますね。脅迫状のなかで犯人は犯行後に自分がありつくべき恩恵の数々を並べたてていますからな。それからもう一つ、確認しておいてよい点があります。その桟橋の下のほうの構造はどうなっているのですか？　桟橋というやつは、鉄の支えが網の目のように入り組んでいることがよくあるから、それなら猿が森の樹から樹へと移って歩くように人間も移動できるわけです」

「ええ、それも考えてみました」と私立探偵は答えた。「ところが、この桟橋は、運の悪いことに、妙な構造になっている点が一つ以上あるのです。まず、並みはずれて長いこと、それから、たしかに鉄の柱が立っていてそのあいだに橋桁が渡してあるのですが、その間隔がとても長く、一本の柱から次の柱へ渡ることはできないのです」

「その点をご指摘申したのは」とブラウン神父は考え深く言った。「ほかでもない。あの長い顎鬚を生やした風がわりな人物――つまり浜辺でよく説教をしている老人ですが――あれがよく手近の橋桁に登っていなさるからですよ。潮があげてくると、やっこさんはあそこに腰を落ち着けて釣りをしているんじゃないですか。あれは魚釣りをする人にしては妙な人ですな」

「ほう、どういう意味です？」

「そうですな」とブラウン神父はボタンをいじりながら、緑色の大海原《おおうなばら》をぼんやり見つめて言った。日が沈んで夕日の最後の名残りに緑の海面はきらきらとさざめいていた。「さよう……わたしはあの人に親しい気持ちで言葉をかけたことがありました。漁師と説教家という昔からの商売を兼業なさるというのはお珍しいという意味のことを、ひやかしてではなく、親しみの気持ちをこめて申したのです。わたしとしては誰にもわかりきったあのことを申したつもりだったのです。聖書の一節の、生ける魂をすなどるという個所です。ところが、あの人は、ひとっとびに橋桁の腰掛けに舞い戻ると、妙な顔つきで荒々しく、『ああ、わしは少なくとも死体をすなどっているさ』と言ったじゃありませんか」

「なんということだ！」と探偵は神父を見つめて驚愕した。

「ええ」と神父。「軽い挨拶《あいさつ》として言うにはずいぶん妙な話でしたよ、こっちは赤の他人で、砂浜で子どもたちと遊んでいたのですからね」

もう一度、目ばかり丸くしての沈黙が続いたのち、相手は遂に語勢鋭く言った。「まさかその男がこの殺しと関係があると言うんじゃないでしょうね」

「それが」とブラウン神父は答えた。「なんらかの光明を投げかけてくれるのではないかと思っているんですよ」

「さあて、私にはとんと見当がつきませんが」と探偵は言った。「誰にしろこの事件に光明を投げられるとは、私には信じがたいことです。これはたとえれば、まっ暗闇の荒海のうねりみたいなものです。あの人が……あの人がつまり落ちていった海のようなものですから。ぽっかりとあいた不条理の穴です、大男が一人、泡のように消えてしまったんですから。誰がどう考えてみても……おや！」ここで急に話すのをやめ、まだ動かずにボタンをいじりながら砕け散る波を見つめている神父をしげしげと見やった。「どういうおつもりなんですか？　そんなふうに、なにを目でさがしていらっしゃるんです？　まさか……少しでもこの謎が解けたなんて言うんじゃないでしょうね」

「いつまでもわけがわからずにいたほうがずっとましでしょうが」とブラウン神父は低い声で言った。「あなたがどうしてもとおっしゃるのなら——はい、わたしには多少わからんこともありませんよ」

長い沈黙があって、それから私立探偵はかなり妙な唐突さで言った。「やっ、ブルースさんの秘書がホテルからお出ましだ。私は失礼しなくちゃなりません。あなたのお話しになったおかしな漁師と話してこようと思います」

「《これののち、すなわちこれがためなり》ですかな?」とブラウン神父は、ラテン語の諺《ことわざ》で問うた。笑顔である。

「なにしろ」と相手はぎごちない率直さで言った。「あの秘書は私を好いておりませんし、私もあの人が好きだとは思いません。なにしろ口論のほかには行きつく先のない質問でさかんに私を突っつきまわすのですから。ブルース老人があのエレガントな秘書に助言を求めずに第三者を呼びいれたので、あの人は嫉妬しているのかもしれません。では、またのちほど」

こう言って踵《きびす》をめぐらすと、あの変わり者の説教家がすでに洋上のいつもの席に陣どっているほうに向かって砂浜を歩きだした。その姿は、緑色の暮色のなかでなにやら大きなヒドラか、針のあるクラゲが、燐光《りんこう》のきらめく海中に毒を含んだ糸足を長くひいて動いているようだった。

いっぽう神父は、秘書が静々と近よってくるのを静かに見守っていた。海岸は大勢の人出で雑踏していたけれども、秘書の姿はそのいかにも事務員らしい山高帽と燕尾服《えんびふく》という端正で落ち着きのある出立《いでたち》のせいで、遠くからでも目だっていた。秘書と私立探偵のいさかいには毛頭首を突っこむつもりはなかった神父ではあるが、なぜかわけもなく探偵の偏見のほうにかすかな共感を寄せた。アンソニー・テイラーというその秘書は、極めて恰幅《かっぷく》のいい青年で、着ているものばかりか容貌も立派であり、顔つきは単に眉目秀麗《びもくしゅうれい》というだけでなく、ぐっとひきしまった知的な相をしていた。顔色は青白く、黒い髪が顔の両側に垂れさがって、そこに頰髯が生えることを暗示しているようだった。普通の人がめったにやらないほど唇を固く結んでいる。ブラウン神父の奇想がこの顔を見て思いついた唯一のことは、まぎれもない事実ではあったが、文章にしてみると何とも妙で、むしろ実物を見たほうが自然なくらいだった。神父が考えたのは、この男が鼻孔《びこう》で語るということだった。この男の口がきつく結ばれているために、その鼻の両脇の運動がひどく過敏かつ自在になっており、その結果、この男は頭をあげて犬のするようにくんくんと鼻を鳴らしたり嗅ぎまわったりすることで意思の疎通をはじめ、もろもろの人生の営みを行っているらしかった。しかし、ひとたび口を開いて機関砲そこのけに早口の饒舌《じょうぜつ》の火蓋を切ると、なるほどそのしゃべり方はこの男の口や鼻以外の特徴にふさわしくなくもなかった。これほどそつのなさそうな洗練された容姿には醜いくらいのしゃべり方だったのであるが。

次のように言ってこの男は会話の糸口を開いたのである。「陸に打ちあげられた死体はないでしょうな」

「そういう報告はありません」とブラウン神父。

「ウールのスカーフを巻いた犯人の巨体はない?」とテイラー氏。

「ない」とブラウン神父。

テイラー氏の口は、これで当分は動かなくなった。ところが、鼻の穴が口にかわって、いとも敏速に震えながら嘲《あざけ》りを示したので、おしゃべりな鼻、とそれを称しても差し支えなかったであろう。

神父が二、三のありふれた挨拶めいたことを述べたあとでテイラー氏はまた口を開いたが、言ったことはただ、「警部がおいでだ。あのスカーフをさがしてイギリスじゅうを調べまわっていたのだろう」

グリンステッド警部は、白髪まじりの鬚をぴんと張った、顔の茶色い男だったが、ブラウン神父を見ると、秘書がしたよりはよほど恭々《うやうや》しい態度で話しかけた。

「あなたのお知りになりたいことだろうと思うのですが」と警部は言った。「桟橋から逃走したという人物の足どりはまったくつかめません」

「逃走したという、と言うよりは、逃走したとはいえない、と言うべきだ」とテイラーは言った。「桟橋の管理人は——犯人を見た者があるとすれば管理人のほかにはないのだが——それが、怪しい人物一人見てはいないのだ」

「まったく」と警部は言った。「駅という駅に電話で急報し、道路という道路を見張ったのだから、犯人が国外へ逃げることはまず不可能だ。どう考えても、高飛びしたのではないと思う。どこにもいないみたいですよ」

「どこにもいなかったのさ」と秘書はきしむような声で藪から棒に言った。この寂しい海岸に銃声がこだまするような声だった。

警部はぽかんとした表情だったが、神父の顔には徐々に一条の光明がさしこんできて、遂に神父はこれ見よがしなと言ってよいくらいの無関心な態度で言った——

「つまり、犯人は神話上の人物だった、ないしは嘘八百だったというのですか？」

「ほう」と秘書は文字どおり高い鼻の穴から大きく空気を吸いこんで言った。「やっとそこに思いついたか」

「それに思いついたのは最初です」とブラウン神父は言った。「そんなことは誰だって最初に考えることでしょう、なにしろ、人気《ひとけ》のない桟橋の上で顔見知りでない殺人者を見たという話がこれまた顔見知りでない人物から何の証拠もなしで伝えられたのですからね。つまり、あなたの言いたいのは、マグルトン探偵は百万長者の殺される音など聞いてはいないのだということでしょう。それどころか、マグルトン自身が殺したとさえ言いたいんじゃありませんか」

「なにしろ」と秘書は言った。「マグルトンはずいぶん落ちぶれた、ぱっとしない人のようですからね。桟橋で起こったことについては彼の目撃談があるだけで、しかもその話ときたら、消えてしまった大男の話、とんだお伽噺《とぎばなし》でさあ。たとえやつの話したとおりだとしても、あんまりほめられる話じゃありませんね。依頼された事件でへまをやり、依頼人が目と鼻の先で殺されるのをどうすることもできなかった、とそう本人が認めているのですからね。とにかく、手のつけようのないおばかさんで、あれは敗残者ですよ、自分でそう言ってるじゃありませんか」

「さよう」とブラウン神父は言った。「わたしとしては、ご自分をばかだの失敗者だのと言われるお方に好感が持てるのですよ」

「どういう意味だね？」と相手は噛みつくように言った。

「それはですな」とブラウン神父は寂しげに言った。「ご自分のことをばかと言わず、失敗している方があまりに大勢おいでになるせいかと思います」

ここで一息ついて神父は続けた。「しかし、たとえあの人がばかであり、失敗者であったとしても、それだから嘘つきであり人殺しであるという証明にはなりません。それに、一つだけあの人の話を正しく裏づける外的証拠があることをあんたは忘れておいでだ。つまり、百万長者からの手紙です。あのいとこのこと、その復讐の誓いごとが書いてあるあれです。この文書自体がでっちあげであることを証明しないかぎり、ブルースさんが本当の殺人動機を持った何者かに追われていなかったとは断言できぬのです。いや、本当の動機と言うよりはむしろ、唯一自認され、かつ記録された動機と申しましょうかな」

「どうもおっしゃることが解《げ》しかねるのです」と警部が言った。「その動機の問題です」

「おやおや」とブラウン神父はここで初めてしびれを切らした反動で、親しみのある気さくな口調になり、「ある意味では誰にでも動機があるものです。ブルースさんがお金もうけをしたそのやり口、この世のたいがいの百万長者が富を築いたそのやり方、それを考えれば人間誰しもあの人を海にほうりこむというような、極めて自然なことをやらかしかねないものです。多くの人の場合、これはほとんど自動的に生じる衝動だとさえ言えます。ほとんど全部の人間がいつか一度はこれを考えたことがあるにちがいない。テイラーさんにもあったでしょう」

「なんのことだ?」テイラー氏は嚙みつかんばかりに言った。鼻孔が目に見えてふくらんでいる。

「わたしにはあった」とブラウン神父は語りつづけた。「《教会の権威に縛られざれば》わたしだってやりかねなかった。誰であっても、ただ一つの真なる道徳がなければ、これほど自明な、これほど簡単な解決策の誘惑に負けてしまいかねないのです。わたしはそれをやりかねなかった。あなたもそうです。市長さんだって、呼び売りのパン屋だって、同様です。そんなことはとうていやりそうにない男と言えば、たった一人、ブルースさんが週に五ポンドで雇ったあの私立探偵、まだ一文の金も受けとってないあの男しかわたしには思いつけません」

秘書はしばらく黙りこくっていたが、やがて鼻息とともに言った。「もしあの手紙にその報酬のことが書いてあるのなら、それが偽造かどうか調べるにこしたことはない。だいたい、この事件全体が偽造された嘘八百でないとはまだわかっていないんですからね。探偵は、例の猫背の巨人が消えたのはどうにも信じがたい、不可解なことだと自分で認めているじゃありませんか」

「ええ」とブラウン神父。「そこがマグルトンさんのいいところです。あの人はよくものを認めます」

「それにしたって」とテイラーは興奮して鼻孔を震わせながらねばった。「それにしても結局、つまるところスカーフを巻いたのっぽが存在したかどうかということがやつには証明できず、しかも警察の調べあげた事実の一つ一つが、この怪人物の存在していないことを証明している、という点に帰着する。そうなんですよ、ブラウン神父。あなたのお気にいりのあのやくざ探偵の言い分をもっともなものにする方法は一つしかない。つまり、やつのかつぎだした架空の人物を現実にかつぎだすことです。そればかりは、あんただってできやしないでしょう」

「それはそうと」と神父は放心の体《てい》で言った。「あんたはブルースさんが部屋を借りていたホテルからおいでになったのでしょう、テイラーさん？」

テイラーはいささか不意をくらって、突っかえがちに答えた。「ああ、あの人はその部屋を借りっぱなしにしていました。事実上、あの人の部屋なんです。今度はその部屋であの人と会えませんでしたがね」

「こちらへは自動車でいっしょに来たのでしょう」とブラウン神父は言った。「それともお二人とも汽車で？」

「ぼくは汽車を使って荷物を持ってきたんだ」と秘書は苛立《いらだ》たしげに言った。「主人はなにかで遅れたんだろう。一週間ほど前に主人が一人でヨークシャーを発ってから、一度もあの人と会っていないんだ」

「すると、どうやら」と神父は至ってもの柔らかに言った。「マグルトンさんが荒海の近くでブルースさんを見た最後の人であるとすれば、ヨークシャーのやはり荒れた野っ原で最後にブルースさんに会ったのはあんただということになりそうですな」

テイラーは顔をまっ青にしていたが、きしむような声を無理やり冷静に保って言った。「マグルトンが桟橋でブルースさんを見なかったのだとは、ぼくは言った覚えがない」

「ありません。どうして言わなかったのですか？」とブラウン神父は聞きただした。「もしあの人が桟橋の上の人間を一人でっちあげたなら、同じく桟橋の上の人間を二人こしらえていたのだとも考えられます。もちろん、わたしたちはブルースさんが実在していたことは知っています。ところが、はたしてここ数週間のうちにブルースさんがどうなっていたかについてはなにも知っていないようです。ヨークシャーに一人取り残されたんじゃないのですか」

秘書のかなり耳ざわりな声が高まって金切り声に近くなった。上辺だけの社交的なものの柔らかさが消えさったとしか思えなかった。

「あんたはごまかしているんだ！　みんな逃げ口上だ。ぼくに対してばかげたあてこすりをしようとしている、ぼくの質問に答えられない腹いせにね」

「はてさて」とブラウン神父は記憶をたどるようにして言った。「あんたのご質問というのは、なんでしたかな？」

「知っているくせに。その質問でぺしゃんこに参っているくせに。訊きますが、スカーフの男はどこにいるんです？　誰がその男を見ていますか？　あんたのごひいきの嘘つき探偵のほかには、誰もその男のことを聞いたことも見たこともないんだ。我々を納得させたいんなら、その男を出してくれ。実在の人間ならば、大西洋のヘブリデーズ諸島かペルーのカジャオ港あたりに隠れているかもしれん。だが、その人物を見せてくれないことにはどうにもならん、やつが実在しないことはぼくにはわかっているんだが。さあ、どうだ！　どこにいるんだ？」

「まあ、あそこいらにいると思いますね」とブラウン神父はまばたきしながら、透かし見るようにして桟橋の鉄柱に打ちよせている波のあたりをうかがった。そこには私立探偵と年老いた漁師兼説教家の二つの人影が、まだ緑色に映えている水の輝きを背に黒々と浮かびあがっていた。「あそこというのは、いましきりに海の底をひきずっているあの網のような物のなかのことですよ」

どんなに面くらったかはいざ知らず、グリンステッド警部はとにかくあっと言う間もなく主導権を回復して、つかつかと浜辺を歩きだした。

「と言うのは、つまり」と警部は叫んだ。「犯人の死体があの爺さんの網にかかっていると言うのかね？」

ブラウン神父はこっくりうなずいて、砂利の多い斜面を警部のあとから歩いていったが、そのうちに小柄のマグルトン探偵がこちらに向かって同じ岸辺を登りはじめた。その黒々と浮きでたシルエットを見ただけで、探偵が新事実の発見に驚きあきれていることはあきらかだった。

「ほんとでしたよ、まさかと思っていたんですがね」と探偵は近づくと息を切らして言った。「なるほど、犯人は岸まで泳ぎつこうとして、もちろん、あの天候でしたから溺れ死んだんですよ。あるいは、自殺したのかもしれません。とにかく、《業火の爺さん》の網にやっこさんの死体がかかったんです。あのおかしな爺さんが死んだ人間をすなどるんだとか言っていたのは、このことだったんですね」

警部は他の誰よりもきびきびと海岸を駆けおりていき、やがて、命令をくだすその大声が聞こえてきた。しばらくすると、漁師たちと数名の野次馬が警官隊の助けを得て、網を岸にひきずりあげ、まだ日没時の光で映えている濡れた砂地の上にその中身ごと網を転がした。秘書は砂地に転がったものをひと目見るや、唖然となった。そこにあったのは、まぎれもなくぼろをまとった大きな男の死体で、その大きな肩は猫背であり、顔は骨ばって鷲のようだった。そして、大きな赤いウールのぼろスカーフが黄昏《たそがれ》の砂地に血の帯のように伸びていた。しかし、テイラーが見つめていたのは、その血のようなスカーフでも、その死体の嘘のような大きさでもなく、顔だった。テイラー自身の顔はと言えば、まさかという不信と、ひょっとしたらという疑惑が伯仲《はくちゅう》して争っている面相だった。

警部はすぐさまマグルトンに顔を向けたが、その態度には前になかった丁重さがあった。

「これであなたのお話はたしかに確認されたわけです」と警部は言った。マグルトンとしては、これを聞いて初めて、自分の話をいかに多くの人が疑っていたかがわかった次第だった。誰もマグルトンを信じなかったのだ。ブラウン神父一人を除いて、誰も。

そういうわけで彼は、いまブラウン神父が一同からそっとぬけて離れ去ってゆくのを見ると、神父といっしょに立ち去るべく動きかけた。と、そのとき、ふと妙なことに気づいて思わず足を止めた。神父がまたしてもあの滑稽《こっけい》な自動機械の異様な魅力に惹きつけられていたのである。しかも、この聖職にある紳士はポケットを探ってペニー貨を取りだそうとしていたではないか。ところが、神父はその硬貨を人差し指と親指のあいだにはさんだまま手を休めてしまった。ほかでもない、秘書が例のどら声を最後に張りあげてしゃべりだしたからだ。

「ここでつけ加えておいてもよいと思うが」と秘書は言った。「ぼくに対する言語道断のあほらしい嫌疑もこれで晴れたというものだ」

「これはこれは」と神父は言った。「あんたに嫌疑をかけた覚えはありません。あんたがヨークシャーでご主人を殺してから、わざわざその荷物をここまで持ってきてどうかするなんてことは、いくらわたしがばかでも考えやしません。わたしが言ったのは、ただ、あんたがお気の毒なマグルトンさんにかけていた嫌疑よりもよほどもっともらしい嫌疑を、かけようと思えばあんたにかけることができた、というだけのことです。それはそうとしても、もしあんたがこの事件の真相を本当にお知りになりたいのなら——こうして見たところ、まず、どなたにも真相がつかめてないようでもありますので——それなら、あんたご自身の仕事と関係のある面からでも一つのヒントを提供することができるんですよ。ずいぶん不審な、そして意味深い事実として、百万長者のブルースさんが、殺される前の数週間、いつもの行きつけの場所にまったく姿を現わさなかったという事実があるのを忘れてはなりません。あんたはお見うけしたところ素人探偵としてなかなか前途有望のようですから、どうです、ひとつこの線を探ってごらんになりませんか」

「それはどういう意味だ？」とテイラーは鋭く尋ねた。

しかし、ブラウン神父から返答は得られなかった。神父はあの遊戯機械の小さなハンドルをこねくりまわすことにまたもや熱中していたのである。ハンドルの操作によって人形が一つ踊りだすと、そのうしろから別の人形がそれを追ってとび跳ねるという仕組みだった。

「ブラウン神父さん」とマグルトンは言った。前々からひそんでいた不審がここでかすかに再燃したのである。「こんなたわいのない玩具《おもちゃ》を神父さんはどうしてそんなにお好きなのですか」

「一つには」と神父はガラス箱のなかの操り人形劇を近くからのぞきこんで言った。「この悲劇的事件の秘密がこのなかにひそんでいるからですよ」

こう言うと神父は不意にすっくと身体を伸ばし、すこぶる真剣な面持ちで探偵の顔を見た。

「前々からわかっていたのですが」と神父は言った。「あなたの話は事実だった、そして事実の反対だった」

謎が解けるどころか再び一度に押しよせてくるこの面くらわせに、マグルトンは目を見はるばかりだった。

「しごく簡単なことですよ」と神父は声を落として言った。「あそこにあるスカーフを巻いた死体ですが、あれは百万長者ブレアム・ブルースの死体です。ほかには死体はあがらないでしょう」

「でも、たしかに二人の男が――」とマグルトンは言いかけたが、そこでふと口をぽかんと開けたまま黙ってしまった。

「あなたが描きだしてくださった二人の男の姿というものは、実に鮮やかでした」と神父は言った。「あれは一生忘れられまいな。こう言ってはなんですがね、あなたには文学的才能がおありだ。探偵稼業よりもジャーナリストになられたほうが活躍の余地が広いと思いますね。あの二人の男のどちらについてもわたしは一つ残らず要点を記憶しているつもりです。ただ、おかしなことに、どの要点についても、あんたの受けた印象と、わたしの受けた印象は、まったくあべこべだった。それでは、まずあなたが第一に挙げた男のほうから始めますと、あなたは最初にご覧になった男がなんとも言いようのない威厳と権威を帯びた男だったとおっしゃった。

あなたはこう思われたでしょう、《あれこそ企業合同《トラスト》の大立物《おおだてもの》、商業界の大君臨者、市場の支配者だ》とね。ところが、わたしのほうは、《これは役者だ、なにからなにまで役者の相だ》と思ったのです。ああいう見てくれは、チェーン・ストアー統合会社の社長には身につかないものですよ。ハムレットの父王の亡霊とか、ジュリアス・シーザーとか、リア王をやったことのある人でなければ、あれは身につかない。しかし、一度それが自分のものになってしまえば、もう二度と剝《は》げおちることがないのです。あなたはその男の着ているものをよく見なかったので、それが実はみすぼらしいものであるのがわからなかった。あなたには、毛皮の襟と、かすかに当世流行《ファッショナブル》ふうな仕立てとをご覧になったわけです。そこでわたしはまたもや《役者だ》と腹のなかでつぶやいた。

　さて、お次は、もう一人の男の細かな点に移る前に、第一の男にはあきらかに欠けていて、こちらの男には備わっていた一つの点に注意を向けていただきたい。あなたは、第二の男はぼろを着ていたばかりか顔を剃っておらず、髭ぼうぼうと言っていい状態だとおっしゃった。ところで、わたしたちが日ごろ見ている役者のなかには、見すぼらしいのもいる、薄汚いのもいれば、酔いどれもいるし、まったく破廉恥《はれんち》なのもいる、といった具合です。が、いやしくも役者である以上は、職にありついていようが求職中だろうが、まさか無精髭を生やしている役者などというものは、開闢《かいびやく》以来誰も見たことがないのです。それにひきかえ、なにか心配ごとで気もそぞろになっている紳士とか大金持ちの変わり者というものは、なによりもまず、髭剃りを面倒くさがってやめてしまうものです。ところで、誰にも否定できない事実は、あなたの依頼人たる百万長者は取り乱して気もそぞろになっていたということです。あの人が書いた手紙は、すでに気もそぞろになって混乱のきわみにあった人の書いたものでした。しかし、あの人が貧乏人そこのけの見すぼらしい様子をしていたのは、ただ身なりを整えるのをほったらかしにしておいたからだけではありません。どうです、おわかりになりませんか、あの人は事実上、身を隠そうとしていたのですよ。だからこそ、行きつけのホテルにも行かず、ご自分の秘書にさえ数週間も姿を見られなかったのです。あの人は百万長者でした。しかし、なによりも完全な覆面の百万長者になろうとしていたのです。ウイルキー・コリンズの『白衣の女』という本をお読みになりましたか。秘密結社に追われて命からがら逃げつづけた、あのハイカラで贅沢なフォスコ伯爵が、しまいには、ありふれたフランス人の工芸家の着る青い作業着姿で刺し殺されていたという話を。

　ここでもう一度、件の二人の人物の態度について調べてみましょう。あなたは第一の男を冷静で落ち着いた人物と見た。そして《ああ、あいつは罪のない被害者なのだ》と思われた。ところが、その罪のない被害者の書いた手紙はちっとも冷静でも落ち着いてもいなかったではありませんか。わたしはその男が落ち着きはらっていたと聞いたとき、《そいつが犯人だ》と思ったのです。殺人犯にしてみれば、落ち着きはらう以外にどうしようもないではありませんか。犯人はこれから自分がなにをやろうとするか知っていた。もうすでに長いあいだ決意を固めていたのです。たとえ悔悟の念やためらいの気持ちがあったとしても、凶行現場に来たときにはもう心を鬼にして、そうした気持ちを完全に抑えつけていた。ところで、いま現場と言いましたが、この男の場合、それは晴れの舞台と言ったほうがよいかもしれません。犯人は舞台度胸が据わっていたはずです。ピストルをひっぱりだして振り回したりするものでしょうか。犯人は、必要なときが来るまでピストルを収めていたのです。発砲もおそらくポケットのなかから行われたのでしょう。それに反して被害者のほうは、猫みたいに神経質に用心深くなっていたうえに、たぶんピストルを持った経験などなかったために、ピストルを扱いかねていじりまわしていた。目をぎょろつかせていたのも同じ理由からです。まだ覚えていますが、あなたは無意識のうちに、この人物が被害者である証拠をお話しになったのですよ。男の目がうしろのほうへぎょろついていたとはっきりおっしゃったではありませんか。ほかでもない、その男は自分のうしろに目を配っていたのです。まぎれもなくその人こそが追われる者だったのです。ところが、たまたま初めに見かけたのが第一の男だったために、あなたはこの第二の男を追う者としか考えることができなかったのです。数学と機械論の観点のみからすれば、この二人はともに相手を追いかけていたことになります。ほかにもこういうものはありますがね」

「ほかにも?」と面くらっている警部が聞き返した。

「なに、このことですよ」とブラウン神父は小さな木の鋤で自動機械を叩いてみせた。この鋤は不似合いにも神父がずっと手放さずにいたものである。「いつ見てもこうして追いかけっこをしているこの機械仕掛けのお人形さんたちですよ。この人たちを、ブルーさんならびにレッドさんとそれぞれの上着の色に従って呼ぶことにしましょう。わたしはまずブルーさんから始めたものですから、子どもたちはレッドさんがブルーさんを追いかけていると言いました。しかし、もしレッドさんから始めていれば、その正反対に見えたでしょう」

「なるほど、わかりかけてきました」とマグルトンは言った。「そう考えれば、ほかの点もみな事実に符合するわけですね。血のつながりで顔が似ていたということ、それから犯人が桟橋から出ていくのを見た人が誰もいなかったこと――」

「見るも見ないも、だいたい犯人をさがそうとしなかったわけです」と神父は言った。「アストラカンの外套を着た、顔をきれいに剃った地味な紳士をさがしだせとは言われなかったからです。犯人がいずこともなく消えてしまった秘密は、ひとえに、あの赤いスカーフを巻いた無骨な男をあなたがどう表現したかということにかかっていたのです。しかし、真相は簡単明瞭、アストラカンの外套を着た俳優が赤いぼろをまとった百万長者を殺し、その死体があそこに転がっているというわけです。まことにこの赤と青のお人形そっくりではありませんか。ただ、あなたは片方の人だけを先に見たので、どっちが赤い復讐者で、どっちが青い腰ぬけだか、正しく見破ることができなかったのです」

このとき二、三人の子どもが砂浜の向こうへ散っていこうとした。神父は木の鋤を芝居がかった大きな身ぶりで振って自動機械を叩いてみせた。マグルトンの察したところでは、これは主として、子どもたちがあの波打ち際に転がっている怖ろしいもののほうに、さまよい近づかないようにするためにちがいなかった。

「あと一ペニーですっからかんですわい」とブラウン神父は言った。「これがすんだら、帰ってお茶にするんですよ。なあ、ドリスちゃん、わたしはこの回転ゲームがわりと好きなんですよ。くるくる、くるくる、あんたたちのやる《桑の木》遊びにそっくりだ。なんと言っても、神様は天にあるどんな星にもこの《桑の木》遊びをやらせておいでだ。ところが、それとは別の、おとなのゲームでは、一人はもう一人に追いつかねばならず、走者は互いに敵どうしで一歩も遅れてなるものかと血眼《ちまなこ》になって走っている——まったく、それだけですめばまだましなくらいですよ。だから、このレッドさんとブルーさんがいつも変わらぬ元気さで精いっぱいにとび跳ねているのを見ると、わたしはむしろほっとするのです。この二人はまったく自由で、公平です。お互いを傷つけることもない。《いたく愛する者よ、ゆめゆめ口づけするなかれ、とこしえの愛を殺すなかれ》ああ、なんと幸福なレッドさん！

かの人は変わらじ、たとえ至福は汝《なんじ》にあらねども
汝とこしえに跳びてあれ、かの人は青きものならん」

キーツのこの有名な一節を、ブラウン神父はかなりの感動をこめて口ずさむと、小さな鋤を小脇にはさみ、子ども二人と手をつないで、おごそかによちよちと海岸の奥のほうへと登っていった。

# 共産主義者の犯罪

マンデヴィル学寮のもの柔らかい感じの正面に低いチューダー式のアーチがあるが、いまそこから三人の男が、果てしなく長い夏の日のようやく暮れようとする強い夕べの光のなかへ出てきた。その陽光のなかにあたかも稲妻のごとくきらめいたあるものを三人は見たのであるが、それは一同にとっての一世一代のショックにふさわしいものだった。

この三人は破局と言っていい事柄に気づくよりも前に、対比ということに気づいていた。当人たちは妙に控え目な流儀でこの学園の環境とまったく調和していた。学寮の庭園を回廊のようにめぐっているチューダー式のアーチは四百年前に建てられたもので、当時の風潮はゴシック様式が天から墜落して頭をさげ、人文主義《ヒューマニズム》と文芸復興というもっと居心地のよい部屋部屋の上にうずくまっていたところだった。しかし、この三人自身は現代の服を着ており（その服の醜さときたら、この四百年間に生きて死んでいったどの人でも驚きあきれたにちがいない）、しかもそれでいてこの場所の精神というか雰囲気が、三人をみな一心同体にしていたのである。庭園は手入れがとてもよく行き届いていて、無頓着に見えるという効果の最終的勝利を達成していた。ために、庭の花までが偶然によって美しいというような趣《おもむき》を呈していた。つまり、優美な雑草のように美しかったわけであるが、さて、この三人の着ていた現代服も、だらしないために生じるきれいさというものなら、たしかに持っていた。このうちの一人、背が高く、禿《は》げていて、鬚《ひげ》を生やした男は、この校庭ではその帽子とガウンをつけた姿を見かけることは珍しくなく、いまそのガウンは、なで肩からずり落ちていた。第二の人物は、肩の四角ばってがっしりとした男で、背が低く、ちんまりとして、顔には大きな笑みを浮かべ、ありきたりのジャケットを着て、ガウンは片手にかけていた。第三番目の人物となるとさらに背が低く、見すぼらしさもずっと際立って、黒い僧服を着ていた。それでも、この三人は全部がマンデヴィル学寮にふさわしく見えた。つまり、イギリスの誇る二つの由緒深き独特無比なる大学の、あの何とも言いようのない雰囲気にぴったりだったのである。三人はそのなかにぴったりはまりこみ、そして溶けこんでいた。そういう調和こそが、ここではもっともぴったりしたことだと考えられていたのである。

ところが、小卓の脇の庭椅子に腰かけている二人の男がいて、これが、あたりの灰色と緑色のいりまじった風景にいとも鮮やかにつけられた汚点《しみ》だった。この二人はほとんど黒ずくめと言ってよかったが、頭のてっぺんから爪先まで、いや、磨きたてられたシルクハットからこれも完璧に磨かれた半長靴《はんちょうか》に至るまで、きらりきらりと黒光りを放っていた。さて、マンデヴィルのたしなみのいい自由奔放《じゆうほんぽう》さのなかでは、これほど立派にめかしこむことは不文律のご法度《はっと》となっていたのである。一つだけ大目に見てやる理由があるとすれば、それはこの二人が外国人だということだった。いっぽうはアメリカ人で、ヘイクという名の百万長者、その服装はニユーヨークの金持ちだけに知られている、一点のしみもない輝くばかりの紳士的な服装だった。いま一人は、以上の諸点にさらに加うるにアストラカンの外套《がいとう》(花のような頰髯《ほおひげ》を生やしていることは言わずもがな)という言語道断のものを身につけている、ドイツの伯爵で大資産家であるが、その名前のもっとも短い部分を紹介すれば、フォン・ツインメルンであった。さて、この物語の謎は、この二人がなぜそんな場所にいたかという謎ではない。二人がそこにいたわけは、一般にこの世の中で不似合いなもの同士がめぐりあうのはどういうわけかというその理由と同じである。つまり、二人はこの学寮に金を寄付しようと申し出たのである。マンデヴィル学寮に経済学部を新設する目的で、各国の金融業者や実業界の大立物《おおだてもの》が後援している計画を、二人は後援しにきたところだった。そして、数多いイヴの子孫のなかでもアメリカ人とドイツ人だけにしか見られない、あの倦《う》むことを知らぬ良心的な見学者の態度で、学寮を見てまわったのであるが、いまやっとその仕事から解放されて二人はひと息つき、学寮の庭園をおごそかに眺めていたわけである。ここまでのところは別に問題はない。

他の三人の人たちは、この二人にはもう前に会っていたので、軽い目礼をして通りすぎた。ところが、一人だけ足を止めた者があった。それは、いちばん小柄な人物、黒い僧服を着た男だった。

「どうも」とその人物は怖気《おじけ》づいた兎のように首をひっこめて言った。「あの人たちの様子が気にくわない」

「これはどうも。あれが気にいったなどと言う人がいますかね」と背の高い男が吐きだすように言った。「少なくともイギリスには、あんな仕立屋のマネキンみたいに着飾ってのし歩くようなまねをしない金持ちが幾人かはいますよ」

「ずばり」と小柄の神父は人をはばかるような小声で言った。「それなんですよ、わたしの言ったのは。洋服屋のマネキンそっくり」

「ほう、それはどういう意味です？」と背の低いほうが鋭く言った。

「怖ろしい蠟人形《ろうにんぎょう》みたいだと言うのですよ」神父は蚊の鳴くような細い声で言った。「ちっとも動かないじゃありませんか。どうしてなんでしょう？」

神父はひっこんだ薄暗がりのなかから不意にとびだし、庭をずんずん横ぎって、それからドイツ人の伯爵の肘《ひじ》にさわった。ドイツ人伯爵は椅子もろともに倒れ伏し、空中に突きでたズボンをはいた足は椅子の脚そこのけに固かった。

いっぽうギデオン・P・ヘイク氏はガラスのような目で庭園を見つめつづけていたが、蠟人形にたとえられた矢先だけに、その目はまったく本物のガラスそっくりに見えてきた。豊かな陽光と、彩《いろど》られた庭園、その二つのものによって、こわばった服装の人形が与える背筋の寒くなるような印象がいよいよ深まった。それはイタリアの舞台で見るあやつり人形さながらだった。ところで、黒一色に身を包んだ小男、すなわちブラウンという神父はこの百万長者の肩にためしにさわってみた。すると百万長者は横倒しになり、それも五体まるごと、まるで木彫りのなにかのような具合に倒れたのだった。

「死後硬直ですな」とブラウン神父は言った。「しかも、こんなに早く。場合によって相当ち三人から成るこの第一団が他の二人といっしょになるのがこんなに遅かった（もちろん、遅すぎたわけでもあるが）のはなぜかということなら、三人が出てくる少し前にあのチューダー式のアーチのすぐ奥の、建物のなかで起こったことに注目すれば、なによりも明瞭に納得がゆくだろう。一同は全部そろってホールの教授専用の食卓で正餐《せいさん》をしたためたのであるが、二人の外国人慈善家は、なんでもかんでも見なければならぬという義務感の奴隷だったので、早く席をはずして、まだ見落としていた回廊と廊下のある礼拝堂へと出かけていったのだった。そのときの約束で、のちほど庭で落ちあって学寮専用の葉巻をやはり熱心に吟味いたしましょうということになっていたのである。残りの人たちは、もっと恭々《うやうや》しい、まっとうな気分で例のごとく細長い樫のテーブルに座を移し、この学寮が中世期にサー・ジョン・マンデヴィルによって創立されて以来、この席上に欠かさずまわされてきたあの食後のワインを話の肴《さかな》に、多くの物語が語られたのだった。大きな金髪の髭《ひげ》と禿《は》げあがった額の学長さんがそのテーブルの首席につき、その左隣に角ばったジャケットを着た、ちんまりした男がすわった。この男は学寮の会計主任だったのである。同じ側のその隣には、ひんまがったとしか言いようのない顔をした、おかしな男が席を占めた。黒くて濃い口髭とまゆ毛が反対の角度にななめについていて、いわばジグザグ形をなし、顔の半分がすぼまっているというか、麻痺しているようだった。この男は名前をバイルズといい、ローマ史の講師で、その政見は悪政をしいたかの**ターキン**大王の見解のみならずローマの将軍コリオレイナスの意見にもとづいたもので、この頑《かたく》なな保守主義と、現下の諸問題に対する鼻持ちならぬほど反動的な見解とは、教授連のなかでも比較的古風な人たちのあいだにはまったく知られていなかったわけではない。だが、バイルズの場合、こういう政治的態度がこの人の苛酷《かこく》さの原因であるよりも、むしろその性格が苛酷なためにかような立場をとっているのだと思われるふしがあった。目ざとい観察力のある人が一人ならずバイルズを見て、この人にはなにか正常でないところがあるという印象を受けていた。なんらかの秘密、なんらかの大きな災難がこの人の心を頑なにさせてしまったのではないか、あの半分しなびた顔は文字どおり嵐に痛めつけられた木のようにひどい目に遭ったのではないか、とそう思われたのである。

さて、この男の向こうにはブラウン神父が、そしてテーブルのはずれには化学の教授がすわっていた。後者は大柄で、金髪、温厚な人物で、眠たそうなその目つきは少々こすからそうにも見えた。これはよく知られている事実だが、この科学者はもっと古典的な伝統に属する他の分野の学者たちを大いに時代遅れの存在と見なしていた。テーブルの反対側、ブラウン神父の真向かいには、先の尖《とが》った黒い顎鬚を生やしている色黒のとても無口な青年がいた。この青年がこのカレッジに迎えいれられたのは、誰かがどうしてもペルシャ語の講座を設けたいと主張して譲らなかったためである。お次に、あの陰気なバイルズの正面に卵形の頭をしたとても温和そうな小柄の学校牧師が座を占めており、会計主任の向かい側、学長の右隣の席は空席になっていた。それが空席であるのを見て喜ぶ人が大勢いたのである。

「クレイクンは出席するんだろうか」と学長はいささか心配げな目つきでその空席のほうに一《いち》

瞥《べつ》をくれながら言った。そのまなざしは、いつもの物憂《ものう》げな自由闊達《じゆうかつたつ》さとは、似ても似つかぬものだった。「わたしは他人にそれぞれ好きなようにさせることを建前としているのだが、正直言って、クレイクンがここに同席してくれるとうれしいくらいなんだ。ここにいてくれれば、ほかのところにはいないわけだからね」

「お次はなにをやらかすか、さっぱり見当がつかんのですものね」と会計主任が陽気に言った。

「特に若い人たちを教えているときには」

「才気のある華やかな人だが、どうも情熱的すぎる、言うまでもなく」と学長はまた急に控え目な態度に戻って言った。

「花火というやつは情熱的で、かつまた、華やかなんだが」とバイルズ老人が唸《うな》った。「わたしとしては、クレイクンがあの反乱の花火を起こしたガイ・フォークスの二代目になるためにこっちが自分のベッドで黒こげになってしまうのはご免だ」

「どうでしょう、もし暴力革命が起こったら、あの人はそれに参加すると思いますか？」と会計主任が笑顔で訊いた。

「本人はそう思っている」とバイルズが口調鋭く言った。「このあいだ講堂いっぱいの学生に向かって、階級闘争が街頭で殺しあいをやる本物の戦争になるのを妨げるものはなにもないと言ったんだからね。たとえ流血の惨事といえども、それで共産主義が達成され、労働階級が勝利を博せるのであれば、かまいはしない、とそうぶちまくったんだ」

「階級闘争か」と学長は遠く隔《へだ》たっているために柔らげられた一種の嫌悪をもって独りごとの

ように言った。学長がそういう態度をとったのは、十九世紀の詩人ウィリアム・モリスをずっと前から知っていて、同じ社会主義者にしても、もっと芸術的でのんびりとした社会主義者たちと充分に親しんでいたためだった。「どうもこの階級闘争とかいうものは、さっぱりわからない。わたしの若かった時分には、社会主義と言えば、世の中に階級《クラス》などいっさい存在しないという意味だったんだが」

「つまりそれは社会主義者が名門《クラス》ではないというのと同じことさ」とバイルズが憎々しげに我が意を得たりとばかりに言った。

「もちろん、あなたとしてはわたしよりもずっと社会主義者に反対なわけだろうが」と学長は思慮深げに言った。「しかし、わたしの社会主義となると、きみの保守主義並みに旧式なんでね。ところで、若い人たちはこのことをどう思っていなさるのかな？　ベイカー君、どうです？」と学長はいきなり左隣の会計主任に尋ねた。

「ぼくは考えごとなどしません」と会計主任は笑い声で言った。「ぼくがとても通俗的な人間だということをお忘れにならないでください、ぼくは考える人じゃないんです。ビジネスマンにすぎません。そのビジネスマンとして、ぼくは社会主義がいいかげんなものだと思います。人間を平等にすることなどできませんし、等しなみに給料を払うなんて愚の骨頂です。ことに、一文の給料をやる必要もない人が大勢いるんですから。どんな問題であれ、実際的な解決法をとらねばならんのです。それ以外に解決法はありません。自然によってあらゆるものが実力競争をしなくてはならんというのは、なにもぼくらの罪ではないのです」

「その点は同感です」と化学の教授が言った。こんなに大きな男にしてはいやに子どもっぽく感じられる舌のまわらぬしゃべり方だった。「共産主義というやつはえらくモダンなふりをしているが、実はそうじゃない。僧侶や原始部族の迷信への逆戻りなんだ。後世の人たちへの真の倫理的責任を持った科学的な政府というものは、希望と進歩の線をつねに求めるものだ。大昔の泥沼のなかにすべてをひき戻したりはしない。社会主義は感傷主義である。それはペストよりも危険だ。社会主義下にあっては、少なくとも、弱肉強食が行われる」

学長は幾分か悲しげな微笑を浮かべた。「意見の相違ということについてあなたとわたしとでは同じ考え方をしていないことはたしかです。この学校にいたある人が友人と川のほとりを散歩することについて『二人とも意見の違い以外には大した違いはない』と言ったのを覚えていませんか？　それこそ大学というものにふさわしいモットーではありませんか？　意見は千差万別だが、誰も意見でこりかたまった者はいないということ、それが理想ではありますまいか。この大学に人が集まるのは、その人たちの人格のせいであって、決して各自の意見によってではないのです。こんなことを言うわたしはきっと十八世紀の遺物なのかもしれませんが、どうしてもわたしは旧式の感傷的な異端説が好きなのです。《信仰の形式については品位のない熱狂家どもに争わせておけばよい、正しき命、正しき人生を持つ者こそ誤りなき人である》という考えです。この点、ブラウン神父さんはどうお思いですか？」

こう言って学長はいくらか茶目っ気のある目つきで神父を見たが、そこで軽い驚きを覚えた。いつもの神父は非常に朗《ほが》らかで愛想がよく、つきあいやすい人であり、その丸顔は上機嫌に輝いているようなのに、それがどうしたわけか、このときの神父は渋面《じゅうめん》をつくっていて、かつて誰も見たことがないほど陰気な顔つきだった。そのため、いつもは十人並みの顔がこのときにはバイルズのやつれた細面よりもなお暗鬱《あんうつ》に、不吉に見えた。一瞬後には、この顔の曇りは晴れたけれども、神父の口のきき方は謹厳で一歩も譲らぬ強さを帯びていた。

「どうもそれには承服しかねます」と手短に神父は言った。「もしある人の人生観がそっくりまちがったものであれば、どうしてその人の人生が正しいものでありましょうか。そういう混乱した考えが現代において起こってきたのは、人生観というものが人によってどんなに違う場合があるかが、わかってはいないからです。バプテスト派とメソディスト派は、道徳に関しては両者の差が非常に大きいことを自覚していました。しかし、宗教と哲学においては、両者の違いは大したことはなかった。ところが、バプティストからアナバプティスト、あるいは見神論者《セオソフイスト》から宗教的暗殺団のサグ団への移り変わりとなると、まったく別問題です。異端説というものは、それが充分に異端であるならば、いつでも道徳に影響を及ぼすものです。盗むことは誤ってはいないと正直に信じているという人も世の中にはおるでしょう。しかし、そういう人は不正直を正直に信じているんだと言ってみたところで、何の意味がありましょうか?」

「実にうまい」とバイルズは顔を猛々《たけだけ》しくゆがませて言った。この顔つきは、多くの人の信じているところでは、友好的な微笑のつもりなのだそうである。「それだから、わたしはこの大学に理論的窃盗学の講座を設けることに反対なのだ」

「もちろん、みなさんは共産主義を目の敵《かたき》にしておいでだ」と学長はため息をつきながら言った。「ですけれども、いったい共産主義をそれほど目の敵《かたき》にする必要があるでしょうか？ あなたのおっしゃる異端説というものが危険な存在になるほど大きなものでしょうか？」

「そりゃ大きくなっていますよ」とブラウン神父は重々しく言った。「一部のグループではすでに自明のこととして受けいれられている――それほど大きくなっているのだとわたしは思いますな。それは実際のところ意識《コンシャス》されておりません。つまり、良心《コンシャンス》がないということです」

「そして、その目的とするところは」とバイルズが言った。「我が国に破滅をもたらすことだ」

「いや、もっとひどいことになるでしょう」とブラウン神父。

反対側の鏡板の壁に一つの黒い影がすべるように通りすぎ、すぐそのあとから影の主がすみやかに歩いてきた。背は高いが前屈みになったものの姿で、その輪郭は大旨肉食鳥類の形をしていた。急に出現して、すばやく通りすぎてゆくそのさまが、茂みから驚いて飛び立つ鳥のようだったという事実によって、それはいっそう鳥らしい印象を強めた。当の人物は、なんのことはない、手足が長くて背がひょろりと高い男で、誰にもおなじみの長い口髭をたらしていた。だが、この黄昏《たそがれ》どきの微光と蠟燭《ろうそく》の光、そしてとぶようにかすめ通ったその影のせいで、なぜか、この人物の姿は神父が無意識のうちに語った不吉な言葉と結びつけられた。それはあたかも、これらの言葉が古代ローマで使われていた意味での予言であり、とぶ鳥がその前兆であるかのようだった。バイルズ氏ならば、かようなローマ的予言について――特に不吉な前ぶれである鳥について――一席講義をしかねないところだった。

その背の高い男は自分の影と同じように壁の前をあっというまに通りすぎ、学長の右側の空席に身を沈めると、会計主任はじめ居並ぶ人たちをうつろな目で見まわした。だらりとたれた長髪と口髭は金髪だったが、目は深くひっこんでいて、真っ黒な感じだった。この新参者が何者であるかは誰もが知っていた。——と言うより、推量することができた。けれども、このあとに続いた一つの出来事がなによりもよくこの場の状況を物語ったのである。ローマ史専門の教授は身体をこわばらせて立ちあがると大またで部屋から去り、そうすることによって理論的窃盗学の教授こと共産主義者のクレイクン氏と同席するのはおもしろくないという気持ちをかなり露骨に示したのだった。

マンデヴィルの学長は、この気まずい場面をごまかすために神経質に気を使った。「クレイクン君、わたしはいまきみを、と言うよりきみのある面を弁護していたところだ」とにこやかに言ったのである。「きみのほうじゃ、わたしのことを弁護の余地なしと思っているにちがいないがね。しかし、何と言っても、わたしの青年時代の友達で社会主義者だった連中は、友愛と協調ということについてとても立派な理想を持っていたことは否めない。ウィリアム・モリスはそのことを一言で表現していた、《友情《フェロウシップ》は天国、友情なきは地獄》とね」

「《民主主義者になった学長》か。これは大見出しになるな」とクレイクン氏はかなり、不愉快そうに言った。「頑固屋のヘイクが新設の商業学の講座をウィリアム・モリスの記念に献じようというんですか?」

「わたしとしては」と学長は必死にお愛想を保って言った。「ある意味で我が校の講座はすべて善きフェロウシップの講座であると言えればよいと希望しています」

「なるほど、そいつはモリスの格言を学園ふうに言い直したものだな」とクレイクンはほえるように言った。「《奨学金《フェロウシップ》は天国、奨学金なきは地獄》だ」

「そうつむじを曲げなさるな」と会計主任がてきぱきと取りなした。「ワインを飲みたまえ。

テンビイ、クレイクンさんに酒を回してくれないか」

「けっこうですな、一杯いただきましょう」と共産主義者の教授は、いくらか無愛想に言った。「ここへ来たのは、庭で一服しようと思ったからなんだが、ふと窓から外を見ると、みなさんの大事な百万長者が庭のなかでそれこそ花を咲かせていた。みずみずしい、けがれのない蕾《つぼみ》と言ってもいい。この連中にひとつぼくの講釈を聞かせてやるのも無駄ではないかもしれんな」

学長は因襲的な慇懃《いんぎん》さをかろうじて保って立ちあがっていた。このむちゃな男を会計主任にまかせて自分はひっこんでしまうのを喜んでいたのである。他の者たちも立ちあがっていて、このテーブルを囲む一団は散りはじめ、会計係とクレイクン氏がこの長いテーブルの片端にとり残された形となった。ただブラウン神父だけはいまだに席を立たずに、かなり曇りぎみの表情で空《くう》を見つめていた。

「ああ、そのことなら」と会計主任は言った。「実を言うと、わたしもあの連中にはうんざりしている。例の、新しい教授を迎えることについての資料やら数字やらを、連中といっしょに調べるのに一日近くかかってしまった。しかしだね、クレイクン君」とここでテーブルの上に身を乗りだすと、いわば穏やかに強調して次のように言った。「なにも、今度の講座新設についてそんなにつむじを曲げることはないでしょう。あんたの講義の邪魔にはなりませんよ。マンデヴィルにはあんたのほかに経済学の教授はいないんだし、わたしとしてはあんたの考えに賛成しているとは言えないが、あんたの名声はヨーロッパじゅうに鳴りひびいていることは誰もが知っている。今度できるのは応用経済学という特別の学科です。たとえば、きょうのことだが、さっきも話したとおり、この応用経済学をいやというほど習わされた。つまり、あの二人の実業家と商売の話をしなければならなかったというわけですよ。そういうことを、あんたはなさりたいですか？　うらやましいと思いますか？　はたして我慢できるでしょうか？　どうです、それだけでもう、そういう特別の学科が実在するということ、そして、そういう特別の講座があってもよいということの充分な証拠ではないですか？」

「神様、これはたまげた」とクレイクンは無神論者のくせに神の名を熱烈に呼んで言った。「ぼくが経済学を応用することを嫌っているとでも思っているんですか？　ただ、我々がその応用をやると、きみたちはそれを、やれ赤き破滅だ、アナーキーだ、と言うだけのことだ。きみたちがその応用をやる、ぼくに言わせればそれは搾取《さくしゅ》だ。きみたちが経済学を正しく応用してくれさえすれば、人々が食べ物を手にいれることが可能になる。そこへゆくと、我々は現実的な人間だ、だからきみたちは、我々を怖れている。二人のけがらわしい資本家に新しい講座を始めさせなければならないのも、そのためだ。つまり、ぼくが袋のなかから猫をだしてやったからだ」これは、秘密をあばくという意味の諺《ことわざ》である。

「ずいぶん野蛮な猫ですな」と会計主任は笑顔で言った。「あんたが袋からだしてやった猫は」

「ずいぶん金目の猫ですよ」とクレイクンも負けてはいなかった。「きみたちがまた袋に閉じこめたがっているのは」

「それについては永久に二人の意見は一致しそうにありませんな」と会計主任。「ところで、話題の二人が礼拝堂から庭に出てきましたよ。庭で一服したいのなら、さあ、おいでなさい」

こう言って主任は相手がポケットをあちこちさがし回ってやっとパイプを取りだすのを興ありげに眺めた。クレイクンはぼんやりした様子でパイプを見つめながら立ちあがったが、そうしているうちにも再び身体じゅうを探りまわしているらしかった。会計主任のベイカーは二人の会話のしめくくりを幸福そうな和解の笑いでつけた。「あんた方は現実的だ、ダイナマイトで街を爆破するつもりなんでしょう。ところが、そのダイナマイトを持ってゆくのを忘れるにちがいありませんな、いまパイプたばこをお忘れになっているようにね。いや、心配はいりません、わたしのをお詰めなさい。マッチは？」こう言ってたばこ入れと付属の品をテーブルの向こうから投げてよこした。それを受けとったクレイクンの鮮やかな手つきは、クリケット競技をやる者が必ず身につける器用さで、しかも、その当人が一般に公明正大《クリケット》ではない意見を奉じているときにも、この癖はやまないものなのである。二人の男はいっしょに立ちあがったが、ベイカーとしてはどうしても次のように言わずにはいられなかった。「あんた方だけが本当に現実的な人間でしょうかね。パイプといっしょにたばこ入れを持ち運ぶことを忘れない応用経済学にもいいところがあるんじゃありませんか？」

　クレイクンはくすぶった目で相手を見やった。そして、ワインの残りをゆっくりと干してから、やっと言った――

「まあ、それも一種の実際性でしょう。たしかにぼくは細かな点でもの忘れをしますよ。ただ、ぼくがわかってもらいたいのは」と彼は機械的にたばこ入れを相手に返しながら、しかし目つきは遙かかなたを見ているような、黒光りのする怖ろしさをたたえて言った。「我々の知性の内部が変化し、我々は権利というものについて真に新しい考えを持っているので、きみたちの目から見ればまちがっていると思われることをやるだろう。そして、我々のやることはとても現実的なことなんだ」

「さよう」とブラウン神父は夢うつつの状態から急に立ち現われて言った。「それこそ、わたしの言ったことです」

神父は、ガラスのように透明な、いくらか不気味な笑みを浮かべてクレイクンに視線を投げた。「クレイクンさんとわたしは完全に意見の一致をみております」

「とにかく」とベイカーが言った。「クレイクン君は金権主義者どもといっしょにパイプたばこをふかそうというんですよ。どうもこれは平和のしるしのパイプではないようですな」

ベイカーはだしぬけに背を向けると、奥のほうに控えていた年老いた給仕に声をかけた。マンデヴィルは現在残っている数少ない旧式極まるカレッジの一つであり、クレイクンすら共産主義者のはしりであって、今日《こんにち》のボルシェヴィズムはまだ台頭していなかった。「それで思い出したが」と会計主任はしゃべりつづけた。「あんたがその平和のパイプをみなさんに回すようなことはないだろうから、お客さんに葉巻を持っていってあげなくちゃなりません。たばこのみだったら、今頃さぞや吸いたがっているでしょう。食事がすんでからずっと礼拝堂を調べまわっていたんですからね」

クレイクンは野蛮で耳ざわりな笑い声を放った。「葉巻ならぼくが持っていってあげよう」と言ってから、つけ加えて――「ぼくは一介《いっかい》のプロレタリアにすぎん」

ベイカーとブラウン神父、それに給仕の三人が、この共産主義者が大富豪たちと対決すべくすさまじい勢いで庭へ出ていったのを目撃したのであるが、その後は富豪たちを見た者も、その消息を聞いた者もないままに、やがて、すでに記したごとくブラウン神父は二人が椅子にすわったまま死んでいるのを発見したのだった。

相談の結果、学長とブラウン神父が居残ってこの惨劇の現場を見張ることになり、もっと若くて動作の活発な会計主任が医者と警官を呼びにとびだしていった。ブラウン神父はテーブルに近づいた。その上には、葉巻の一本が余すところ一インチほどというところまで燃えきっていた。他の一本は手から落ちていたので、庭道で踏み消された。マンデヴィル学長は充分に離れた庭椅子に震える身体を沈みこませ、両手で禿げあがった額を蔽《おお》った。しばらくしてからなにげなく物憂げに顔をあげたが、なにを見たのかひどく驚いた様子になって、恐怖の小爆発を思わせる言葉を叫んで庭のしじまを破った。

ブラウン神父には、ときとして血を凍らせるようなと形容してよい一面がある。神父はつねに自分が現在していることを考える、それをやってよいものかどうかは決して考えない。どんなに醜いこと、怖ろしいこと、体面にかかわること、不潔なことであろうとも、手術医のような冷静さでやってのける。神父の単純な心のなかには、迷信だとか感傷だとかいったものと普通結びつけられている事柄は皆無だった。さて、神父はいま、死体が転がり落ちた椅子に腰をおろすと、かつてその死体が吸いかけた葉巻を拾いあげ、丹念に灰を払い落としてから全体を調べ、そのまま口に持っていったのである。これは死者を愚弄《ぐろう》した猥雑《わいざつ》で醜悪な道化芝居とも見えたが、本人には、平凡極まる常識事と思えたのだった。濛々《もうもう》と立ちのぼる紫煙は未開人の生贄《いけにえ》と偶像崇拝の儀式さながらだったが、ブラウン神父にしてみれば、一本の葉巻がどんな品質であるかを確かめるには、それを吸ってみる以外にないということは自明の理だった。それでも、マンデヴィルの学長にしてみればこの事件の性質からして、目下ブラウン神父が生命を賭けていることをおぼろげながら鋭敏に見破るにつけ、恐怖と心配がつのるばかりだった。

「うん、こいつはなんともないようだ」と神父は吸い残りを下に置いて言った。「えらく上等な品ですよ。あなたのとこの葉巻だ。アメリカのでも、ドイツのでもない。この葉巻そのものには別におかしな点はないようです。が、この灰には注意する必要がある。この人たちは、急激に身体を硬直させる薬物で毒殺されたんですな……それはそうと、それ、あそこに、わたしらよりもっとこのことに詳しい人が通っていきますよ」

学長は妙に不愉快そうに身をこわばらせて背を伸ばした。無理もない、庭道いっぱいに落ちた大きな影に続いて、重くたくましそうなのに足どりはその影のように軽やかな人物が現われたのである。化学講座を受け持つあの有名なウォッダム教授は、その巨軀にもかかわらず、いつも静かに動く人であり、いまこうして庭をそぞろ歩いていることに何の不思議もないのだが、ちょうど化学に関することが話題になった折に姿を現わしたということには、妙に不自然な律義さがあるようだった。

ウォッダム教授は自分の静かなことを誇りにしていたが、それは静かさではなく、無感覚だと言う人もあった。いまも教授は、平らになでつけられた亜麻色の頭髪の一本も逆立てることなく、蛙に似た大きな顔に無関心に近い表情をかすかに浮かべながら、二つの死体を見おろしていた。ところが、神父が保管しておいた葉巻の灰に気づくと、指でそれにさわってみたが、その途端に前よりもなお静止して立ちすくんだようだった。が、その翳《かげ》った顔のなかで目だけが一瞬きらめいて、教授の専門道具である顕微鏡のように伸縮自在にとびだすかと思われた。あきらかになにかを認めたのだ。が、教授は何とも言わなかった。

「この事件は、まずどこから手をつけたらよいのか、さっぱりわかりません」と学長が言った。

「わたしなら」とブラウン神父は言った。「この運の悪かったお二人が、今日一日、おもにどこにいらしたかを聞きだすことから始めますがね」

「わたしの実験室でずいぶん長いことぐずぐずしていましたよ」とウォッダムは初めて口をきいた。「ベイカーはよくおしゃべりをしにやってくるんですが、今度はこの二人のパトロンを連れて化学部見学に来ました。しかし、この人たちの行かないところはなかったでしょうね、ほんとに物好きな観光客でしたからね。礼拝堂にも行っただろうし、入るには蠟燭をつけなきゃならない地下のトンネルにも行ったんでしょう。食べた物もろくに消化しないうちにね。ベイカーはこの人たちを至るところに案内したようです」

「この人たちはあなたの化学部で特になにかに興味を持たれましたか?」と神父は尋ねた。

「そのときあなたはなにをなさっていました？」

化学の教授は《硫化》で始まり《シレニューム》というような発音で終わっている化学式をぼそぼそとつぶやいたが、他の二人には何のことかわからなかった。教授はそのまま物憂げに歩き去り、ずっと離れた日のあたるベンチに腰をおろすと、目を閉じてしまった。が、顔は、重苦しい忍従の表情を浮かべて、上に向けたままだった。

このとき、ウォッダムの静かさとは対照的にきびきびと動く人物が弾丸のように速く、そしてまっしぐらに芝生を横ぎって近づいてきた。ブラウン神父はそれが前に町の貧民街で会ったことのある警察医であることを、そのきちんとした黒服と油断なさそうな犬のような顔つきとで見てとった。官憲筋のいちばん乗りがこの外科医だったのである。

「神父さん」と学長は医者がこちらの声の届くところまでこないうちに呼びかけた。「知りたいことがあるんです。あなたがさっき共産主義は真の危険であって、犯罪にまで導くものであると言ったのは本気だったのですか？」

「さよう」とブラウン神父はいささかすごみのある笑顔で言った。「共産主義的なやり方や影響の一部がひろまっているのをわたしは現実に見て知っているのですが、これはある意味で共産主義的犯罪です」

「ありがとう」と学長は言った。「それでは、これで失礼して、ちょっと用をしてきます。警察の方には十分くらいで帰ると伝えておいてください」

学長の姿がチューダー式のアーチの陰に消えたのと、警察医がテーブルの前までやって来てブラウン神父がそこにいるのを知って陽気に挨拶したのは、ほとんど同時だった。その犯行現場のテーブルをかこんで腰をおろしましょうと神父が提案すると、警察医のブレイク博士は遠くにすわっている、見たところ眠っているらしい大柄な教授を鋭い目つきで怪しげに見やった。この教授の素姓と、それから教授が話してくれたかぎりの手がかりとを博士は知らされるべくして知らされたが、それを黙って聞きながらも博士は死体の予備的な検問を行っていた。無理もないことだが、博士としてはまた聞きの証言よりも現実の死体のほうに注意を向けていたらしかった。ところが、ある一つの細目が語られると、急に解剖学をそっちのけにして神父のほうに向いた。

「その教授が実験していたのは、なんという化合物ですって?」と博士は訊き返した。

ブラウン神父は自分にはわからない化学方程式をもう一度繰り返した。

「なに!」とブレイク博士は銃声さながらに叫んだ。「いやはや! これはただごとじゃない!」

「毒薬なんですか?」とブラウン神父。

「出まかせなんですよ」とブレイク博士。「とんでもないナンセンスです。教授はとても有名な科学者でしょう。有名な科学者がどうして故意にでたらめを言うのか?」

「なるほど、それならわからないこともありません」とブラウン神父は穏やかに言った。「あの人がいいかげんなことを言ったのは、嘘をついていたからです。あの人はなにかを隠していま す。特にこの二人とその代理人たちから隠そうとしていたのです」

博士はその二人から目をあげ、向こうに不自然なくらいじっとすわっている大化学者の姿を見やった。化学教授はさながら眠っているがごとく、庭の蝶が一羽その身体にとまって、その不動の姿を石像に変えているようだった。蛙のようなその顔の大きなひだを見て、博士は犀《さい》のたるんだ皮を思い浮かべた。

「さよう」とブラウン神父は低く声を落として言った。「あれはけしからん人間です」

「これはたいへんなことだ！」と警察医は不意に心の奥底から激昂《げっこう》して叫んだ。「つまり、あれほどの大化学者が人殺しに手をだすと言うのですか？」

「こうるさい批評家なら、あの人が人殺しに手を出していたと文句を言うところでしょうな」と神父は激した色もなく言った。「わたし自身としても、ああいうやり方で人殺しに手を出す人はあんまり好きではないのですが、それよりももっと肝心なのは、ここにおられる二人のお気の毒な方があの人を悪《あ》しざまに言う、こうるさい批評家の仲間だったという事実です」

「つまりこの二人に秘密を嗅ぎつけられたので、あの人が二人を殺したと言うのですか？」とブレイクは顔をしかめて言った。「しかし、それはどういう秘密だったんです？　こんな場所でどうやって大仕掛けな殺人ができるんですか？」

「あの人の秘密はもうお話ししましたよ」と神父は言った。「魂の秘密なのです。あの人は悪い人間だ。しかし、こんなことを言うのは、あの人とわたしの属する流派や伝統がまったく反対であるという理由によってではありません。わたしにも科学者の友人が大勢いますが、その人たちの大部分は英雄的と言っていいほど私心を去った人たちです。とりわけ懐疑的な部類の人たちでさえ、不合理なくらい私心を離れていると言えます。ところが、たまには、獣《けだもの》と同じだという意味で唯物論者《ゆいぶつろんしゃ》である科学者にも出会うことがある。もう一度繰り返しますが、あの人は悪人です。あの人に較べたら、まだしも――」ここでブラウン神父はある一語を語るのをためらっているようだった。

「あの共産主義者のほうがましだと言うのですか？」と警察医は訊いた。

「いや、殺人犯人のほうがましだと言っているのです」とブラウン神父。

神父はぼんやりとした様子で立ちあがった。相手がまじまじと顔を見ていることにも気づいていなかった。

「さっきあなたは」とブレイクは、やっとのことで質問をした。「あのウォッダムが人殺しだと言ったんじゃありませんか」

「いやいや」とブラウン神父はだいぶ陽気な口調になって言った。「犯人はあれよりもずっと同情的で理解のある人です。犯人は少なくとも捨て鉢になっていた。それに、怒りと絶望の発作に見舞われたという弁解もある」

「それなら」と警察医は言った。「やっぱりあの共産主義者が犯人だと言うんですね？」

ちょうどこのとき、うまいことに警察の係官たちが到着してある報告をもたらした。それはこの事件をすこぶる決定的かつ満足のできる仕方で締めくくるように思えた報告だった。係官たちは犯行現場に到着するのが多少遅かったわけであるが、それというのも、実はすでに犯人を逮捕してきたからだった。それも係官たちの官舎のすぐ前で捕えたのである。警察としては、すでに前々から町に騒乱があるたびにこの共産主義者クレイクンの活動に疑いの目を向けていたので、今度の凶行の知らせを聞くと、この人物を逮捕しておくのが安全だろうと考えた次第だった。そして、この逮捕はまちがっていなかったことが判明した。なぜなら——これはマンデヴィル学寮の庭内の芝生でクック警部が教授連や博士たちに明るい笑顔で伝えたことであるが——なぜなら、この悪名高い共産主義者は毒性を含んだマッチを一箱所持していたことが、身体検査の結果あきらかになったからだった。

ブラウン神父は《マッチ》という言葉を聞くやいなや、マッチが尻の下で燃えだしたみたいに席から躍りあがった。

「ははあ」と神父はあまねく輝きわたる笑みを浮かべて叫んだ。「これでなにもかも、はっきりした」

「はっきりしたというのは、なんのことです?」とマンデヴィルの学長が訊いた。学長は、いましがた自分の公式の地位にふさわしい、堂々とした態度で帰ってきたところだった。その威容は、勝利に歓喜する軍団さながらに、学内を占領している警察関係者たちの威儀に呼応するものだった。

「クレイクンに対する容疑がはっきりしたという意味なのですか?」

「クレイクンさんの無罪がはっきりしたという意味です」とブラウン神父はしっかりした口調で言った。「まさかあなたは本気で、クレイクンさんがマッチで人を毒殺してまわるような人間だと思っているんではないでしょうね？」

「それはそれでいいんだが」と学長は答えた。最初にショックを受けてから消えたことのないあの心配げな表情をまだ浮かべている。「しかし、あなた自身こうおっしゃったではありませんか——虚偽の主義を奉じる狂信者たちは悪いことをしかねない、と。それだけじゃありません、共産主義は至るところで頭をもたげつつあり、共産主義的な習慣はひろまりつつある、と言ったのも、神父さん、あなたご自身でしょう」

ブラウン神父は、いささかばつの悪そうな顔をして笑った。

「いまの最後の点については」と神父は言った。「みなさんにお詫びしなければなりますまい。どうもわたしという人間は、いつもくだらん冗談でみなさんにとんだご迷惑をかけるようです」

「冗談だって！」と学長はいささか憤慨の体《てい》で目を見はって叫んだ。

「それが」と神父は頭をかきかき説明した。「さきほど共産主義的な習慣がひろまっていると申しましたが、その習慣という意味はただ、たとえば今日も三度ばかり目《ま》のあたりにしたごく些細な習慣のことなのですよ。これは共産主義的な習慣とは言っても、なにも共産主義者だけにかぎられているものではありません。非常に多くの人たち、ことにイギリス人が持っている異常な習慣でして、つまり、他人様のマッチ箱を返さずに自分のポケットに収めてしまうという習慣なんです。もちろん、こんなことはお話しするのもばかげている些細な問題ですが、しかし、今度の犯罪はこのようにして行われたのです」

「なんとも妙な話ですな」と警察医が言った。

「もしも人間誰しもがマッチ箱を返すのをうっかり忘れかねないものならば、クレイクンさんがそれを返し忘れるのは火を見るよりあきらかだと言えましょう。かくのごとくして、毒性のマッチをしつらえた犯人はそれをクレイクンに貸したまま取り返さなかったという単純な過程によって、まんまとマッチを相手に押しつけた。なかなかどうして、あっぱれな責任回避法です。なぜなら、クレイクンとしては、自分がそれをどこで手にいれたか思い出すことはおろか見当もつかぬということになるからです。しかも、クレイクンは、なにも知らぬままそのマッチを使って二人の客にすすめた葉巻に火をつけるに及んで、一つの見えすいた罠に陥ったのです。あまりにも見えすいた罠とそれは言ってよいでしょう。二人の大富豪を殺害した大胆不敵なあくどい革命家に仕立てあげられてしまったのですから」

「それなら、ほかに誰があの二人を殺す動機を持っているんだろう?」と警察医が苦い声で言った。

「まったく、誰でしょうかな?」と神父は答えたが、その声には前よりも厳粛味が加わっていた。「ここで、わたしが前にお話ししたもう一つ別の問題になるわけです。お断わりしておきますが、これは冗談ごとではありませぬ。さて、わたしはこう申しました、異端説と虚偽の教理というものはいまやありふれたものとなって日常の会話にもとびだしてくる。誰もがそれに慣れてしまっているが、誰もそれに本当に気づく者はいない。そう言ったのですが、みなさんはわたしが共産主義のことをさしてそう言ったのだと思われたのですか? それが、実は正反対だったのですよ。あなた方はみな共産主義に対して猫のように神経を高ぶらせていた。クレイクンをまるで狼でも見るように警戒しておられた。なるほど、共産主義は異端説です。しかし、あなた方一般の人があたりまえのこととして受けいれている異端説ではありません。あなた方が考えなしに受けいれているのは資本主義のほうです。と言うよりも、死滅したダーウィン説という変装をつけた資本主義の悪がそれです。みなさんはあの社交室で話しあっていたことを覚えておいででしょう——人生とはつかみあいにすぎないとか、自然は最適者の生存を要求するとか、貧乏人が正当な給料をもらうべきか否かということは重要な問題ではないとか——そういったことです。ほかでもない、それこそがみなさんの慣れ親しんでいる異端説なのです。それもまた共産主義に一歩のひけもとらぬ異端説なのです。あなた方がごく自然に受けいれている反キリスト教的な道徳——と言うより不道徳——がそれなのです。そして、この不道徳の精神が今日、一人の男を殺人犯にしたのです」

「どの男なんだ？」と学長が叫んだ。その声は急に襲ってきた無力感のために割れていた。

「もっと別の角度から調べてみましょう」と神父はあわてず騒がず悠々《ゆうゆう》として言った。「あなた方のお話を聞いていますと、まるでクレイクンが逃げだしたように聞こえますが、実はそうではないのです。ここにおられるお二人がばったり倒れると、クレイクンは通りに出て博士のところへ駆けつけ、窓の外から大声で呼びだし、しばらくすると今度は警察のみなさんを呼びだそうとなさったのです。あの人が捕まったのはそのときです。ところでみなさん、ちょっとおかしいとは思いませんか？　会計主任のベイカーさんは警察を呼びにいったにしては帰りが少し遅いようじゃありませんか？」

「じゃあ、なにをしているんだろう？」と学長が鋭く言った。

「書類を焼き捨てているんでしょう。それとも、この二人の泊まり部屋をひっかきまわして、わたしたちに宛てた手紙がないかどうか、確かめているところですかな。あるいは、ウォッダムさんと関係のあることかもしれませんぞ。ウォッダム教授がこの事件でどういう役割を果たしているか？　そいつは簡単至極な問題で、やっぱり一種の冗談ですな。ウォッダムは次の戦争に備えて毒薬の実験をしていたのですが、その薬品の一つに、炎のにおいをちょっとでも嗅ぐと、全身が硬直して死んでしまうのがあった。もちろん、教授はこのお二人を殺した犯行そのものとは無関係だったのですが、あるとても単純な理由からこの化学上の秘密をひた隠しにしていたのです。この事件で亡くなられた一人は清教徒のヤンキーで、いま一人はコスモポリタンのユダヤ人でした。どちらもタイプとしてはすこぶる狂信的な平和論者になりやすい人ですから、もしウォッダムの秘密を知ったならば、この大学への援助を断わったにちがいありません。ところで、ベイカーはウォッダムの友達でしたから、その新しい化学薬品のなかにマッチをひたすことなど楽々とできたのです」

この小柄な神父に見られるもう一つの特異性は、その精神がまとまった一つのものであって、多くの矛盾《むじゅん》を意識してなどいないということだった。だから、話をしているときでも、非常に公式な演説口調から非常に私的な話しぶりへと何の不都合も感じることなく転換することがよくあった。このときにも、神父はそれまで十人ほどの人にしゃべっていたのを急に一人の相手に向かって語りだしたので、居あわせた大部分の人はあっけにとられて目を見はった次第である。しかも、神父が何のことを話しているのかを知っていたのはその一人だけでしかありえないのに、神父はいままで平気で一同に語りかけていたのだった。

「さきほど罪深い男がどうのこうのと形而上学《けいじじょうがく》を一席ぶって脱線してしまいましたが」と神父は申し訳なさそうに言った。「もしあれであなたが思い違いをしてしまわれたのなら、お許しください。もちろん、あれはこの殺人とは関係のないことだったのです。実を申せば、あのときわたしは人殺しのことなぞすっかり忘れていたのです。いっさいのことを忘れてしまって、たった一つ、あの男の幻影みたいなものだけに頭を占められていたのでした。あの大きな非人間的な顔、花に囲まれて石器時代の目の見えない怪獣のようにうずくまっているあの姿。わたしは考えました――世の中には石像の男のように怪物じみた男もいるものだ、と。しかし、それは筋違いの考えでした。内面がいかに邪悪であっても、それは外面的な犯罪を実行することとは無関係なのです。もっとも悪しき犯罪人たちはかつて罪を犯したことはないのです。さて、そこで現実的な要点は、この現実的な犯罪者がなぜこの犯罪を行ったかということです。会計主任のベイカーはなぜこのお二人を殺したかったのか？　目下の問題はそこにあります。それに対する答えは、わたしがいままでに二度お尋ねした質問に答えることによって得られるのです。すなわち、このお二人は、礼拝堂や実験室をのぞきまわる以外には、どのようにして大半の時間を費やされたのか？　さて、会計主任ご自身の報告によりますと、お二人は会計主任さんとビジネス上の用談をしていたそうではありませんか。

さて、死者への尊崇の念は別にして、これら二人の金融業者の知性に対してわたしは特に脱帽する者ではありません。経済学と倫理学に関する二人の見解は異端的で、非情なものでした。二人の《平和》論もいいかげんでした。ワインの味に対する見解は、それに輪をかけて慨嘆すべきものでした。しかし、一つだけ二人が理解しているものがありました。ビジネスです。そこで、本校の会計を司《つかさど》っているあのビジネスマンの正体が詐欺師だということを二人が見破るには、ごく短時間の調査で充分だったのです。いま、わたしは詐欺師と申しあげましたが、言いかえれば、それは無制限の生存競争と適者生存という教理を信じきっていた人だったのです」

「つまり、この二人が会計主任の汚職を暴露しようとしたので、やつは先手を打って黙らせるために殺したというわけなのですね」と警察医は顔をしかめて言った。「細かな点でわからないところがたくさんあるな」

「わたし自身にもはっきりしない点がいくつかあります」と神父は率直に認めた。「地下のトンネルで蠟燭をつける必要があったということも、百万長者さんたちのマッチを巻きあげるとか、マッチを持っているかいないかを確かめるとかいうことと関係があったのかもしれません。しかし、ベイカーが自分のマッチを迂闊《うかつ》者のクレイクンに投げてやったときのあの嬉しそうな無頓着な身ぶり、あの意味深長な身ぶりについては、絶対の自信があります。あの身ぶりが凶行の一撃だったのです」

「一つわからないことがある」と警部が言った。「クレイクンがその場ですぐに火をつけて余計な死体になってしまわなかったともかぎらないのに、ベイカーはどうしてそんな危険を冒したのだろう？」

ブラウン神父の顔は非難の色で重苦しいばかりだった。そして声には悲しむような、それでいて寛容な温かみをもった調子がこめられていた。

「そいつはいけません」と神父は言ったのだった。「あの人は無神論者だったのですよ」

「さあて、それはどういう意味です？」と警部は丁重に尋ねた。

「神を廃したがっていたのです」とブラウン神父は慎みのある穏やかな声で説明した。「十戒を打ち破り、自分自身を築いてくれた宗教と文明のいっさいを根こそぎ倒しさり、所有権と正直さという常識をすべて抹殺し、自分の持っている文化と自分の祖国を、地のはてからやってきた野蛮人に滅ぼさせようとした。それだけがあの人の望みだったのです。それ以上のことであの人を非難する権利はありません。もうやめましょう、誰でもどこかで一線を画しているものです。ところが、警部さん、あなたときたら、旧世代に属するマンデヴィルの一先生が――クレイクンは、その見解がどんなものであったにしろ、旧世代の人です――大学特製のワイン――それも一九〇八年のやつ――を飲みながら、そのまっ最中にたばこをふかしはじめ、あまつさえマッチをすってそれに火をつけるという大それたことをやらかしかねなかったと顔色一つ変えずにおっしゃる。いけません、それはいけません。人間というものはいくらなんでも、それほど掟《おきて》と限度を無視するものではありません！　わたしはその場に居あわせました。クレイクンさんをよく見ていました。あの人はまだ酒を飲みおえていなかったのです。そこでどうしてたばこを吸わなかったのかとあなたはお訊きになるのですか！　そんな無政府主義的な質問は、いまだかつてマンデヴィル学寮のアーチをゆるがしたことはありません……おかしなところじゃありませんか、このマンデヴィル学寮は。おかしなところだ、オックスフォードは。おかしなところだ、イギリスは」

「でも、神父さんはオックスフォードと別に何の関係もないのでしょう？」と警察医が妙に思って質問した。

「イギリスとは関係があるんですよ」とブラウン神父は答えた。「わたしの出身国でしてね。しかも、その国でなによりもおかしな点は、たとえ自分がその国を愛していて、その国民の一人であってさえも、さっぱりその正体がつかめないということなのです」

# ピンの意味

　ブラウン神父がいつも言っていたことだが、この問題を解決したのは夢のなかだったそうである。これは本当のことで、ただその起こり方がいくらか妙な具合だったのである。というのは、それが起こったのは、神父の眠りがだいぶ妨げられていたときだったからで、ある早朝、なかば出来かかった大きなビルで響きはじめたハンマーがその睡眠妨害の原因であった。神父の借りているアパートの真向かいで建築中だったそのビルは、まだ足場やら、建築主および所有主の《スインドン・アンド・サンド商会》の看板やらで大半を蔽《おお》われた巨大な階層の積み重ねといったところだった。ハンマーの打ちこみは規則的にある間隔を置いて行われたので、難なくそれと聞きわけられた。スインドン・アンド・サンド商会は新しいアメリカ式のセメント床張り法を専門にしており、それで出来あがった床は（当社の広告にあるとおり）なめらかで堅固、絶対に破れず、永久に快適だと保証されていたが、それにもかかわらず、ところどころに重いハンマーで金具を打ちつける必要があったのである。

　ブラウン神父はしかし、このような妨害からでもささやかな慰めをひきだそうと努め、あれはいつでもいちばん早朝のミサに間に合うように起こしてくれるから、言ってみれば美しい鐘の調べのようなものだと自分に言い聞かせていた。キリスト教信者が鐘の音で起こされるのもハンマーの響きで眠りを破られるのも同じように詩的なことではないか、というわけだった。ところが実を言うと、この建築工事はいささか神父の神経にこたえる別の理由を持っていた。この半出来の摩天楼の上には暗雲さながらに労働争議の危機の可能性がのしかかっており、新聞各紙は頑《かたく》なにもそれをストライキと名づけることをやめようとしなかったのである。実際のところ、それは勃発《ぼっぱつ》のあかつきにはロックアウトとなるはずのものだった。しかし、神父としては、それが起こりはせぬかということが大いに心配だった。例のハンマーの音が気になるということも、それが永久に続くかもしれないという心配よりも、むしろそれがいまにも止まってしまうのではないかという懸念《けねん》から来ていたと見られる。

「単に趣味とか好みから言えば」とブラウン神父は梟《ふくろう》の目のような眼鏡から大建築物を仰ぎ見て言うのだった。「まあ、やめてもらいたいものだな。あれにかぎらずどの家でも、まだ足場が取りはずされないうちに工事が中止になったほうがいい。そもそも家の工事が完成してしまうということは、残念至極だ。あのお伽《とぎ》の国に見られるようなほっそりとした白木の足場があると、建物はいかにも新鮮で希望にあふれて見える、日ざしのなかで軽やかに明るく輝いているようだ。ところが、人間というやつは家を完成したときには、それを墓場に変えてしまっていることが多い」

神父が注視していた当のものに背を向けると同時に、大急ぎで道路を横ぎってきた男がぶつかりそうになった。この男を神父はあまりよく知ってはいなかったが、それでも（事情が事情なだけに）不吉を告げる鳥のような人だと考えられるくらいには見知っていた。マスティクというこの男は、まずヨーロッパ人のものとは見えない角ばった頭をした、ずんぐりした人物で、そのくせ服装は意識的すぎるくらいヨーロッパ的なけばけばしい伊達者《だてもの》好みのものだった。ところで、この男が最近、例の建築会社のサンド青年と話しているのを神父は見ており、神父はそれがどうも気にいらなかった。マスティクは、イギリスの産業組織においては割合新しいある団体の首領株なのだが、その団体というのが労資間の闘争の激化が生みだした非組合員の集団で、大半が外国人労働者であり、いざというときに各事業所へ隊伍を組んで派出される仕組みになっていた。マスティクがこのあたりに出没していたのも、配下の労働者たちをこの建築現場へ送りこむチャンスはないかと狙っていたためにちがいなかった。簡単に言えば、労働組合の裏をかいてこの職場をストライキ破りのごろつきで占領するように交渉を進めかねない男だったのである。ブラウン神父は、ある意味で労資双方から声をかけられた手前、この争議の討論に加わったこともあった。ところが、資本家連に言わせると、神父はまちがいなくれっきとしたボルシェヴィキであり、当のボルシェヴィキたちに言わせると、ブルジョワ・イデオロギーに染まったこちこちの反動家にほかならないということなので、察するところ、神父は相当な良識をひっさげて討論に臨んだ結果、誰にもこれといった感銘を与えなかったものらしい。ところが、問題のマスティク氏がいまもたらしたニュースとなると、聞く人をとびあがらせ、そういう討論のお定まりのコースからはじきださせてしまうに充分なものだった。

「みんながすぐあちらへ来てくれと言ってます」とマスティク氏はアクセントのぎごちない英

語で言った。「殺人の脅迫がきているのです」

ブラウン神父はこの案内役について黙々と階段をのぼり梯子《ばしご》を伝わって、未完成のビルの工事台に達した。そこには、建築業界の頭目連中が集まっていた。どれも多少は顔見知りの人たちで、なかには以前に頭目だった者の顔も見えていた。もっとも、それはここしばらくのあいだ雲のなかに頭を突っこんでいた頭目で、雲は冗談にしても、少なくとも宝冠のなかに頭を突っこんでいたからには、人間の目には雲に遮られているものと同様に少しも見えなかったことはたしかである。つまり、このステインズ卿は事業から手を引いたばかりか、貴族院に吸いあげられて姿を隠してしまったわけなのである。たまに姿を現わすときには、物憂《ものう》げで、いくらかすさんで見えたが、この際には、マスティクも顔を見せていたこととて、なにやら険悪な空気を帯びていた。このステインズ卿は細長い頭にうつろな目の、瘦せた男で、色褪《あ》せた薄い金髪が禿《は》げかかっていた。そして、神父がこれまでに会った人でこの男ほどつかまえどころのない者はなかった。まぎれもないオックスフォード卒業生にふさわしい才能を持っている点でも卿を凌駕《りょうが》する者はなく、その才能というのは、「たしかにそのとおり」と口では言いながら聞く人には「たしかにそのとおりだときみは思っている」と聞こえさせる技術であり、「そう思いますか?」と言っただけで「きみならそう思いかねない」という辛辣な注釈まで言外にほのめかせるという能力だった。しかしブラウン神父の見たところ、この男は単に世間一般のことに飽き飽きしているばかりか、いささか根に持っている恨みごとがあるように思えた。もっとも、その原因がはたして、オリンパスの山中から呼びおろされて労働争議を調整しなければならなくなったことにあるのか、それとも、もはやそれだけの役割を与えられてはいないということにあるのか、それは推定しがたかった。

ブラウン神父としては、同じ社の幹部連のなかでももっとブルジョワ的な共同経営者であるサー・ヒューバート・サンドとその甥のヘンリーのほうがどちらかと言えば好きだった。ブルジョワと言っても、この二人がさほど多くのイデオロギーを持っているとは思えないのだが、と神父は内心つぶやいたものである。なるほど、サー・ヒューバート・サンドはスポーツ競技のパトロンとして、かつまた大戦中から戦後にかけての多くの危機から祖国を救った愛国者として新聞紙上にその名を高めていた。この年齢としては珍しい優れた勲功をフランスで打ち立て、のちには軍需品工場の職工たちが当面していた諸問題を解決していわば産業界の凱旋将軍と見なされたこともあった。《強者》という渾名《あだな》をつけられていたが、これは当人のせいではなく、実のところこの御仁《ごじん》は鈍重な、そして気さくなイギリス人というものであった。泳ぎがうまく、善良な地主であり、素人軍人としてはあっぱれな大佐だった。当然、その態度にも軍隊調としか言いようのない気風がつきまとい、身体つきはでっぷりしているのに、いつも両肩をぐっとそらしていた。ちぢれ毛と口髭《くちひげ》はまだ茶色だったが、顔は血色のよさを失いかけ、しなびはじめていた。いっぽう、甥のほうは、他人をこづいたり肩で押しのけたりしかねないタイプの筋骨たくましい青年で、わりに小さな頭が太い首からちょこんと突きでており、その様子はなにものに向かっても頭をさげて突進してゆくようなすさまじさを持っていた。ところが、そういう勇猛果敢な身体つきも、この男の鼻っ柱の強そうな獅子っ鼻の上におぼつかなげにのっている鼻眼鏡のおかげで、いささか珍妙な、子どもじみた趣《おもむき》を呈していた。

以上のようなことはブラウン神父が前々から目に留めていたことであるが、このおりには、一同が注視していたものは、もっと別のまったく新しいものだった。その木造の工事台の中央に一枚の大きな紙が打ちつけられて、風にはためいていたのである。乱暴な大文字が書き殴ってあったが、その書体のおかしなことといったら、これを書いた人はほとんど無学か、無学をよそおっているか、さもなければ無学のパロディーを演じているか、そのいずれにちがいないと思われるほどだった。その文章にいわく、「労働者会議はヒューバート・サンドに警告する。賃金をさげたり、就労者を締めだしたりすれば、ただではすまぬ。その旨の通告が明日行われたら、民衆の裁判がサンドを生かしてはおかぬだろう」

スティンズ卿はちょうどその紙を調べおわってひき返してくるところだったが、共同経営者のサンドを見やりながら、いささか妙な抑揚で言った――

「きみを殺したがっているんだ。どうやらわたしは殺しがいがないらしい」

ブラウン神父の心にときどき襲いかかるあの電撃的な空想の一撃が、このとき、神父の全身をわななかせた。神父が考えたことは、おかしな話だが、いましゃべった男はもう死んでいるのだから殺したくとも殺せないということだったのである。なるほど、これは徹底的に意味を欠いたたわいのない妄想ではある、と神父は陽気に認めた。しかし、この、いまでは貴族となっている重役のひややかな幻滅の超俗ぶりには、いつも神父の背筋をぞっとさせるなにものかがあった。この男の死人のような顔色と、他人を突き放したような目つきとに、それがあった。

「この人は」と神父はやはりひねくれた気分で考えた。「緑色の目を持っているが、どうも血まで緑色らしい」

なにはともあれ、たしかなことは、サー・ヒューバート・サンドの血は緑色ではないということだった。サンド氏の血は、あらゆる意味で充分に赤々としており、いまや、長年の風雨で打ち鍛えられた両頬にみるみる這いあがってきた。それは、善人が自然で無垢《むく》な憤慨に駆り立てられたときに見られる、あの生命の熱き充溢にほかならなかった。

「これまでずいぶん長く生きてきたが」とサンド氏はやや震えを帯びた強い声で言った。「こんなことは言われたことも、されたこともない。たしかに我輩の意見は人とは違っていたかもしれぬ、が――」

「この問題については意見の違いなどありえません」と甥がせっかちに口をはさんだ。「なんとか話しあいを進めようと努力していたのに、これじゃあんまりだ」

「あなたはまさか本気で考えているんじゃないでしょうね」とブラウン神父が言いかけた。「あなたのところの労働者たちがこの――？」

「我輩の意見は違っていたかもしれん」とサンド老人はまだいくらか震えを帯びた声で言った。「我輩は、我がイギリスの労働者に対して、もっと安い労働力が手に入ると言って脅迫するなんてことは、大嫌いな性分だ――」

「好きな人はありません」と若い甥は言った。「しかし、叔父さん、こうなったからにはもうほかに手はありません」

しばらく間を置いて甥はつけ加えた。「そりゃあ、細かな点についてはぼくらの意見は違っていたでしょうが、本筋の政策については――」

「言っておくがね」と叔父は心地よげに言った。「我輩はいかなる意見のくい違いもないことを願っていたんだ」この言葉から推して、いやしくもイギリス人というものを理解している人ならば誰でも、二人のあいだにはよほどの意見のくい違いがあったと考えてまちがいはなさそうだった。そう言えば、この叔父と甥の違いは、イギリス人とアメリカ人ほどの違いに等しいくらいで、叔父のほうは、事業から逃《のが》れて、いわば田舎の紳士としてビジネスマンではないというアリバイを打ち立てることをもってその理想としていたのに対し、甥のほうは、その事業に入りこむこと、言うならば事業の機構のなかに機械工のように入りこむことを理想としていた。それどころか、機械工の大部分といっしょに働き、この商売の手順や技術の半分以上に精通していたのである。この甥がアメリカ的であるというのはそれだけではなくて、もう一つ、このように職工たちといっしょに働くのは雇い主として職工の能率を一定の高さに保つためばかりではなく、ある漠然とした意味で同輩として対等につきあうため――少なくとも自分もまた労働者であるという誇りを持つため――ということもあった。そういうわけでこの青年は、ことスポーツや政治に関してはぬきんでている叔父にとってまるで無縁だった工業技術の問題については、労働者の代表みたいな資格で登場することがしばしばあった。実際、このヘンリー青年がワイシャツの袖をまくりあげて工場から現われ、労働条件について譲歩を要求したことが再々あったのを思いおこすとき、同じその人が現在反対の方向へ動いているこの反動ぶりは、一種独特の力ないしは暴力の色彩さえ帯びてくるのだった。

「今度こそやつらは自分で自分の首を絞めたようなものだ」とヘンリーは言った。「ああいう脅迫の手を使った以上、こっちとしてはやつらに挑戦するよりほかないんだ。一人残らず解雇する以外に手はないんです。それもいまのいま、この場で。そうしなければ、こっちは世界の笑いものになってしまう」

サンド老人は、相手にひけをとらぬ憤慨ぶりで顔をしかめたが、しかし、ゆっくりと「そうしたら批判の矢面《やおもて》に立たせられるだろう――」と言いかけた。

「批判ですって！」と青年は甲高《かんだか》く叫んだ。「殺すぞという脅しに挑戦したために、批判される！ 叔父さんは、もしこの脅しに対抗しなかったらどんな批判を受けるかわかっているんですか？ 《大資本家、テロにおののく》とか、《雇傭主、殺人の脅迫に負ける》とか、さぞかしおもしろい見出しが読めるでしょうよ」

「しかも」とステインズ卿がかすかに不快な調子を帯びた声で言った。「しかも、すでにいままで《鋼鉄建築屋の強者》という名前であんなにもてはやされていたんですからな」

サンドはまたまたまっ赤になり、その声は濃い口髭の下から太く洩れてきた。「そうとも、その点はあんたの言うとおりだ。こんなことしたやつらが、もし我輩のことを臆病者だとでも思っているんなら――」

このとき一座の会話に邪魔が入った。一人のほっそりとした青年が足早に近づいてきたのである。この男でなによりも先に目につくことは、男でも女でもこの男のことをあまり美男子すぎて美男子には見えないと考えるような、そういう種類の男だということだった。美しいちぢれた黒髪と、絹のような口髭、そして紳士的なしゃべり方、ただしそのアクセントはあまりに洗練されすぎ、気どりすぎていた。ブラウン神父はこの男をひと目見るや、サー・ヒューバートの秘書ルーパート・レイであることを知った。ヒューバートの家でこの男がうろつきまわっているのを前に見て知っていたのだが、それにしても、そのときにはいまほど動作がせっかちではなく、いまほど大きな八の字に眉を寄せてはいなかった。

「お邪魔してすみません」とレイは主人に言った。「男が一人あのあたりをうろついていて、なんとか追いはらおうとしたんですが、なにか手紙を持っていて、どうしても自分でそれをあなたに手渡すのだと言ってきかないのです」

「その男はまず家へ来たというのかい?」とサンドはすばやい一瞥《いちべつ》を秘書に投げて言った。「午前中きみはずっと家にいたんだろう?」

「さようでございます」とルーパート・レイは言った。

短い沈黙があったのち、サー・ヒューバート・サンドはその男を連れてきてみるようにとさりげなく頼み、しかるべくして男が現われた。

誰であれ、たとえ選《え》り好みのもっとも少ないご婦人でさえも、この新参者があまり美男子すぎるとは言わなかったろう。耳がとても大きく、顔は蛙のよう、目つきは一点に固定したかのように不気味にすわって動かず、ブラウン神父の見るところ、それは片目がガラスの義眼であるためとわかった。それどころか、神父の奇想は、この男の両目がガラス製であるとさえ思った。それほどガラスじみた透明な目つきで男は一同を熟視していたのである。しかし、神父の経験はこういう奇想とはまったくの別物だったので、この不自然な、蠟細工《ろうざいく》のようなぎょろ目がいかなる自然的原因によるものか、二、三推測してみることができた。その一つは、神の賜物《たまもの》たるべき発酵酒の飲みすぎだった。ところで、その男は片手に大きな山高帽を、もう一方の手には大きな封筒を持っていた。

サー・ヒューバート・サンドはこの男を見て、それから静かに、しかし大柄な身体つきに似合わない妙に小さな声で言った。「なんだ、きみだったのか」

そして手を出して封筒を受けとると、指をこすりあわせながら申し訳なさそうに周りを見わたしてから、封をひきちぎって手紙を読みはじめた。読みおえると手紙を内ポケットに収め、いささか険しい声でそそくさと言った――

「この問題もどうやらおしまいになったらしい、きみらの言うとおりだった。これ以上の交渉は不可能となった。要求されている賃金はどうしても払えないんだ。しかし、ヘンリー、きみとはまた会いたいな、いろいろあと片づけの用があるから」

「いいですとも」とヘンリーは言ったが、幾分むすっとした返事で、まるで自分がそのあと片づけをやりたがっているかのようだった。「昼食がすんだら一八八号室にいます。あの部屋の工事がどこまで進んだか知りたいので」

ガラス玉の目をした(と考えられる)男は身をこわばらせたまますごすごと立ち去ったが、神父の目は(断じて入れ目ではない)そのあとを思案ありげに追って、男が梯子を次々に伝わって下の街路に消えるのを見届けた。

ブラウン神父が常になく寝すごすという経験をしたのは、実はこの翌朝のことだったのである。それは、寝すごしたとまでは言えないとしても、はっと眠りから覚めたときに、これは寝すごしたにちがいないという主観的な確信に襲われたことにはちがいなかった。なぜそう感じたかと言えば、一つには、自分がだいたいいつも起きる時刻にいったん目を覚ましかけ、それからまた寝こんでしまったということをちょうど夢を思い出す具合に思い出したためだった。これはたいがいの人には珍しくない出来事だが、ブラウン神父には極めてまれなことだった。のちほど神父が、いつもは世界に背を向けているあの神秘家の一面を発揮して妙な具合に確信するに至ったことであるが、この朝のひとときの隔絶された夢の孤島、あの短いうたた寝のあいだに、ほかでもないこの事件の真相が隠された宝物のように埋められていたのである。

とにかく、神父は大急ぎで起きあがると、袖に腕を通すのももどかしく服をまとい、ごつごつした蝙蝠《こうもり》傘をひっつかんで通りに出た。目の前の巨大な黒い建築物に荒涼とした朝の白光が照りつけて氷のように砕けていた。神父は、この冷たい水晶のような光のなかで街路がほとんど一人の人影も映さずに輝いているのを見て驚いた。通りの様子だけからして、神父が心配していたほどまだ遅い時刻でないことはあきらかだった。と、そのとき突然、あたりの静寂を破って細長い灰色の車が矢のように現われ、大きな無人のアパートの建築場の前に止まった。スティンズ卿が車のなかからむっくりと現われ、大きなスーツケースを二つ（いささか、かったるそうに）ぶらさげて入口に近づいた。と同時に入口の戸が開き、何者かが、通りへ足を踏みだすかわりに建物のなかへとあとずさったらしかった。ステインズが二度そのなかの男に声をかけてからやっと、その男はさきほどからの動きをどうやら完了して入口前の階段に出てきた。そこでこの二人は短時間の相談をすませ、その結果、貴族のほうはスーツケースを階上に運んで行き、いっぽうの男は日ざしのなかに現われて、そのがっしりとした肩と、あたりをうかがっている顔を白日のもとにさらした。ヘンリー・サンドであった。

ブラウン神父は、このかなり妙な二人物の出会いを別に気に留めもしなかったが、それから二日経って、ヘンリー青年が自分の車で乗りつけ、神父にぜひ乗ってくれと頼むのだった。

「怖ろしいことが起こったんです」と言う。「ステインズよりもむしろ神父さんに聞いてもらいたいんです。ステインズがこのあいだ未完成のアパートで野営《キャンプ》をするのだとばかげたことを言って、あそこにやってきたのはご存じでしょう。それだから、ぼくはあの朝早くあそこへ行って、あの人のために入口を開けてやらなければならなかったんです。でも、その話はあとでもできます。とりあえず、すぐ叔父さんのところへ来てもらいたいんです」

「具合がお悪いのかね?」と神父はすぐ訊いた。

「死んでいるらしいんです」と甥は答えた。

「死んでいるらしいとは、どういうことです?」とブラウン神父は幾分てきぱきと訊いた。

「医者は来ておらんのですか?」

「ええ」と相手は答えた。「医者も、それに患者もいないんです……身体を調べてもらう医者を呼んでもむだなんです。身体は逃げてしまったんですから。でも、その行く先はわかっているつもりです……実を申しますと、そのう、ここ二日間ふせておいたことなんですが、叔父さんは消えてしまったんです」

「どんなものでしょう」とブラウン神父は穏やかに言った。「ひとつ、起こったことを初めから話してくれませんか」

「わかっています」とヘンリー・サンドは言った。「あの気の毒な叔父さんのことをこんなに軽々しい口ぶりでしゃべるのは、とんだ恥さらしです。でも、人間というやつは度を失うと、こういうふうになるものなんです。どうもぼくは物事を隠すのが得意じゃありません。この事件の一部始終はつまり——いや、その始終まで言っている暇はいまありませんが、手あたりしだいに嫌疑がかかってきたりしそうなんです。つまり、ぼくの叔父さんは不幸なことに自殺してしまったってことなんです」

この頃には二人はもう車に乗って、町はずれが終わり森や荘園が始まりかけるあたりを突っ走っていた。サー・ヒューバート・サンドの小さな所有地の番人小屋つきの門は、さらに半マイルほど先の密生したブナ林のなかにあった。その所有地には小さな荘園と大きな装飾的な庭園があり、庭園は古典的な豪華さをもって段状に下へ下へと続き、このあたりを流れるいちばんの川のほとりにまで達していた。さて、ヘンリーは館につくやいなや、せかせかと神父を案内してジョージ王朝式の古い部屋をいくつも通りぬけて裏手に出、そこから二人は黙々と斜面をくだっていった。花の堤でかこまれたかなり急な斜面で、見おろせば足もとには青味をたたえた川が鳥瞰図《ちょうかんず》のように平らにひろがっていた。いささか不釣り合いにゼラニウムの花をそのいただきに冠した大きな古典的な壺が立っている角を曲がろうとしたときだった、ブラウン神父はすぐ足もとの茂みでなにかが動いたのを見た。それは驚いてとび立つ鳥のようにすばやい動きだった。

川のほとりのそのまばらな木立のなかで二つの人影が分かれた、と言うより散らばったようだった。その一人は滑るように物陰にかき消えたが、一人はそのまま進み出て、二人と相対した。そこでこちらも足を止めざるをえず、たちまち妙な、得体《えたい》の知れぬ沈黙が続いた。やがてヘンリー・サンドが例によって重苦しく言った。「ブラウン神父さんをご存じでしょう……こちら、サンド夫人です」

ブラウン神父は夫人を知っていた。しかし、このおりにはほとんど知っていないとさえ言ってよかった。夫人の顔は青ざめ、ひきつって、さながら悲劇俳優の仮面だった。夫よりはずっと年若いのに、このときには、この邸宅と庭園のなかにあるいかなるものよりも年老いて見えた。神父はそれを見て、はっと思いあたった——夫人は人柄としても血筋としてもずっと古びていて、実はこの領地の真の所有主でもあったのである。実家が斜陽貴族でこの土地の所有権を有していて、夫人は好調にやっている実業家と結婚して一家の傾いた運を立て直したのだった。そこに立っていた夫人の姿は、だから、一家所蔵の肖像画だったかもしれないし、一家の亡霊でさえあったかもしれぬのである。その青ざめた顔は、スコットランドの女王メアリーのあの古い肖像画で見る顔さながらに、尖《とが》っていながら瓜《うり》ざね形であり、その表情はと言えば、夫が行方不明となって自殺の疑いが濃厚であるという場合には自然なはずの不自然さを遠く通りこしたなにものかが現われていた。ブラウン神父は、依然としてひそかに頭を働かせ、夫人が木立のなかで話していた相手は誰だろうと考えつづけていた。

「この怖ろしいニュースは、もうすっかりご存じなのでしょうね」と夫人は無理なく落ち着きはらって言った。「ヒューバートはかわいそうに例の革命派の迫害に耐えられずくじけ折れてしまい、頭がおかしくなって自分で自分の命を縮めたのにちがいありません。なにか打つべき手があるかどうか怪しいものです。あの怖ろしいボルシェヴィキの連中に、あの人を死に追いやった責任を背負わせることはできないんじゃないでしょうか」

「わたしも、とても心を痛めております」とブラウン神父は夫人に言った。「しかし、少々首をかしげていることも事実なのです。あなたは迫害とおっしゃるが、いったいあの人がたかが一枚の紙きれが壁に貼ってあるのを見たからと言って、追いつめられて自殺するような人だとお思いなのですか」

「それが」と夫人は表情を曇らせて答えた。「その紙きれのほかにも迫害の手が伸びていたのです」

「そうでしたか。人間というやつはどうもまちがいやすいもんでしてね。わたしとしては、ご主人がよもや死を避けるために死を選ぶほど非論理的な方だとはどうしても考えられなかったのです」

「わかっております」と夫人はおごそかに神父を見つめて答えた。「わたしだってそんなことは信じられなかったでしょう、もしあの脅迫状があの人自身の手で書かれたものでなかったなら」

「なに?」とブラウン神父は射ぬかれた兎のように跳びあがった。

「そうなのです」とサンド夫人は冷静に言った。「主人は自殺する旨の告白を残していったのです。ですから、もう疑う余地はないと思います」こう言うなり、一人でさっさと斜面を登って行ってしまった。家つきの亡霊が持つあの侵しがたい孤独がそのうしろ姿にあった。

ブラウン神父の眼鏡がヘンリー・サンド氏の眼鏡に向かって無言の問いかけをした。ヘンリーはちょっとためらってから、例によって乱発式、猛進型の話しぶりで、「そうなんだ、もうこれで叔父がなにをしたかはっきりしたでしょう。叔父はいつも泳ぎが好きで、毎朝、部屋着のまま降りてきて、川でひと泳ぎすることにしていました。あの朝もいつもどおり降りてきて、川のほとりに部屋着を脱ぎすてたのです。部屋着はそのまま同じ場所に置いてあります。でも、置き残していったのは部屋着だけじゃなくて、遺言もそこにありました。これが最後の泳ぎとなり、自分は死ぬのだという意味が書いてありました」

「どこに残していったのですか?」とブラウン神父。

「あの、水面に蔽《おお》いかぶさるようになっている木に書き殴っていったのです。叔父が最後にしがみついたのもあの木でしょう。部屋着の脱ぎすててあるすぐ下です。どうぞご自分の目で確かめてください」

ブラウン神父は川っぷちまであとわずかの斜面を駆けおり、葉が流れにひたりそうなほど垂れさがっている木の下をのぞいた。なるほど、なめらかな樹皮の上に目だちやすく、まちがいようがなくはっきりと、「あとひと泳ぎだけ、それで溺れ死ぬ。さようなら。ヒューバート・サンド」と書き殴ってあった。ブラウン神父の凝視はしだいにその土手をのぼっていって、やがて豪華な衣服に釘づけとなった。金ぴかの総《ふさ》のついている、赤と黄の部屋着だった。ブラウン神父はさっそくそれを手に取って、ひっくり返しはじめた。と、ほとんど同時に人影が一つ神父の視野を横ぎったことに気づいた。それは背の高い黒々とした人物で、茂みから茂みへと、消えた夫人を追うかのように動きまわっていた。それがさきほど夫人と別れた人物であることはまちがいなかった。のみならず、それが故人の秘書だったルーパート・レイであることも神父にはたしかだった。

「もちろん、あと思案のあげくにこの伝言を残したということもありえますな」とブラウン神父は赤と金の衣装を見つめたまま、目をあげずに言った。「木に愛の言づけが書いてあったという話はよく聞くから、木に死の言葉が記されていても不思議はないだろう」

「まさか部屋着のポケットにはなにも入れてなかったでしょうから」とサンド青年は言った。「ペンも、インクも、紙も持ちあわせがないとしたら、誰だって木に言づけを書きつけるわけでしょう」

「フランス語の勉強みたいですね」と神父は気がめいると言わんばかりに答えた。「しかし、わたしの考えていたのは、そのことじゃないのです」神父はしばらく黙っていてから声音を変えて言った――

「実を申せば、たとえペンが山ほど、インクが一桶分、紙が十巻きもあったとしても、人は木の上に言づけを書き刻みたがるものじゃないかと考えていたのです」

ヘンリーは獅子っ鼻の上の眼鏡をななめにして、まじまじとびっくりしたように神父を見やると、「それはどういう意味なんです」と語調鋭く尋ねた。

「それだからと言って別に、郵便屋さんが紙ならざる丸太の郵便物を運ぶようになるだろうとか、ちょっと友人に伝言を送るのに松の木に郵便切手を貼らなくてはならんということではないんですよ。わたしの言いたいのは、こういう樹木による通信を選ぶというのは、まずよほど特殊な地位、と言うよりも特殊な人物でなければならんということです。だが、ひとたびそういう地位と人物が条件としてそろえば、その先はすでにわたしの言ったとおりです。その人は、たとえ全世界が紙で出来ており、海がことごとくインクであるとしても、あるいはあの川に永劫不滅のインクが流れ、この森が羽根ペンと万年筆の林立にほかならないとしても、やはり木の幹に刻み書きをしたことでしょう」

あきらかにサンドは神父の奇想に近いたとえ話に不気味なものを感じとったらしい。ただ、それがわかりかねたためか、それともわかりかけたためか、どちらであるかは不明だった。

「よろしいかな」とブラウン神父は部屋着をゆっくりひっくり返しながら言った。「人間は木に文字を刻むとき、あまり上等な筆跡は残せません。それにはっきり申しあげますと、もしこれを書いた人があの人でなければ――やっ！」

神父が見ていたのは例の赤い部屋着だったが、この一瞬、その赤い色が落ちて神父の指についたのかと思われた。ところが、そのほうに向けられた二人の顔はすでに青味を帯びていた。

「血だ！」とブラウン神父は言った。その一瞬、あたりは、川の心地よい水音のほかは死のような沈黙に閉ざされた。

ヘンリー・サンドは決して心地よいとは言えない音をたてて咳ばらいをした。それから、かなりしわがれた声で、「誰の血？」と訊いた。

「いや、わたしのですよ」とブラウン神父は言ったが、その顔に微笑はなかった。

すぐに続けて神父は言った。「これにピンがもぐりこんでいて、指を刺したんですよ。でも、あなたにはそのポイントはよくおわかりにならんでしょうな……ピンのポイント。わたしにはそれがわかるんです」神父はそう言って子どものように指を吸うのだった。

「よろしいかな」と神父はまたしばらく間を置いて言った。「このガウンはたたまれ、ピンでとじあわされていたのです。誰もこれを開くことはできなかったはず――できたとしたら、身体に傷がついたはずです。つまり、言いかえれば、ヒューバート・サンドはこの部屋着を着なかったということです。同様に、この木に刻み書きをしたのもあの人ではない。さらに、あの人は川で溺れ死になどしてはいない、ということです」

ヘンリーの詮索好きそうな鼻の上でかしいでいた鼻眼鏡がころりと落ちた。が、動いたものはそれだけで、本人は直立不動、あたかも驚きで硬直したかのようだった。

「これで問題は再び」とブラウン神父は陽気に続けた。「ハイアワーサが絵文字を描いたのと同じように木に個人的な通信文を刻みつけたがる人間の趣味という点に帰着します。サンドさんはみずから水死する前にたっぷり時間のゆとりがあった。ならば、いったいどうして正気な人間らしく奥さんにまともな言づけを残さなかったのか。こう言ってもいい——どうしてサンドならざるX氏は、正気な人間らしくサンド夫人にまともな言づけを残さなかったのか。ほかでもない、そうするには主人サンド氏の筆跡を騙《かた》らねばならなかったからです。筆跡というものは専門の鑑定家がやかましく調べるものです。ところが、木の幹に大文字を刻みつけるとなると、誰でも他人の筆跡はおろか自分のいつもの筆跡でさえ書くことはできない道理です。サンドさん、これは自殺ではありません。これがなにかであるとすれば、殺人です」

低い灌木の茂みが大揺れに揺れ、枝が折れ、葉が鳴って、大柄な若者であるヘンリーが海の怪獣リヴァイアサンさながらにむっくり立ちあがり、太い首を突きだして、不気味に立ちはだかった。

「ぼくは隠しごとが得意じゃない」とヘンリー青年は言った。「こういうことを半分予想していた——ずいぶん長いあいだ予想していたと言っていいでしょう。実を言うと、ぼくはそいつに礼をつくすことはできません——そいつにも、それからもう一人にも」

「正確に言って、どういうことなのです」と神父は厳粛な目つきで相手の顔をまともに見て訊き返した。

「つまり」とヘンリーは言った。「あなたはぼくに殺人のあかしを見せてくれたが、ぼくはあなたにその犯人を示すことができるということです」

ブラウン神父は黙りこくり、相手はぎくしゃくとした話ぶりで先を続けた。

「あなたは人間がときどき愛の言づけを木に書きつけることがあると言った。なるほど、あの木にそういう文章がいくつか刻まれています。あの葉の下に二つの組み合わせ頭文字がもつれあっているのが書きつけられています。ご存じかと思いますが、サンド夫人は結婚するずっと以前からこの領地の相続人でした。ところが、夫人はその時分からもうあのいやらしい伊達男の秘書を知っていたのです。二人が始終ここで落ちあって、その目じるしの木にお互いの誓いを書きつらねたにちがいないと思います。その目じるしの木をのちほど二人はもっと別の目的に使ったらしいじゃありませんか。感傷か、それとも手数を省くためか」

「よっぽど怖ろしい人たちにちがいありませんね」とブラウン神父は言った。

「歴史のなかに、あるいは刑事上の犯罪事件に、怖ろしい人たちがまったくいなかったとでも言うのですか?」とサンドはかなりいきり立った様子で問いせまった。「愛というものを憎しみより怖ろしいものに見せた愛人同士が、これまでになかったと言うのですか。ボスウェルだとか、そういった血なまぐさい愛人たちの昔話をご存じないのですか?」

「ボスウェルの伝説なら知っていますよ」と神父は答えた。「そればかりか、その話が伝説にすぎないことも知っています。しかし、もちろん、世の夫たちがあういうふうに片づけられたことがあるというのは事実です。ところで、ヒューバートさんはどこへ片づけられたんでしょうな? つまり、それは犯人がどこへ死体を隠したのかということです」

「溺死《できし》させたんでしょう。あるいは死体を水に投げこんだんでしょう」と若い男はもどかしそうに鼻を鳴らして言った。

ブラウン神父は思慮ありげにまばたきし、こう言った。「川というのは架空の死体を隠すのに絶好な場所です。実在の死体を隠すのには、えらく不向きだ。死体は海にまで流されているかもしれないから、死体は川に投げこまれたのだと言うことはやさしい。しかし、ほんとに死体を投げこんだとすれば、十中八九、死体は海にまで流されはしないでしょう。どこかで陸《おか》にあがってしまう可能性がべらぼうに大きいのです。どうも犯人たちは死体を隠すもっとよい手を使ったにちがいないようですな。さもなければ、今頃までに死体は見つかっているはずです。それに、もし暴力をふるった跡があるとすれば――」

「死体の隠し場がどうしたって言うんです」とヘンリーはいくらか腹だたしげに言った。「やつらのおなじみのあの木に書かれた充分な証拠があるじゃないですか」

「いかなる殺人においても死体こそ第一の証拠です」と神父は答えた。「死体をどう隠したかということこそ、十中八九まで、解決すべき主要な問題です」

しばらく沈黙が続いた。ブラウン神父は赤い部屋着をひっ繰り返し、日のよくあたる岸辺のきらめく草の上にそれをひろげていた。神父は目をあげなかった。けれども、あたりの全景が第三者の出現によって変わっていることには気づいていた。それはあの庭園の石像のように静かに立っている人物だった。

「ところで」と神父は声を落として言った。「このあいだ叔父さんに手紙を持ってきたあのガラスのような目をした小さな男をどう説明なさいますかな。叔父さんはあれを読んですっかり人が変わってしまったようだった。わたしにはそう思えたからこそ、自殺したと聞いても驚かなかったのですよ――わたしがそれを自殺だと思っていたうちはね。あの男はずいぶん落ちぶれた私立探偵だったんですな。そうでないとしたら、わたしはとんだ思い違いをしていることになる」

「しかし」とヘンリーはためらいがちに言った。「しかし、あれはよくある——つまり、こういう家庭悲劇では夫が探偵を雇ったりするものでしょう。叔父はきっと二人の密通の証拠を握ったんですよ。それだもので、二人はとうとう——」

「あんまり大きな声ではしゃべらんほうがいいですね」とブラウン神父。「いまのいま、その探偵さんがわたしたちを探偵しているんですよ、この茂みから一ヤードばかりのところでね」

目をあげてみると、なるほどガラス目の小鬼君が例の不快な光学道具で二人を凝視していた。古典的な庭園の蠟のような白さの花々のあいだに立っているために、その姿はいよいよ醜怪なものに見えた。ヘンリー・サンドは、あれだけの大柄な身体つきでは息が切れるのではないかと思われるほどのすばやさで再び立ちあがっていた。そして、えらく怒った声で唐突に、そんなところでなにをしてるのだ、さっさと帰ってくれ、と初めの問いの答えも聞かずに立て続けに言った。

「ステインズ卿が」と庭の小鬼は言った。「ブラウン神父様に家まで来て相談の相手になっていただければありがたい、と申しております」

ヘンリー・サンドは憤然と立ち去った。が、ブラウン神父はその憤慨の理由を、ヘンリーと件《くだん》の貴族とがお互いに対して抱いていると考えられる反感のせいであると考えた。斜面を登る途中、ブラウン神父はちょっと立ちどまり、例のなめらかな木の幹に描かれた自然の模様を調べるような目つきをしてから、そのまま目をあげてゆき、ロマンスの記録だという、あの、もっと暗く謎に閉ざされた象形文字《ヒエログリフ》に一瞥を、そして、さらにでかでかとだらしなく書かれた告白ないしは自殺宣言とおぼしきものに一瞥を投げたのであった。

「この字でなにかを思い出しませんか？」と神父は訊いた。むっつり屋の相手が首を振ると、神父は続けて——

「ストライキをやっている人たちの復讐を覚悟しろという、あの脅迫ポスターの筆跡をわたしは思い出すんですよ」

「これはわたしがいままでに取り組んだ最も難しい謎であり、最も奇妙な話ですな」とブラウン神父が述懐したのは、それから一日後、ようやく家具が備えつけられたばかりの一八八号室で、ステインズ卿と向かいあっていたときだった。一八八号室と言えば、読者もご記憶だろうが、あの新ビルの最上階のアパートであり、これは例の労働争議と、労働組合からの仕事のひき渡しが行われた時期のあいだの空白期間前に完成した最後のアパートだった。居心地のよい家具が配されているこの部屋でステインズ卿が酒や葉巻をすすめるのに気を使っているあいだ、神父はこの告白を渋い顔をして語ったのだった。ステインズ卿はいつのまにやら一応はびっくりするほど友好的な態度になっていた。

「あなたほどの経験を持った方がそう言うんですから」とステインズは言った。「よほどのことなんでしょう。しかし、あのガラス目の誘惑的な私立探偵君も含めて探偵諸君にはどうも答えが見えていないようですね」

ブラウン神父は葉巻を置いて慎重に言った――

「答えが見えないのではありません。問題が見えないのですよ」

「なるほど」と相手は言った。「わたしにも問題が見えていないのかもしれませんな」

「この問題には他のあらゆる問題と違ったところがあります」とブラウン神父。「つまり、犯人はどうも故意に二つのことをやったらしい。そのどちらも首尾よくいく可能性はあった、が、いっしょにやった以上は互いに他を水泡に帰させてしまうほかなかったのです。わたしが言わんとするのは――それをわたしは確信しているのですが――それは、こういうことです。同一の犯人がボルシェヴィキによる殺人の予告をポスターで公示し、かつまた、ありきたりの自殺を告白する書置きを木に記した。前者の公示はプロレタリアの布告と言ってよいでしょう。過激な労働者たちが雇い主を殺そうとし、事実そのとおり殺した。たとえそれが事実だとしても、このことは、なぜ連中が――あるいは一人の何者かが――それとは正反対の個人的な自殺を暗示するような手がかりを残したのかという謎とぶつかるわけです。ところが、それは真実じゃない。あの労働者たちは、どんなに恨んでいようとも、そのようなことをやるわけがない。わたしはあの人たちをかなりよく知っています。あの人たちの指導者ならたいへんよく存じあげています。トム・ブルースとかホーガンといった人たちが、新聞紙上などで充分にやっつけることのできる人物を暗殺したなどと考えるのは、良識ある人なら狂気の沙汰と呼ぶにちがいない心理のあらわれです。さよう、この事件には何者か怒れる労働者ではない一人の人物がいて、それがまず怒れる労働者の役を演じ、次に自殺する資本家を演じてみせたのです。しかし、なんともわかりかねるのは、なぜそんなことをしたのかということです。犯人がもしこの事件を自殺として世間にまんまと通用させる自信があったら、なぜ殺人の脅迫を発表したりしてそれを台なしにしてしまったのか？　いや、それは殺人騒ぎよりも世間を刺激しないだろうからという理由で、あとで考え直して自殺話をでっちあげたのだとあなたはおっしゃるかもしれない。が、殺人騒ぎのあとでは、刺激はかえって大きくなるばかりです。犯人は、殺人というものから世間の考えをそらせるのがそもそもの目的だったのに、そのときにはもう世間の考えを充分に殺人のほうに向けさせてしまっていたことに気がついたのにちがいありません。これがもしあと思案であるならば、よほど思慮のたりない人のあと思案だったわけです。ところで、犯人は極めて思慮の深い人であるという考えをわたしは抱いているのですよ。さあ、これからなにかがわかりますか？」

「わかりませんね。しかし、わたしたちにはまだ問題さえ見えていないとおっしゃった意味ならわかります」とスティンズは言った。「問題は、誰がサンドを殺したかということだけではなく、誰かが、なぜ他人にサンド殺しの罪を着せておいてからサンド自身に自殺の罪を着せかけたか、ということになるんですね」

ブラウン神父の顔は曇り、葉巻が歯と歯のあいだにきつく嚙みしめられていた。葉巻の先は、頭脳の燃えるような鼓動を伝える信号灯のようにリズミカルに輝いては消え、消えては輝いていた。やがて独りごとのようにそっと神父は言った――

「とても緻密に、とても明晰に問題をたどってみる必要があります。もつれた糸筋のような考えを一本一本ほぐすようなものです。やってみましょう。殺人騒ぎは自殺説をぶちこわしにしてしまうものである以上、犯人は普通だったら殺人騒ぎを起こしたくなかったはずです。ところが、実際にはそうしている。とすれば、殺人騒ぎを起こさねばならぬ別の理由があったはずだ。それは非常に大切な理由だったので、犯人はそのためにもう一つの自己防衛手段——つまり、自殺説——が弱められてもかまわないと考えた。別の言葉で言えば、あのポスターを使っての殺人の予告は実は殺人の予告ではなかった。つまり、犯人はあれを殺人の予告として用いたのではないということです。他人に殺人の罪をなすりつけるためにやったのではなく、犯人自身のある法外な理由のためにやったことなのです。犯人の計画には、サンドが殺されるだろうという宣告をどうしても含む必要があった。それで他人に嫌疑がかかろうとかかるまいと、そんなことは問題でなかった。どうしてもああいう宣告が必要だったのです。しかし、それはなぜか？」

神父は再び口を開く前に五分ほども同じ火山のような精神集中の煙を吹きあげ、やがて、その余燼《よじん》を吹きとばした。

「一片の殺人宣言は、あのストライキ中の労働者が殺人犯だということを暗示する以外に、どんなことをなしえたか？　現実にそれはなにをなしたでしょうか？　一つのことがあきらかです。あの宣言は、それが主張していたのと正反対のことを必然的になしとげたのです。あの文面はサンドさんにロックアウトで労働者を締めだすなと告げていたのですが、おそらくサンドさんには、あのポスター以外の何物もロックアウトをする決心を固めさせることはできなかったでしょう。あの人がどんな人物で、また、どんな評判を得ていた人であるかを考えてみなくてはなりません。センセーショナリズムをこととする新聞紙上で《強者》と呼ばれて、イギリスで最も著名なおばかさんたちに《スポーツマン》と愛称されていた男としては、拳銃を突きつけられたにも等しい脅迫を受けたとなると、一歩も後へ退《ひ》けない道理です。それでひきさがってしまったのでは、白い帽子に臆病者のしるしの白い羽根をかざしてアスコット競馬場をのこのこ歩きまわるようなものです。そんなことをしたのでは、誰でもよほどの腰ぬけでないかぎり命よりも大切に心の奥にしまっている自分自身の偶像ないしは理想像を崩しさってしまうことになります。そして、サンドさんは腰ぬけではなかった。勇気ある人でした。衝動で動く人でもありました。あの宣告は呪文のようにたちまち効果をあらわしたのです。サンドさんの甥で、労働者たちと多少ともつきあっていたヘンリーさんは、この脅迫に対してはなんとしてもいますぐ挑戦しなければならないと間髪を容れずに叫びましたな」

「ええ」とステインズ卿は言った。「知っていますよ」二人は一瞬、顔を見あわせたが、ステインズ卿は無造作につけ加えた。「それでは、あなたのお考えだと、犯人がほんとに求めていたものは――」

「ロックアウトだ！」と神父は精力的に叫んだ。「ストライキとかなんとか呼ばれている工事の中絶がそれだ。犯人は工事がすぐに中止されることを望んでいた。即刻、ストライキ破りたちを導入するのが目的だったのかもしれない。とにかく、労働組合に所属する人たちをすぐさま追いだしたがっていたことはたしかだ。犯人の狙いはそこにあった。その理由は神のみぞ知る、です。そして犯人は、あの宣言がボルシェヴィキに暗殺者ありと暗示したということになど気を使わずに、まんまとその望みを果たした。ところが、そこまで行ってから……なにか支障が起きたにちがいない。この辺、わたしは推測を語っているだけで、いわば手さぐりでゆっくり推論の筋道をたどっているわけです。しかし、わたしに思いつける説明はどうしてもたった一つ、なんらかの事情で世間の目が問題の核心に——つまり、犯人があの建築工事を中止させたがった真の理由に——向かって注がれはじめたから、ということ以外にありません。そこで犯人は、遅まきながら必死に、いささか首尾一貫性を欠いて、もう一つのでっちあげをこしらえ、今度は川のほうへと世間の目をそらせようとしたのです。それもアパートのほうからそらせたいばっかりに」

神父はここで満月のような眼鏡の奥で目をあげると、室内の背景やら家具の趣をことごとく心に焼きつけた。もの静かな世なれた男の慎みある贅沢さをそこに読みとって、それと、このできたての、まだ家具も充分には整っていない部屋にその主といっしょに最近やってきた、あの二つのスーツケースとを対照させてみたのである。神父はそれからかなり唐突に言った——

「つまり、犯人はこのアパートのなかのなにものかに怖れをなしたのです。ところで、あなたはどうしてこのアパートに住むようになったのですか？……これもついでですが、ヘンリーの話だと、あなたはここへ移られるときにあの人と朝早く顔を合わせる約束をしたそうですね。それは本当ですか？」

「いやいや、とんでもない」とステインズ。「わたしはヘンリーの叔父さんから前の晩に鍵をもらっておいたのです。あの朝どうしてヘンリーがここへ来たのかわけがわかりません」

「なるほど」とブラウン神父は言った。「それであの人がなぜ来たのかおおよそ見当がつくというものです……あのときもわたしは、ヘンリーが出ようとしていた丁度そのときあなたが現われたので、あの人がびっくりしたのだなと思いましたよ」

「それにもかかわらず」とステインズは青茶色の目をきらきらさせて、神父を見ながら言った。「あなたはわたしもまた謎の存在だと考えておいでだ」

「あなたは謎も謎、二つの謎だと思っています」とブラウン神父。「第一は、なぜサンドさんの事業から手をひいたのかという謎。第二は、なぜまた舞い戻ってきてサンドさんのビルに住むようになったのかという謎です」

ステインズはちょっと考えこんだ様子で葉巻をふかしていたが、やがてパイプを叩いて灰を落とし、前のテーブルにあった呼び鈴を鳴らすと、「はなはだ勝手ですが」と言った——。「この席にもう二つ、いや、もう二人の謎を呼びよせたいのです。ただいまの呼び鈴に応えて、あなたも、ご存じの小さな探偵さんのジャクソン氏が参ります。ヘンリー・サンドには少々のちほど来るように言っておきました」

ブラウン神父は席から立ちあがり、部屋を横ぎると、顔をしかめて暖炉を見おろした。

「そのあいだに」とステインズは続けた。「ただいまの二つのご質問にお答えしてもよろしいですよ。わたしがサンドの事業から退《しりぞ》いたのは、どうもどこかに不正があって、誰かが金をみんなくすねているにちがいないと睨んだからです。また舞い戻ってきてこのアパートを借りたのは、サンド君の死に関する真相を現場で見つけたかったからです」

ブラウン神父は、探偵が入ってくるのと同時にうしろを向いた。そして、まだ炉の前の敷物を見つめたまま、相手の言葉を繰り返した。「現場で」

「ジャクソンさんが話してくれるでしょうが」とスティンズは言った。「ヒューバートは誰が会社の金をくすねている犯人であるかを探りだすためにこの方を雇ったのです。この方が探りだした事実を書きつらねた報告を持ってきた翌日にヒューバートは行方不明になったのです」

「そうです」とブラウン神父は言った。「そして、行方不明になってどこへ行かれたのか、それでわかりました。あの人の死体のありかがわかりました」

「というと、つまり――」とアパートの主人はせきこんで言いかけた。

「ここにあると言うのです」とブラウン神父はお先に答えて敷物を踏んでみせた。「この居心地のよい部屋の、この優美なペルシャ絨毯《じゅうたん》の下なのです」

「いったいどこでそんなことを探りだしたのですか?」

「たったいま、思い出したのですよ」とブラウン神父は言った。「夢のなかでそれを見つけたのを」

そのまま神父は夢をもう一度頭に描こうとしている様子で目を閉じ、夢見るように語りつづけた――

「これは、いかにして死体を隠すかという問題をめぐって展開する殺人事件でして、わたしはその死体を眠っているあいだに発見したのです。このビルの建築中わたしは毎朝ハンマーの音で目を覚まされたものですが、あの朝も、半分目を覚ましかけ、また眠りこみ、再び目を覚ましたときには、これは寝すぎたなと思いました。ところが、時間はいつもより遅くはありませんでした。なぜでしょうか？　それは、あの朝にも、平常の作業が中止されたのにハンマー打ちが行われていたからです。眠っている人間はこういう耳慣れた物音を聞くと、自動的にもぞもぞしはじめるものです。が、そのいつもの音がいつもの時刻に聞こえてきたのではないので、また眠ってしまう。ところで、一人の犯罪人が急に全作業を中断することを望むのはなぜでしょうか？その理由は、前からの労働者たちがあくる日に出勤してくると、その晩のうちに行われた新しい仕事が見つかってしまうからです。前からの労働者は前の日にどこで仕事を打ちきったか知っているわけです。この部屋の床全面がいつのまにか釘づけにされたことに気づくでしょう。その釘づけ作業をやったのは、その作業に詳しい男、すなわち、労働者たちと深くつきあって、その仕事ぶりを見習った男なのです」

こう語っているうちにもドアが開いて、外から誰かがぐいと頭を突きだした。太い首の先についた小さな頭で、その目は眼鏡越しにまばたいていた。

「ヘンリー・サンドはこう言いました」とブラウン神父は天井を睨んだまま言った。「ぼくは物事を隠すのが得意じゃない、とね。しかし、思いますにあの人は謙遜しすぎていらしたようです」

ヘンリー・サンドはくるりと背を向け、すばやく廊下を去っていった。

「あの人はもう何年間もまんまと会社の金を横領していたのみならず」と神父はぼんやりした

様子で続けるのだった。「叔父さんがその事実を探りだすと、叔父さんの死体をまったく新しい独特のやり方で隠してしまったのです」

この瞬間にステインズはもう一度ベルを鳴らした。長々と続く、耳ざわりな音だった。と同時に、ガラス目玉の小男は、カタパルトから発射されたみたいに廊下へとびだして、逃走者を追った。走馬灯に描かれた機械人形の回転動作さながらの走りっぷりだった。これとときを同じくしてブラウン神父は小さなバルコニーから身をのりだすようにして外を眺めた。下の通り端の茂みや手すりの陰から五、六人の男が一斉にとびだし、やはり人形のように機械的に扇形ないしは網状に散開し、玄関から躍りでた犯人を遠巻きにした。ブラウン神父はこの事件の装飾模様を見ただけなのであるが、終始一貫して本件はこの部屋の外へさまよいでることはなかったのである。まさにこの部屋でヘンリーはヒューバートを絞殺し、厚い床張り材の下にその死体を隠したのであり、建築作業の中断はそのための方便だったのである。あの部屋着のピンに指を刺されたことから、神父の疑いは深まったのであるが、それとても、神父自身がとんでもない大嘘の長綱に巻かれていたことをわからせたにすぎない。要するに、あのピンの持つ意《ポイ》味《ント》は、そのピンが無意味《ポイントレス》であったということである。

ところで、神父はステインズという人物をやっと理解できたと思っており、だいたい理解しにくい一風変わった人たちと知りあいになるのを神父は嬉しがるたちなのである。この、世間に疲れた紳士ステインズを、神父はかつて緑色の血を持つ腰抜けだと非難したことがあるのだが、同じ緑は緑でも、この人物には良心の、あるいは昔ながらの名誉の、いわば冷たい緑色の炎が燃えていたのであり、この良心と名誉を重んじる精神のゆえに、まずは不正の影に蔽われた事業から手を引き、お次に、その事業を他人にたらい回しにしてしまったことを恥じたという次第だった。そこで次に退屈した刻苦精励の探偵といった役割で戻ってくると、場所もあろうに死体の埋められていた当の犯行現場で宿営を始めたわけだが、この男が死体の目と鼻の先で警察犬よろしく嗅ぎまわっているのを見て驚いたのは犯人である。そこで必死になって演じたのが例の部屋着と水死人の代用劇だった。いまではそれはもう自明の理であるが、その晩ブラウン神父が夜の外気と星空から首をひっこめる前に、一瞥、夜空にそそり立つ巨人さながらのビルのまっ黒な巨体を仰ぎ見て、ふと思い出したのがエジプトとバビロンのことであり、人間の業《ごう》のいかに永遠でしかも無常であるかということだった。

「この事件のそもそもの始まりでわたしが言ったこと、あれは本当だったのだな」と神父はつぶやいた。「あれを見ていると、エジプト人とピラミッドをうたったコペの詩を思い出す。あの家は幾十もの家の集まりだそうな。それでいて、あの山のような建物全体がたった一人の人間の墓にすぎぬのだ」

# とけない問題

ブラウン神父がめぐりあった事件は数多いが、そのなかでも二、三の点でこれほど妙な事件はないと思われるのが起こったのは、友人のフランボウが泥棒稼業から身を退《ひ》いて、探偵業で大活躍し、大成功を博した頃のことだった。たまたまフランボウは、盗む側としても、盗んだやつを捕える側としても、だいたい宝石の盗難をその専門としていた関係で、宝石の鑑定と、それに劣らず現実的な宝石泥棒の鑑別とにかけては練達の士であると認められていた。フランボウがこの物語の始まるあの朝、友人の神父に電話をかけたそもそもの理由は、この宝石に関する当人の専門的知識と、それゆえに自分のところに転がりこんだ事件の依頼とに関連していたのである。

ブラウン神父は、電話にしても、とにかく昔からの友人の声を聞いて大いに喜んだ。しかし、神父としては、平素、そして特にこの場合には、あまり電話が好きではなかった。それよりも相手と顔を突きあわせて親しい雰囲気にひたるほうが好きであり、そういう条件が欠けていると、口頭の伝言は——特に赤の他人から伝えられる場合——えてして誤解に導きやすいことをよく承知していた。しかも、この朝はまた特にひんぴんと赤の他人がそれこそ群がるように神父の耳もとでがなりたて、なんとも理解に苦しむ伝言を告げようとしているらしく、電話そのものがいわば些事の悪魔に取りつかれているかのようだった。そのなかで最も聞きとりやすかったのは、神父さんの教会に掲示してある正規の通行料の支払いについての殺人と盗難への正規の許可を神父さんは発行してくれるのですか、くれないのですかと質問してきた声だった。しかもその見知らぬ人は、そんなことはありませんよと言われると、からからとうつろな笑い声をあげてその通話の締めくくりとしたのであるから、やはり納得がいかなかったものらしい。そのあと、今度は興奮して、いささかしどろもどろの女性の声で、某ホテルに即刻おいでを請うという意味の電話があった。そのホテルたるや、名前は聞いて知っていたが、お隣の大聖堂のある街へ通じる街道を四十五マイルも行ったところにあったのである。この懇請のすぐあと息を継ぐ暇もなく同じ女性の声で、しかも前よりもさらに興奮して、さらにしどろもどろに、さきほどのこと、どうでもよろしいんです、結局ご用はありませんでしたと前言を否定してきた。と思えば、お次は、いわば間奏曲といったところで、さる通信社から、某映画会社が《男性には口髭《くちひげ》を》運動について述べた感想についてなにか感想はないかと言ってくる始末。おしまいには、またまた例の興奮してしどろもどろのご婦人が舞い戻ってきて言うのに、結局ご用があるんです。そこで神父が漠然と想像したのであるが、この現象は、人の指図を受ける方向になんとなく傾いている人たちのあいだにありがちなためらいと狼狽《ろうばい》の一つのあらわれなのであろう。そんなことを考えていたところへ、今度はフランボウから電話があって、すぐに朝食の席に押しかけるから覚悟せよという気のいい脅迫でこの一連の通話劇がやっと幕になったときには、さすがの神父も、ありがたやと胸をなでおろした次第である。

ブラウン神父としては、パイプをくゆらしながらゆっくりと相対《あいたい》で友人と語りあうのが好みにあっていたのだが、まもなくあきらかになったところでは、この朝の客人は平和のパイプどころか出撃態勢で、闘志満々、なにやら自分の仕事である重大遠征に小さな神父をひっかついででも同行させようという意気ごみにあふれていた。それには神父の手を必要とするかもしれない特殊な事情がからんでいたことは事実である。フランボウは最近一度ならず有名な宝石の盗難を見事に防いで名をあげていた。庭から逃げようとしていた賊の手からダリッジ公爵夫人の宝冠を奪回したのも、かの有名なる《サファイアのネックレス》を失敬する計画をたてた犯人に対抗して世にも天才的な罠を設け、工芸家だった犯人が本物のかわりに置いてくるつもりで持っていった替え玉を自分でまた意気揚々と持ち帰らせるようにしむけたのも、またこのフランボウであった。

たしかにこういう理由から、いまフランボウはこれまでとはいささか趣《おもむき》を異《こと》にした宝物を護送するという特殊任務につくことになったわけであるが、この宝物というのが、その材料からして前例がないほど高価であるばかりか、ほかにも価値を有している品だった。世界的に有名な聖物箱がそれで、殉教者聖ドロシーの遺物を蔵したこの器は、ある街のカトリック修道院にひき渡されることになっていたのであるが、国際的な宝石泥棒のなかでも一、二を争うほどの大物がこれに目をつけているとのことだった。盗賊が目をつけているのは、たぶん、その飾りに使われている金やルビーのほうで、その聖者の遺品としての純粋な価値のほうではないと考えられる。このような連想から、どういう風の吹きまわしか、フランボウはこの冒険的な任務の付き添い役には特に神父が適当だろうと考えたのだろう。なにはともあれ、いま、口より野心の炎を吐く勢いでこの盗難阻止の計画をまくしたてて神父を放そうとしなかった。

実際、フランボウは神父のハートなら暖炉《ハース》に巨人さながらにまたがり、意気揚々たる近衛騎兵の雄姿よろしく、大きな口髭をひねくりまわすのだった。

「なんとしても」と、大聖堂のあるキャスタベリーに通じる六十マイルの街道を頭に置いてフランボウは叫んだ。「なんとしても、あんた方キリスト教会の目と鼻の先で、こんな不敬な強盗が起こるのを許すことはできん！」

その聖なる遺物は夕刻前には修道院に着かないはずで、その護衛役もそれ以前に着く必要はなかった。第一、自動車でそこまで行くのにこの日の大半は費やされてしまうはずだった。そのうえ、ブラウン神父がさりげなく話したことに、途中に一軒ホテルがあり、そこへ都合のつきしだい顔をだしてくれという頼みを受けていたので、昼食はそこでとりたいということだった。

二人を乗せた車は、森の木立は密だが人家はまばらな田園を通っていた。ホテルなどの建物がしだいしだいにまれになってゆく、と、その頃から、まだ真っ昼間だというのにあたりが嵐の近きを思わせる薄明に閉ざされはじめ、濃い灰色の森の上に濃い紫色の雲が蔽《おお》いかぶさってきた。こういう薄明の妖《あや》しい静けさがたちこめたところではよくあることだが、風景がかろうじて保っている色彩に、陽光がさんさんと降りそそぐ物体には見られないひそやかな輝きがこもっていて、楓《かえで》の紅葉や、金色やオレンジ色の茸《きのこ》がそれ自体の暗い炎をもって燃えあがるかと思われた。こうした微光の空の下を行くうちにやがて森がしばらくとぎれ、灰色の壁にぽっかり大きな口が開いたようなところに出た。見ると、向こうにこの狭い地面を圧して建っている高いホテルが目についた。見たところ異国ふうの妙な建物で、その名は《青竜荘》だった。

この二人の仲間は前にもしばしば連れだってホテルをはじめ多くの人家に到着した経験があり、そこで妙な事態に遭遇したこともしばしばであった。が、その妙な事態の前ぶれがこのときほど早く現われたことは一度もなかった。二人の車が宿の濃い緑のドアまでまだ数百ヤードもあるというところを走っているうちにもう、その上下に細長い建物の濃い緑の鎧戸と色を合わせたその緑のドアが荒々しく開かれ、赤い毛を乱した女がとびだし、疾走中の自動車にとび乗りかねない勢いでまっしぐらにこちらへ駆けてきたのである。フランボウは車を止めたが、まだ車がすっかり止まりきらぬうちに女はその白い悲劇的な顔を窓からぐいと突きいれて、開口一番——

「あなたがブラウン神父さん？」そして息つぐ暇もなく続けて、「この人は誰？」

「このお方の名前はフランボウと申します」とブラウン神父は平静そのものの口調で言った。「ご用はなんでしょう？」

「ホテルへいらして」と赤毛の女はこういう事情の下《もと》だとしても、やはり異常というほかない唐突さで言った。「殺人があったんです」

二人は無言で車を降り、女のあとについて濃い緑のドアに向かった。そのドアから入ってみると、そこはいわば濃い緑の路地といったようなもので、杭《くい》や木の柱で囲まれ、それにからみつかせた葡萄《ぶどう》や蔦は、黒や赤やその他多くの陰気な色を帯びた四角ばった葉を見せていた。ここを通りぬけるとまたドアがあって、その奥は大きな休憩室といった構えの部屋になっており、錆《さ》びついた騎士の武器が戦利品として飾られ、家具類はどうも古いもののようで、いかにも雑然として見えた、物置き部屋の内部を想像すればよい。そこで二人は一瞬立ちすくんだのであった。大きな材木が一本、目の前にむっくりと立ち現われて近づいてくるように思えたからである。それほどまでに埃《ほこり》にまみれ、見すぼらしく、ぶざまであったのが、その実は材木ならぬ人物で、この男はそれまで続けていた永久の不動の姿勢みたいなものをこのようにして打ちきったのであった。

　おかしなことに、その男は、ひとたび動きだすや、機敏な礼儀正しさといったようなものを持っているらしかった。もっとも、それを見ていると、廷臣のように恭々《うやうや》しい脚立とか、おべっか使いのタオル掛けとかの、木製の継ぎ目が動くところを連想しないわけにはいかなかった。とにかく、フランボウもブラウン神父も、これほど位置づけのしにくい人物をかつて見たことがなかった。いわゆる紳士というわけではないのに、学者じみた埃っぽい洗練さというようなものを身につけており、どことなくかすかに破廉恥《はれんち》な、社会の落伍者をにおわせるところがある反面、どうもボヘミアンというよりは本の虫みたいな感じがする。身体つきは痩せていて顔は青ざめ、鼻が尖《とが》っていて、黒い顎鬚《あごひげ》も尖っている。額は禿《は》げあがっているが、後頭部の毛髪は長く、細く、こわばっていて、目の表情は青い眼鏡にすっかり隠されている。ブラウン神父は、こういう男にどこかで会ったことがある、それもだいぶ前のことだが、と考えた。が、もはやそれをはっきり名ざすことはできなかった。いまこの男を取りかこんでいるものは主として三流文学作品で、それも十七世紀のパンフレットの束だった。

「お話によりますと」とフランボウがおごそかに言った。「こちらで殺人があったとか？」

案内してきた女は赤毛の乱れた頭をひどくせかせかと縦に振った。この燃えたつような乱れ髪を除けば、取り乱した様子はすでにだいぶ消えていた。黒いドレスはかなり格式が高く、きちんとしてもいた。顔つきは力強く、美しかったし、どことなく心身ともに力のみなぎった感じで、それは、そばの青眼鏡の男のような男性と並べてみると特に、女性をたくましいものにする力強さだった。にもかかわらず、口に出してはっきりと返事をしたのは男のほうで、しかもこの男は一種おどけた慇懃《いんぎん》さをもって口をはさんだのだった。

「実はこの兄嫁が不運なことに」と事情を説明し始めたのだ。「ほんのいましがたひどいショックを受けたのです。あんなショックは、この人に味わわせてはいけないものだった。ぼくとしては、自分であれを発見して、ただその怖ろしい知らせを伝える苦しみだけに自分が耐えていたらどんなによかったことかと思っています。それが運悪くもフラッド夫人ご自身が年をとった祖父の死体を庭のなかで発見してしまったのです。祖父は長いこと病気でこのホテルに寝ついたきりでしたし、そのほかいろいろな状況から暴力が揮《ふる》われたことは明々白々なのです。それが、また実に妙な状況なのです。はい、まことに妙な状況でして」とここで軽く咳ばらいをした——なにか詫びたいことでもあるかのように。

フランボウは婦人のほうに一礼して心からのおくやみを述べた。それから男に向かって、「伺ったところ、あなたはフラッド夫人の義弟だそうですね」

「オスカー・フラッド博士と申します。わたしの兄、この方の夫はただいま商用で大陸のほうに旅行中で、この方がホテルの経営を見ております。祖父は半身不随で、年も相当とっていました。寝室を離れるなんてことは一度もなかったのです。ですから、これは実にゆゆしき状況で……」

「医者か警察を呼びにやりましたか？」とフランボウは訊いた。

「はい」とフラッド博士。「この怖ろしい発見をした直後に電話で知らせました。ですが、ここまで来るには何時間もかかるでしょう。このホテルは非常にへんぴなところにあります。キャスタベリーかその先へお行きになるお客様しか利用なさいません。そこで、ひとまずあなた方の貴重な助力を仰ごうと思いまして——」

「あんた方のお力ぞえをするというのなら」とブラウン神父はぶしつけに口をはさんだが、その態度がいかにもぼんやりしていたので、礼を欠いているとは見えなかった。「すぐに行って、その状況とやらを見たいものですね」

神父は自動人形のようにドアへ向かって歩を進めた。途端に、肩で押し割るようにして入ってきた男とぶつかりそうになった。しっかりした大きな身体つきの青年で、黒い髪は手入れされずに乱れていたが、片方の目がかすかにいびつであるのを除けば、まず美男子の部類だった。その片目のせいで男はなにやら不吉な様子に見えた。

「なんてことをしているんだ！」とその男はがなりたてた。「人を見れば誰にでも見境なく話してしまう――少なくとも警察が来るまで待てないのか」

「警察のことならわたしが責任を負う」とフランボウはいささか凜《りん》として言った。自分がこの事態の掌握者となったことに急に感づいた態度だった。フランボウはそのまま戸口に向かったが、その身体は大柄の青年よりもずっと大きく、口髭はスペイン闘牛の角なみにすさまじかったので、その青年はあとずさり、どうもいましがたの剣幕とは不似合いに、一人なげだされて、あとに取り残された恰好となった。その隙に一同は庭に出て、石畳の道を桑畑のほうに登っていった。道々フランボウは神父がこんなことを博士に尋ねているのを聞いた。「あの人はどうもわたしどもをよく思っていないようですね。ところで、あれはどういう方なんです？」

「ダンというんですが」と博士はいくらか遠慮したような物腰で言った。「兄嫁はあの男にこの庭を手入れする仕事を与えました、大戦で片目をなくしておりますもので」

桑畑を通っていると、庭の風景は、空よりも地上の万物のほうが明るいときに現われるあの豊かだが不吉な効果をかもしだしていた。後方から洩れてくる途切れがちな陽光が、前方の木木の梢《こずえ》を淡い緑の炎のように際立たせ、背景の空は嵐の接近とともに刻一刻と黒ずんで紫色と菫《すみれ》色のあらゆる段階をたどって変化しつつあった。うしろから照りつける光は、あちらこちらの芝生や花壇にもさしこんで、それに照らしだされたものはなんであれ、明るくなったためにかえって神秘的な陰気さとひそやかさを帯びるのだった。花壇には点々とチューリップの花が暗黒色の血のしずくのように眺められ、そのあるものは黒そのものとさえ見えた。その列の終わるところには、ほかでもない百合の木《チューリップ・ツリー》が立っており、それを見てブラウン神父は、一つには記憶の混乱から、これを通称ユダの木というアメリカハナズオウの木といっしょくたにしてしまいかねなかった。ユダの木とは、キリストを裏切ったユダが首をくくったのがこの種の木だったということからきている名称である。この連想ないしは混同を助長していたのは、その木の枝から干あがった果物のようにぶらさがっていた老人のしなびて瘦せ細った屍《しかばね》だった。吹きつける風にその長い顎鬚がグロテスクにゆれていた。

　そのうえにかぶさっていたのは、単なる暗黒の恐怖以上のもの、すなわち明るい日光の恐怖だった。ときどき思い出したように照りつけてくる日光が、木も人も派手な色に染めあげて、舞台装置さながらにしていたのである。木は花ざかり、そして死体には、かすれた孔雀緑《くじゃくみどり》の部屋着がだらりとたれ、その左右にゆれている頭には紅の喫煙帽がのっていた。寝室用の赤いスリッパをはいていたが、その片足は脱げて、草の上に鮮血のしみのように落ちていた。

　けれども、フランボウもブラウン神父もまだこれらの物を見てはいなかった。二人が見つめていたのは、この死人のしなびた身体のなかほどから突きでているらしい異様な物体だった。目をこらすうちに、どうやらそれが十七世紀時代の刀剣の黒々としてかなり錆びついた鉄の柄《え》であることがわかり、その刀身は完全に胴を貫いていた。二人はこれを見つめたままほとんど棒立ちになっていたが、しまいに落ち着きのないフラッド博士が、二人の鈍さかげんにしびれを切らしてきたらしかった。

「ぼくに解《げ》せないのは」と博士は苛立《いらだ》たしげに指をならして言った。「この死体の現状なんです。それでも、ぼくにはもう、一つ考えが浮かんでいるのです」

フランボウは木に近づいて、その剣の柄を虫眼鏡でしきりに調べていた。ところが、ある奇妙な理由によって、まさしくその瞬間に神父は天邪鬼《あまのじやく》にも四角独楽《ごま》のようにくるりとうしろを向き、死体のほうに背中を向けて、正反対の方向をうかがいだした。あと一瞬というところで見そこなうところだったが、そちらの遠い庭はずれでフラッド夫人の赤毛の頭が一人の青年のほうに向いているのを神父は見てとった。青年の姿は、あまり遠くて誰とも見定めがつかなかったが、ちょうどモーターバイクに乗ろうとしているところだった。青年の姿はたちまち消えて、あとには遠ざかるモーターの音だけが残された。フラッド夫人はそれから一同のいるほうに向かって庭を横ぎって歩きはじめた。と同時にブラウン神父も向きを変えて、剣の柄と、吊りさがった死体を丹念に調べだした。

「三十分ほど前に見つけたばかりなんですね」とフランボウは言った。「その直前に、このあたりに誰かいませんでしたか？　この人の寝室でも、その付近でも、あるいは庭のこの辺にでも、とにかく誰か人がいませんでしたか、発見前の一時間くらいのあいだ？」

「いいえ」と博士は明確に言った。「これは非常に悲劇的な事故なんです。兄嫁は食料品置き場にいました。母屋《おもや》の反対側にある別棟の小屋です。ダンは裏庭に出ていました。それもやはり同じ向こう側にあります。ぼくは、あなた方とお会いしたあの部屋で本を漁《あさ》っていました。女の召使いが二人いますが、一人は郵便を出しにいき、一人は屋根裏部屋におりました」

「で、その人たちのなかで」とフランボウはしごく物柔らかに聞いた。「その人たちのなかでどなたかこのお気の毒な老人と仲の悪かった人はおりませんか？」

「この人は他の人たちからあまねく慕われていました」と博士は厳粛に答えた。「誤解があったとしても、ごく穏やかなもので、現代ではありふれた種類の誤解でした。この老人は、昔ながらの宗教上の習慣に愛着を持っていましたが、娘さんご夫婦はもっと幅のある見解を持っていたんだろうと思います。それだけのことじゃ、こんな怖ろしい、荒唐無稽《こうとうむけい》な暗殺をするなんてはずはありません」

「それは、その現代的な見解というやつがどの程度まで幅があったか――と言うよりは狭かったか――ということによって決まることです」

このときフラッド夫人が近づきながら庭のかなたから声をかけ、幾分じれったそうに義弟にこちらへ来いと呼びかけるのが聞こえ、博士は急ぎ足でそちらに行き、すぐに声の届かぬところへ出てしまった。しかし、その途中でお詫びのしるしに手をひと振りしてから、人差し指で地面をさした。

「この足跡、とても曰《いわ》くがありそうですよ」と相変わらず妙な口調で言った。葬儀を見世物にしているショーマンのようだった。

二人の素人探偵は顔を見あわせた。「もっとほかに曰くのありそうなことが二、三ありますよ」

「うん、そうとも」と神父はいささかぼんくらじみた様子で、草を見つめながら言った。

「どうもおかしい」とフランボウ。「いったん首に綱をかけて殺したうえで、わざわざ剣を突き刺すなんて、わけがわからない」

「どうもおかしい」とブラウン神父。「心臓をひと突きして殺した人間の首に、わざわざ綱をかけて引きあげるなんて、わけがわからない」

「それは単なる反対のための反対ですよ」と友人は抗弁した。「ひと目見れば、この人が生きているうちに刺されたのでないことはあきらかです。もしそうだとしたら、もっと出血が多く、傷口だってあんなに閉じてはいないでしょう」

「ひと目見れば」と神父は短い身の丈と近視の目で、いかにもぎごちなく見あげて言った。「この人は生きているうちに首を絞められたのでないことはわかります。このロープの輪の結び目を見なさい、ひどくぶきっちょに結びあわされているから、ロープがねじれて結び目が首からはずれている。これじゃ人は絞め殺せません。この人はロープをかけられる前に死んでいた。そしてまた、剣を突き刺される前に死んでいた。となると、実はどのようにして殺されたのであるか?」

「どうでしょう」とフランボウは提案した。「母屋へ戻って、この人の寝室や、そのほかのものを調べてみませんか」

「そういたそう」とブラウン神父。「しかし、まずこの足跡に目をとおしておいたほうがよさそうですな。こちらの、この窓のほうの第一歩から始めましょう。うん、この舗装した庭道には足跡がついていない。ついていてもいいんだが。いや、これだって、ついていてもいなくてもいいわけだ。ほう、この芝生はあの人の寝室の窓の真下ですな。ここにはあの人の足跡がはっきりついている」

神父は悪い兆《きざ》しを見るように目をぱちくりさせて足跡を眺めると、注意深く庭の道をまた木のほうへたどり、ときたま威厳のない恰好でひょいと背を屈めては地面のなにかを見ながら歩いていった。やっとフランボウのいるところまで来ると、神父はなにげないおしゃべりの口調で言った——

「どうだ、あそこにとてもはっきりと書かれている物語を知っているかな？　物語自体は、はっきりしているとは言えないんだが」

「はっきりなんてものじゃありませんよ」とフランボウ。「醜悪だと言いたいですね」

「さて」とブラウン神父。「あの地面に老人のスリッパでゴムのしるしも鮮やかに、はっきりと記されているその物語と申すのは、この半身不随のご老体はまず、あの窓からとびだし、この小道と平行に並んでいる花壇を一所懸命駆けてきた、それも咽喉《のど》を絞められ、胸を刺される楽しみのために有頂天になって。この人がどんなに有頂天になっていたかは、片足でぴょんぴょんとび跳ねて、ところによっては横向きにとんぼ返りを打っていることでわかろうというものです」

「やめてくれ！」とフランボウは憤慨して叫んだ。「いったい全体、このパントマイムがどうしたと言うんです？」

ブラウン神父はただ眉を吊りあげ、その埃のなかの象形文字を穏やかな身ぶりで示した。

「窓からここまでの半分までは片方のスリッパの跡しかなく、ところどころに自分で押しつけた手の跡がついているのですよ」

「足をひきずってきて、転んだんじゃありませんか?」とフランボウ。

ブラウン神父は首を振った。「そうなら、少なくとも手と足、あるいは膝と肘《ひじ》を使って立ちあがろうとしたはずです。ところが、ほかには何の跡も残っていない。もちろん、石畳の小道がすぐ近くにあるが、そこにも跡は何もついていない。割れ目の土のところには、ついているかもしれませんがね。とにかく、これはいかれた石畳ですよ」

「まったくいかれた石畳だ、いかれた庭だ、いかれた物語だ!」フランボウはそう叫んで暗鬱《あんうつ》の気に蔽《おお》われた嵐寸前の庭を、曇った表情で見やった。庭を通りぬけている曲がりくねった小道は、そう思って見れば見るほどに、この《いかれた》という妙な形容詞を不思議とこの情景に似つかわしいものにしているのだった。

「さて今度は」とブラウン神父は言った。「上へあがって部屋を見せてもらいましょう」二人は寝室の窓からあまり離れていないドアから入ったが、そのとき神父はちょっと立ちどまって、落ち葉を掃きよせるありふれた庭箒《にわぼうき》が壁に立てかけてあるのを眺めた。「あれが見えますか?」

「箒じゃありませんか」とフランボウはあっさりと皮肉に言った。

「手ぬかりだ」とブラウン神父。「この妙な場所で初めて見た手ぬかりだ」

二人は階段をのぼり、老人の寝室に入った。そこでひととおり見わたしただけで、この一家の基盤となっていたものについても、その分裂についても、主な事実が判明した。ブラウン神父は初めから、この家がカトリック信者の家ではないかと思っていた。少なくとも以前はそうであったのではないか、ただし、その住人の少なくとも一部は信仰を失った者か、あるいはたるみきったカトリック信者だったにちがいない。この祖父の部屋にあった絵や像、いまだに残されていた積極的な信仰心はすべてこの老人にかぎられており、身内の者たちはどういう理由からか異端者になりはてたことを雄弁に物語っていた。しかし、いくらそれが事実であるとしても、これだけでは最もありふれた手段による殺人の説明さえつけかねる、ましてや、こんなに桁はずれの殺人の説明はつけようがないではないか。「えい」と神父はつぶやいた。「この事件では殺人の部分がいちばん異常性が少ないくらいだ！」この《異常性》という言葉を偶然使ったとき、一条の光明が神父の顔にそろそろとさしこみはじめた。

フランボウは、故人の寝台の脇に立っていた小さなテーブルの椅子に腰をおろして、水の入った瓶の近くの小さな盆に転がっている三、四粒の白い丸薬のようなものを思案ありげに眉を寄せて眺めていた。

「男か女か、犯人は」とフランボウは言った。「あの死人が絞殺されたか、刺し殺されたか、ないしはその両方であったことをわたしたちに思いこませたかったのですよ、どうしてそんなふうにしたかったのか、理由はさっぱりうなずけませんがね。被害者は絞め殺されたのでも、刺されたのでもない。それを、どうしてそうだというふうに見せかけたのか？　もっとも論理的な説明は、被害者の死に方は、それだけで加害者が誰であるかを暗示するような特殊な死に方だったのです。たとえば毒殺されたとしてごらんなさい。そして、関係者のなかに特に一人いかにも毒を使いそうな人がいるとしてごらんなさい」

「そう」とブラウン神父はそっと言った。「あの青眼鏡の方は博士でしたね」

「この丸薬は慎重に調べてみます」とフランボウ。「でも、なくなったら困るな。見たところ、水にとけてしまいそうだ」

「それを科学的に調べるにはだいぶ時間がかかるでしょう」と神父。「その前に警察医がここに着くかもしれない。だから、その薬はなくさないほうがよいですね。もしもきみが警察医の来るのを待つつもりなら」

「この問題を解決するまでは、ここを離れないつもりです」とフランボウは言った。

「それじゃ、永久にここにいることになりますな」とブラウン神父は涼しい顔で窓の外を見ながら言った。「わたしなら、とにかくこの部屋にはいつまでもぐずぐずしていませんがね」

「つまり、わたしにはこの問題は解けないと言うのかね？」と友人は訊いた。「どうして解けないんです？」

「水に溶けないからですよ。さよう、血にも溶けません」と神父は言うと、暗い階段を降りて、暗くなりかかった庭に出た。そこで神父はまた、いましがた窓から見たものを見たのだった。

雷模様の空の熱気と重苦しさと、暗鬱とが一段と低くあたりの風景を押しつけているようだった。雲に征服された太陽の光は、しだいにせばまる晴れ間のところで月の光よりもなお青白く際立っていた。大気には雷のうごめく気配がみなぎり、風はいまやそよとも吹きつけなかった。庭の彩《いろどり》さえも暗黒の豊かな諧調《かいちょう》としか見えなかった。ところが、一つだけ、黄昏《たそがれ》の鮮やかさといった感じでいまだに輝いている色があった。この家の主婦の赤毛だった。夫人は両手をその髪に突っこんだままの姿勢で硬直したように立ちすくみ、目をむいていた。この日食さながらの情景と、それからその意味についての神父自身の疑いの奥深くにひそんでいたなにものかとによって、あの神秘的な詩句が記憶の表面に浮かびあがり、神父は思わず知らず口ずさんでいた。「ひそけき地ありて、欠けゆく月のもと、いと荒れすさびたる魔性の野に夜な夜な慟《な》くは悪魔の恋人を想う女」コールリッジの一節を口ずさむほどに神父のつぶやきはいよいよ激し、「聖母マリア、神の御母《みはは》よ、われら罪人《つみびと》のために祈りたまえ……そうなのだ、まさにこれなのだ、慟くは悪魔の恋人を想う女」

その女に近づいてゆく神父はためらいがちで、震えさえしていた。しかし、神父はいつもの冷静な口調でしゃべった。まじまじと夫人を見つめていとも熱心に告げたのだった、いかにも狂気じみた醜悪さに包まれてはいるが、この悲劇の偶有的な付加物ゆえに病的になることはないのですよ、と。「お祖父《じい》さんの部屋にあった絵は、わたしたちが目《ま》のあたりにしたあの醜い絵姿よりもずっと本人に近いのです」と神父は重々しく言うのだった。「お祖父さんはいい人だった、なにかがわたしにそう告げています。お祖父さんを殺した人たちがその肉体にどんなことをしたかは問題ではないのです」

「祖父の聖画や聖像にはうんざりしているんです！」と夫人は顔をそむけて言った。「どうして聖画や聖像は自分を守ることができないんでしょう、もしあなた方の言うようなものでそれがあるならば？　反逆者たちが聖処女の頭を叩きおとしても、何の罰を受けることもないのです。いったい、何の意味があるというんです？　わたしたちを非難することはできません、

《人間》が《神》よりも強いことをわたしたちが発見したからといって、わたしたちを非難などできるものではありません！」

「なんと申しても」とブラウン神父はしごく穏やかに言った。「わたしどもに対する神の忍耐強さをさえも神の欠点にしてしまうというのは、狭い了見ですな」

「《神》は忍耐強く、《人間》は性急なのかもしれません」と夫人は答えた。「そこでわたしたちが好きなのは、性急だとしましょう。あなたはそれを冒瀆《ぼうとく》だとおっしゃる、でもそれを止めるわけにはゆきません」

ブラウン神父は妙なふうにわずかばかり地面から跳びあがった。「冒瀆！」とひとこと言うと神父は急にうしろを向いてあらたに断をくだした様子で、きびきびと戸口のほうに歩きだした。それと同時にフランボウが戸口に現われた。興奮で青ざめ、手に丸めた紙を持っている。ブラウン神父はしゃべろうとしてすでに口を開いていたが、せかせかした友人がお先にしゃべりだした。

「とうとう手がかりをつかんだ！」とフランボウは叫んだ。「この丸薬はどれも同じに見えるけど、実際は違うんだ。いいですか、わたしがこれを見つけたとき、あの片目の庭師が白い顔を部屋のなかに突きだしたんですよ。やつは大型の拳銃を持っていた。わたしはそれを払いおとし、やつを階段の下に投げとばした。でも、わたしはようやくすべてがわかりかけてきたんです。もう二時間もここにいれば、すっかり仕事が片づくでしょう」

「それではきみの仕事は片づくまい」と神父は言ったが、その声の響きはいつもの神父らしくないものだった。「ここにはあと一時間もいられません。一分間だっているわけにはいかない。すぐにここを離れるんだ！」

「なんだって！」とフランボウは度肝を抜かれて叫んだ。「せっかく真相に近づきかけたのに！　わたしたちが事件の核心に近づきつつあることは、やつらがわたしたちを怖がっていることからわかるでしょう」

ブラウン神父は、石のような不可解な顔つきで相手を見やった。

「わたしたちがここにいれば、あの人たちは怖がらないのだ。ここにいなくなったら初めて怖がるでしょうな」

だいぶ前から二人は、フラッド博士のそわそわした姿があたりの妖しい靄《もや》のなかに見え隠れしているのに気づいていた。それがいま、世にもすさまじい身ぶりをしながら前面に躍り出て

――

「待った！　聞いてくれ！」と叫んだのだった。「真相を発見したんです」興奮した博士はこう言うのだった。

「それなら所轄の警察の方に説明なさい」とブラウン神父は手短かに言った。「まもなく来る頃です。でも、わたしどもは出かけねばなりません」

博士はたちまち感情の渦巻きに投げこまれたようだったが、結局はまた表面に現われでて絶望的な叫びをあげた。両腕を十字架のようにひろげて二人の道をふさいだのである。

「それもよかろう！」と博士。「もうあんた方二人をたぶらかすつもりはないんです、真相を

見つけたというのは本当なんです。真実だけを告白いたします」

「それならこの教区の神父さんに告白なさるがよい」とブラウン神父は言いすて、庭の門めがけてすたすたと歩きだし、友人が目を丸くしてそれを追った。神父が門まで行きつかぬうちに、さらに一人の人物が風のようにその前に駆けよった。庭師のダンはそこでなにやらよく聞きとれぬ悪口雑言《あっこうぞうごん》を神父に浴びせかけた。仕事をうっちゃって逃げてゆく探偵が、どうのこうのと言う文句らしかった。と、神父は危ないところで身をかわし、棍棒のように振りまわされた大型の拳銃の痛打をよけた。ところが、ダンのほうはフランボウの拳——こちらは巨人ヘラクレスの棍棒そっくり——の一撃を間一髪のところでよけそこない、二人は、小道の上に大の字に伸びたダン氏を尻目に門を通りぬけ、無言のうちに車に乗りこんだ。フランボウは一度だけ短い質問を発しただけであり、ブラウン神父はそれに答えて「キャスタベリー」と言ったきりだった。

　長い沈黙を最後に破って神父はしみじみ語った。「あの嵐はあの庭だけのもので、その源は魂のなかの嵐なのだとさえ思えたな」

「神父さん」とフランボウ。「あなたと知りあってからもう久しいので、あなたが自信ありげなときには黙従するにかぎるとわかっていたのです。でも、あの魅力的な仕事からわたしをひき離したのは、なんのことはない、ただあの雰囲気が気にくわなかったからだなんて言うんじゃないでしょうね」

「たしかに怖ろしい雰囲気でした」とブラウン神父は静かに答えた。「すさまじく、情熱的で、重苦しかった。それにもまして怖ろしかったのは、あれには憎悪というものがまるでなかったことだ」

「誰かが」とフランボウは示唆した。「お祖父《じい》さんを少々毛嫌いしていたようですね」

「誰一人として、誰に対しても嫌悪の情など露ほども抱いていなかった」とブラウン神父はうめくように言った。「それこそ、あの暗黒劇の怖ろしい点なのだ。愛だったのですよ」

「愛の表現としちゃ、ずいぶん妙でしたね——相手の首を絞め、剣をその身体に突き刺したんですからね」と友人は述懐した。

「あれは愛だったのです」と神父は繰り返した。「そして愛があの家を恐怖で満たしたのです」

「とんでもない」とフランボウは抗議した。「まさか、あの美女が眼鏡の蜘蛛野郎《くもやろう》に惚れていたなんて言うんじゃないでしょうね」

「いや」とブラウン神父は答えて、もう一度うめいた。「夫人が惚れていたのは自分の夫です。身の毛がよだつようだ」

「それならばあなたがいつも推奨している状態じゃありませんか」とフランボウはやり返した。

「夫婦の愛を不法と言うわけにはいきませんよ」

「そういう意味で不法なのではありません」とブラウン神父は答えた。そして肘をついたまま急に首の向きを変え、新しい熱をこめて語りだした。「男女の愛こそ神の第一の命令であり、永遠の栄光であることをわたしが知らないとでも言うのかね。きみは、我々キリスト教徒は愛と結婚をたたえないのだなどと思っているばか者の一人なのかね。エデンの園と、カナのワインの奇跡のことをわたしが知らずにいるとでも思っているのですか。愛の力は、神の力であるがゆえにこそ、それが神に背くときでさえもあの怖ろしいエネルギーをもって暴れまわるのです。エデンの園がジャングルと化すときでも、それは依然として栄光あるジャングルなのだし、カナのワインが二度目の醸造によってカルヴァリー（ゴルゴタの丘）の酢と化すときにも同様なのです。こういったことをわたしが知らぬとでも思っておられるのか」

「もちろんご存じでしょう」とフランボウ。「しかし、あの殺人の問題について、わたしはまだあんまりわかっていないんですよ」

「あの殺人は解けません」とブラウン神父。

「どうして？」とフランボウ。

「解きたくとも、そもそも殺人が存在しない」

フランボウはびっくり仰天して口がきけなかった。神父がそこでまた穏やかな調子で話しはじめた――

「妙なことを一つ教えましょう。あの女の方が悲しみにくれて、すさまじく嘆いていたとき、わたしはあの人と話をした。だが、あの人は殺人についてはなにも言わなかった。殺人という言葉を口に出しもしなければ、殺人をほのめかしさえしなかった。あの人がしきりに口にしたのは冒瀆という言葉だった」

ここで神父は急にまた話題を転換して、つけ加えた。「虎のティローヌのことを聞いたことがありますか？」

「ありますか！」とフランボウは叫んだ。「そいつこそあの聖物箱を狙っている男で、特にわたしが任命されてその犯行を防ぐことになっている曲者《くせもの》ですよ。この国にやってきたギャングであんなに凶悪な者はないでしょう。もちろんアイルランド人ですが、狂ったように教会を非難する連中の一人です。よくある秘密結社で悪魔崇拝に手を染めているんでしょう。とにかく、陰気な趣味を持っていて、見かけは邪悪だが実際はそれほどじゃない荒唐無稽な手品みたいなものをやりたがるんです。それ以外の点では、それほど邪悪じゃありませんね。殺しはめったにしないし、残酷なことにも手をださない。しかし、他人をあっと言わせること、特に自分の仲間たちを驚かせることが大好きです。教会で盗みを働いたり、死骸を掘りおこしたり、そんなことです」

「さよう」とブラウン神父。「みんな符合しますな。もっと早く気がつくんだった」

「たった一時間の調査じゃ、なにも気づく暇がないじゃありませんか」と探偵は弁解がましく言った。

「まだなにも調査することがないうちに気づくべきだった」と神父。「きみが今朝来る前に気づくべきだった」

「どういう意味です？」

「電話だと人の声はずいぶんまちがって聞こえるものだということがこれでわかった」と、ブラウン神父はつくづく思い出すように言った。「今朝、わたしはこの事件の三つの段階を全部聞いているんです。しかも、それをわたしは取るに足らぬことだと思った。まず初めに女の人から電話があって、あのホテルにできるだけすぐ来てくれと言われた。それはなにを意味していたか？　もちろん、あのお祖父《じい》さんが死にそうだったということです。それからまた同じ女の電話で、もう来てもらう必要はないと言ってきた。それはなにを意味していたか？　もちろん、あのお祖父さんが死んだということです。お祖父さんは寝床のなかで安らかに往生されたのです。老衰ゆえの心臓麻痺といったところでしょう。そのあと、同じ女の人から三度目の電話があって、やっぱり来てもらいたいということだった。これはなにを意味していたのか？　ああ、おもしろいのはここのところですよ」

ちょっと息を継いでから神父は先を続けた。「妻の崇拝を受けている虎のティローヌは、またしても狂気のような考えにとりつかれていた。しかし、それは結構ぬけめない考えではあった。きみがやつを追いつめていること、きみがやつを知っていてやつの手口にも詳しく、聖物箱を救いにやってくるはずだということ、それをやつは聞き知った。わたしもこれまでときどき役に立ったことがあるのを、やつはやっぱり話に聞いていたかもしれない。とにかく、わたしらを途中でひきとめようと思ったやっこさんは、殺人狂言をその手段に使った。だいそれた、怖ろしいことだが、それだって殺人ではない。おそらくやつは野蛮な常識とも言うべきもので奥さんをおどかしたのでしょう、懲役を逃《のが》れられる手はたった一つ、こういうことに利用しても別に痛くもかゆくもない死体を利用することだけだ、とね。とにかく、奥さんとしてはやつのためなら水火もいとわない覚悟だった。だが、あの首吊り仮装劇には不自然な醜悪さを感じ、それだからこそ、冒瀆がどうのこうのと語ったのです。奥さんが考えていたのは、聖なる遺物をけがす、ということでした。同時に、臨終の床をけがしたことも頭にあったのです。あの弟さんはよくあるいいかげんな《科学的》な反逆者で、不発弾をいじくりまわすタイプです。落ちぶれた理想主義者と言ったらよいでしょう。それでも、虎のティローヌには心をささげていた。庭師も同様です。やつがこれほど多くの人から慕われていたというのは、やつのいい面でしょう。

些細なことだが一つ、とても早くからわたしの推理を活動させたことがあった。あの博士がひっくり返していた古本の山のなかに十七世紀のパンフレットが一束あったが、その一冊の題名が『我が主君スタッフォード卿の裁判と処刑の真相』だったのをわたしは見てとった。スタッフォード卿と言えば、あの教皇陰謀事件で処刑された人で、その事件の発端は、歴史上の推理小説的事件の一つであるサー・エドモンド・ベリー・ゴッドフリーの死だった。ゴッドフリーは溝のなかで死体となって発見されたが、その謎の一つとして、絞殺された跡があったばかりか自分の剣で刺されてもいたという事実があった。わたしはすぐに考えましたよ、この家の誰かがあのトリックをこの本から教わったのだ、とね。しかし、その人がこれを人殺しの手段に使いたかったのだということはありえない。ただ謎を作りだすために使いたかったのだとしか考えられません。そこまでくると、わたしはこれがあれ以外の点にも適用されることを見破った。どれも悪魔じみたことだけれども、問題はその悪魔性だけじゃない。あれには口実めいたところがあった。と言うのも、三人があの怪事件をできるだけ矛盾《むじゅん》だらけの複雑なものにして、わたしらがそれを解決するのに長い時間をかけるようにさせねばならなかったからです。

だからこそ、気の毒なご老人を死の床からひきずりだして、その屍に片足とびやら横転やら、とうていできるはずのないことをやらせたというわけだ。彼らはとけない問題をわたしらに突きつけておかなければならなかったのですよ。自分たちの足跡はあの庭道から掃きぬぐって、その箒を置き忘れたのです。幸い、手遅れにならぬうちに見破りましたがね」

「見破ったのはあなたですよ」とフランボウ。「わたしはやつらが残して行った二番目の手がかり、あの種々とりまぜた丸薬でちりばめられた手がかりにかかずらって、もっとぐずぐずしていたでしょう」

「まあ、なんとか逃げてきたわけです」とブラウン神父は気楽そうに言った。

「そういうわけで」とフランボウ。「いまわたしはキャスタベリーへの道をこんなスピードでまっしぐらに車を駆っているんですな」

その夜、キャスタベリーの修道院と教会で続出した出来事は、俗事から遠くはなれた僧たちの度肝を抜くに充分なものだった。聖ドロシーの聖骨器は、金とルビーで豪華に飾られた箱に収められたまま、修道院の礼拝堂に近い控えの間に一時安置され、のちほど聖別式の最後に行われる特別な礼拝の本尊として行列の先頭にささげられて搬入される手《て》筈《はず》になっていた。さしあたって一人の僧がそれを守護しており、緊張して油断なく見張っていた。この僧もその仲間の僧たちもみな、忍びよる虎のティローヌの危険な影をひしひしと感じていたからである。だから、低い格子のついた窓が静かに開きはじめ、黒い影が一つそのすきまから黒蛇のように這いこんでくるのを目にするや、僧はがばっと立ちあがり、躍りかかってそれをつかんだ。男の腕と袖だった。それは上品なカフスと瀟洒《しょうしゃ》なダーク・グレイの手袋で終わっていた。それをしっかりと握りしめるや、僧は声を張りあげて助けを求めた。と、そのとき一人の男が僧の背中のほうにあたるドアから駆けこんできて、僧がテーブルの上に置き残してきた聖なる箱をひったくった。ほとんどそれとときを同じくして、窓に突っかえていた腕がはずれて僧の手のなかに残った。藁人形の腕だったのである。

　虎のティローヌは前にもこのトリックを使ったことがあったが、この僧にとってこれは新奇な手口だった。幸い、少なくとも一人の人間には虎のティローヌの手口は知られつくしていた。その人物がいま、まさに虎がすりぬけようとしていたその戸口に大きくひねった口髭も勇ましく巨体を現わしたのである。フランボウと虎のティローヌは、たじろがぬ目つきで互いの顔を見つめあい、ここに軍隊式の敬礼とも言うべき挨拶《あいさつ》をかわしたのだった。

　いっぽう、ブラウン神父はこっそり礼拝堂に入って、以上のような見苦しい事件に巻きこまれた数名の人たちのために祈っていた。けれども、神父はむしろにこやかに微笑しており、真実のところ、ティローヌとその嘆かわしい一族については絶望などしておらず、かえってもっと体面を重んじる多くの連中よりはあの一族に希望を抱いているほどだった。やがて神父の心は、この場所柄とこの日の特別な行事が持つもっと壮大な光景に大きく開かれていった。いささかロココふうのその礼拝堂のはずれにある黒と緑の大理石を背景にして、殉教者をたたえる祭日に司祭がつける紅の衣装が際立ち、さらにそれを背景にして、一段と火のように赤いものがきらめいていた。赤く燃えたつ炭火のようなその赤さ。ほかでもない、あの聖骨箱のルビーであり、聖ドロシーの薔薇《ばら》だった。ここで神父は再びこの日の妙な出来事に、そして自分が手を貸した冒瀆行為に身をわななかせていたあの婦人に、投げかけるべき一つの考えを抱いた。なんのかのと言っても、聖ドロシーもまた異教徒の愛人を持っておられた。しかし、あの方はその男を征することも、その異教への信仰を打ち破ることもなかった。聖ドロシーは自由に、そして真理のために死んでいった。そして天国から愛人に薔薇を送りよこされた……

神父は目をあげ、香の煙と、ゆらめく蠟燭《ろうそく》の光のヴェールを透かして、聖別式が終わりに近づき、行列が待っているのを見てとった。時間と伝統に蓄積された富というものが、いまこそひしひしと、さながら隊伍をなして果てなき時代から時代へと行進する群衆のごとく、神父の胸に迫ってくる。それらの富よりも一段と高く、かすむことのない炎の環のごとく、死すべき人間の真夜中の太陽のごとく、あの大いなる顕示台が穹窿《きゆうりゆう》の暗い影を背に赤々と燃えあがり、暗黒の宇宙の謎を際立たせるかと思われた。ある人たちは信じている、この謎もまたとけえぬ問題であることを。そして他の人たちはそれに劣らぬ確信を持って信じている、それには一つの解決があるのみだということを。

# 村の吸血鬼

わずかな家数しかないポタース・ポンドの小さな村をいよいよ小さく見せて、ピラミッドさながらに二本のポプラが立ち並んでいる丘の上、その小道の曲がり角に、あるとき、えらく目だちやすい仕立てと色あいの衣装をつけた男が歩いていた。鮮やかな深紅色の上着、匂わんばかりの黒い巻き毛には白い帽子をはすにかぶり、たれた毛先は、バイロンばりにひらめかせた顎鬚《あごひげ》と接していた。

いったいどうして、こんな途方もなく古めかしい装束をしていながら、まるで流行の先端でございと言わんばかりに肩で風を切るようにしてそれを着ていたのかは、最後にこの男の宿命の神秘が解決された際にやはり解決された多くの謎の一つであって、いまここで問題なのは、この男、例のポプラを通りすぎたところで消えてなくなってしまったらしいことなのである。あたかもそれは、ひろがってくる薄明の暁《あかつき》のなかへ溶暗していったか、あるいは朝風に吹きさらわれていったかのような消えっぷりだった。

それから一週間後に、やっと男の死体が四分の一マイルほど離れた《穀倉《グレンジ》》と呼ばれる家へと達している段状の庭の急な岩地に打ち砕かれているのを発見された。《グレンジ》は貧相な家で、鎧戸が締めきってある。ところで、この男は消えてなくなった直前、道端の人たちを相手になにやら言い争いをしていたらしく、特にこの村のことを「みじめな寒村《ハムレット》」とこきおろしていたのを、たまたま立ち聞きした人があって、結局、男は村人たちの愛郷心を極度に刺激した結果、村人の手にかかって倒れたのだろうということになった。少なくとも、この近くの医者の証言では、頭蓋骨に加えられた猛打は、棍棒のような物によるにすぎないようだが、充分死因になりうるものだということだった。これは、ずいぶん野蛮な田舎の若い衆による襲撃だという説と、充分符合する事実だった。ところが、いざ特定の若い者を嗅ぎだす段になると、誰もその手がかりを見つけた者はなく、調査の結果は、素姓不明の人たちによる殺人という判定が出た。

それから一年以上もたって、この問題は奇妙なかたちで再燃した。この村に一連の事件が起きて、いま、マルボロウ博士という人が汽車でポタース・ポンドに向かいつつあった。このマルボロウ氏は親しい人たちからいみじくも桑の実《マルベリー》と呼ばれていたくらい、そのぱっとしない肥満体と紫色の顔にどことなく豊かな果実めいたところのある人で、この旅行には同伴者がおり、それは、博士がこういう問題が起こったときによく相談したことのある人だった。博士は、ワインのようにどんよりとした外見にもかかわらず、鋭い目をしており、実際、大した分別を持つ人物だった。その分別をいま博士はブラウンという（ずっと前に、ある毒殺事件で知りあった）小柄の神父さんとの相談において、みごとに示しつつあると考えていた。小さな神父は博士の向かい側にすわって、辛抱強い赤ん坊が訓令を拝聴しているような具合に耳を傾けていた。

博士が詳細に説明しているのは、この旅行の真の理由だった。

「その紅の服を着た紳士は、ポタース・ポンドをみじめな寒村にすぎぬと言ったそうですが、わたしはそれに賛成できません。しかし、たしかにあれは人里離れた僻地の村にはちがいなく、そのため、まるで百年前の村みたいに現実ばなれした感じがするのです。独身女《スピンスター》はまぎれもない紡ぐ女《スピンスター》で、なんと、そういう女たちが糸を紡いでいる姿が目に見えてくるほどなのです。婦《レデ》人《イー》だって、ただの婦人じゃない、淑女なんです。薬屋《ケミスト》は薬屋じゃなくて、薬剤師だ。その薬剤師を補佐するものとしてかろうじてわたしのような医者の存在を認めてくれてはいますが、年がわずか五十七で、この州に来てから二十八年しか経っていないというので、青二才の新米だと思われている始末です。村の弁護士は二万八千年も前からこの村を知っているような顔をしているし、ディケンズの挿絵そっくりの老提督さんの家には、水兵の短剣《カットラス》やら、烏賊《カットル・フィッシュ》やらがところせましと飾られ、望遠鏡が備えつけられています」

「世の中には」とブラウン神父は言った。「いつでも何人かの提督が陸《おか》に打ちあげられているものなんでしょうね。それにしても、どうしてこんな奥地に打ちあげられたのか、見当がつきませんな」

「田舎の奥深くにあるこういう生きながらにして死んでいるような村には、必ずこういう変わり者がいますな」と博士。「それから、もちろん、いかにもふさわしい聖職者がいます。保守党員で高教会派、ロード大主教時のままの黴《かび》くさい代物《しろもの》です。これが、どんな婆さんよりも婆くさい白髪の勤勉家で、独身女よりもショックに弱い。実際の話、ここの淑女方は、主義としては清教徒だが、しゃべり方はえらくざっくばらんで、その点、昔の清教徒と似ていますね。いつだったかミス・カーステアーズ・キャルーが聖書に負けぬくらい生き生きとした表現を使ったことがありましたよ。愛すべき老牧師は聖書を読むことには熱心なんですが、どうも、そういう言葉のところへ来ると目をつぶってしまうんじゃないですかな。いや、こう言ったからといって、わたしは決して特に現代的な人間じゃないんですよ。あの陽気なる若者たちのジャズ狂いとか浮かれドライヴなんてのは――」

「陽気な若者たちはそれを楽しんではおらんのですよ」とブラウン神父。「そこが本当の悲劇なのです」

「しかし、わたしはこの先史時代的な村の住民たちよりは、まだしも世界との接触を持っているほうです」と博士は続けた。「そんなわけで、わたしとしてはあの大スキャンダルをむしろ歓迎したい気持ちにさえなっていたんですよ」

「まさかあの陽気な若者たちがとうとう人里離れたポタース・ポンドを見つけだしたのだなどとおっしゃるんじゃありますまいね」と神父はにこやかに語った。

「この村じゃ、スキャンダルさえ昔ながらのメロドラマ仕立てなんですよ。例の牧師のせがれが我が村の悩みの種になりそうなのです。牧師のせがれがまともだったら、それこそどうかしているというわけなんです。わたしの見るかぎり、そのせがれがどうかしていると言っても、しごく穏健な、そしてほとんど弱々しいと言っていいくらいの無軌道青年で、最初は、《青獅子》酒場の外でビールを飲んでいるところを見られたのです。ただ、この青年は詩人らしく、詩人というやつは、この辺では密猟者と五十歩百歩だと思われているんですよ」

「それだけじゃ」とブラウン神父。「いくらポタース・ポンドだって大スキャンダルにはなりませんね」

「ええ」と博士は深刻そうに答えた。「その大スキャンダルの起こりはこうなんですよ。グレンジと呼ばれる家が森《グローヴ》のいちばんはずれにあるんですが、そこに婦人が一人暮らしています。孤独なる女、というわけです。自分ではマルトラヴァース夫人と称して、わたしどももそう呼んでいますが、この女がやってきたのは一年か二年前で、誰もこの女のことはなにも知っていない有様です。『どうしてこんなところに住みたがるのか、さっぱりわからないわ』とミス・カーステアーズ・キャルーは言ってましたよ。『誰もあのひとのところへは訪ねていかないんですもの』」

「それだからこそ、そこに住みたがるのかも知れませんね」とブラウン神父。

「どうもあの女のひっそりとした一人暮らしは、怪しいということになっているのです。たいへんな美人だし、それによきスタイルというやつさえもっているので、周囲の人たちにけむたがられているんです。若い男たちはみんな、あの女は妖婦《ヴァンプ》だから気をつけろと言われている始末です」

「すっかり慈愛の心をなくした民衆というものは、すべての論理性を失うわけだ」とブラウン神父は評した。「その女性が自分一人で閉じこもっているということにとやかくけちをつけ、お次に、その女性は村の男衆をたぶらかす妖婦であるなどときめつけるのは、どうもむちゃな話です」

「仰せのとおりです」と博士。「でも、やはりあの人はずいぶん謎に満ちた存在でして、わたしも会ったことがあるんですが、なかなか魅力のある女です。茶色の肌にすらりとした上品な身体つき、美しく醜いという、よくあるタイプの一人です。かなり機知に富んでいて、若いくせに、いわゆる、そのう、経験があるという印象を与える。村のお婆さんたちの言う《過去のある女》というわけですよ」

「そのお婆さま方は、いましがたお生まれになったばかりなんですな」とブラウン神父。「さて、その女性が牧師のせがれをたぶらかしたということになっているんですね」

「ええ、それがあの爺さん牧師にはとても怖ろしい問題に思えているんです。あの女は後家さんだということになっていますのでね」

ブラウン神父の顔は珍しく赤味を帯び、痙攣《けいれん》して、苛立《いらだ》っていることを示していた。「その女性は、後家さんだということになっているって。それだって、牧師のせがれだということになっていたり、あんたが医者だということになっているのと同じでしょう。いったい、どうしてその女性が後家さんであってはいけないのです？　村の人たちは、その女性が自分の素姓について言っていることを疑うに足る充分な証拠を塵《ちり》ほどでも持っているのですか？　会ったこともあまりないというのに」

マルボロウ博士は、だしぬけに大きな背をこわばらせて姿勢を正した。

「それもおっしゃるとおりです」と博士は言った。「しかし、話はまだスキャンダルにまでいっていないのですよ。そのスキャンダルというのは、あの女が後家さんだということなのです」「ほう」とブラウン神父は言った。表情が変わって、神父はごくかすかになにごとかつぶやいた。「これはこれは！」と言ったのかもしれない。

「なによりも」と博士は言った。「村人たちは、マルトラヴァースについてある発見をしたのです。あの女は俳優なんです」

「そうかもしれないと思いました」とブラウン神父。「どうしてかということは気にしなくてよろしい。もう一つ別のことをその女性について想像したんですが、それはもっともっと筋違いなことに聞こえるでしょうな」

「その当座には、あの女が女優だという、それだけのことがたいへんなスキャンダルでした。あの愛すべき牧師はむろん悲しみにくれています、やがては自分の白髪が奔放《ほんぽう》な女優によって墓場へ運ばれることになるのだと思うからです。独身女たちはコーラスで非難の金切り声を張りあげています。提督は、町の劇場へ行った経験もなくはないが、おらが村のどまんなかではこういうことは許せないと言っています。もちろん、わたしはこういうことに特に反対する者ではありません。この女優さんは、シェイクスピアのソネットに歌われているダーク・レディーみたいに妖《あや》しげなところがありますが、レディーにはちがいないし、問題の青年も、とてもあの人を恋いしたっていて、わたしとしては、あの濠《ほり》のあるグレンジのあたりをひそかに歩きまわっているこの誤り導かれた青年にどうしてもひそかな同情を寄せざるをえず、この叙情的なロマンスについてわたしまで少々牧歌的な気分になりかかってきたそのとき、いきなり落雷のようにあの事件がふりかかってきたのです。そうしてわたしは、この人たちに同情を抱いていたただ一人の人間だったので、運命の宣告を伝える使者として送られたのです」

「ええ」とブラウン神父は言った。「しかし、なにを伝えにいったのですか？」

博士はうめき声とも何ともつかぬ声で答えた――

「マルトラヴァース夫人は後家さんであったばかりか、マルトラヴァース氏の後家さんだったのです」

「あんたが言うと、いかにもショッキングな発見に聞こえますね」と神父はまじめに言った。

「そのマルトラヴァース氏というのが」と医者の友人は続けた。「ほかでもない、この村で一年以上前に殺されたらしい男なのです。単純な村人たちの一人に頭を叩きつぶされたのだということになっているんです」

「前にお訊きしたと思いますが」とブラウン神父は言った。「その医者は――どこの医者だかは知りませんが――死因はたぶん棍棒で頭を打たれたためだろうと言ったそうですね」

マルボロウ博士は、眉をひそめた困惑の表情でちょっと黙っていたが、やがてそっけなく語りだした――

「犬は犬を食いません、医者だって医者に嚙みつくことはしない、たとえ狂った医者でもです。ポタース・ポンドでわたしの前に医者を勤めていた方の人物評は、できることなら、したくはありません。しかし、神父さんなら、秘密を打ちあけても大丈夫です。そこで、二人だけの話ですが、ポタース・ポンドにおけるわたしの前任者はとんでもないおばかさんでした。酔いどれのいかさま爺さんで、お話にならないほど無能でした。もともとわたしはこの州の警察本部長の依頼を受けて——と言いますのは、わたしがこの村へ参ったのは最近ですが、この州にはもう長いこと住んでいたからです——それであの事件を調べることになり、供述書や検死報告などを読んでみたのです。別にこれといった問題はありませんでした。マルトラヴァースは頭を打たれた可能性がある。とにかく、この村のなかを通りかかっていた俳優なんですから、ポタース・ポンドの人たちとしては、そういう人間が頭を打たれるのも自然の成り行きだと考えているんでしょう。しかし、誰があの男の頭を打ったにせよ、その人が殺したわけではありません。報告書に書かれていたあの傷では、数時間気絶させておくのがせいぜいなのです。ところが、最近になって、わたくしはこの事件について新しい事実をいくつか掘りだすことができ、その結果は、いかにも深刻なものなのです」

博士はむっつりとして、窓の外をすべり過ぎてゆく景色を眺めていたが、やがて、もっとぶっきら棒に言った——

「わたしがここに出かけてきて、あなたのご助力をお願いしているのは、死体発掘が行われることになっているからです。毒殺の疑いが濃厚になってきたのです」

「そうれ、駅に着きましたよ」とブラウン神父は陽気に言った。「ところで、あんたのお考えでは、その気の毒な方に毒を盛るという仕事は、当然その方の細君の家事の一つだったろうというのでしょう」

「マルトラヴァースと特別の関係にあった人はこの村には誰もいないようなのです」とマルボ

ロウは神父と汽車から降りながら言った。「少なくとも一人、あの人の昔の友人で変わり者の落ちぶれた役者がこのあたりをうろついていますが、警察もこの村の弁護士も、この男は頭のおかしなおせっかい好きにすぎないと信じています。なにか昔、敵だった役者と喧嘩をしたのどうのと、固定観念みたいに言いふらしていますが、その相手の役者がマルトラヴァースでないことはたしかです。ほんの偶然ここいらへまぎれこんだ男で、毒殺事件とは関係がないのです」

ブラウン神父はすでにその話を聞いていた。しかし、どんな話でも神父は、その登場人物たちを知るまでは知ったことにならないのだということを知っていた。神父は次の三日間ほどを費やして、あれやこれやの口実のもとに、このドラマの主要人物たちをひととおり訪れてみた。いの一番に会った神秘的な女性との会見は短かったが、明るいものだった。神父は少なくとも二つの事実をこの面談から持ち帰った。一つは、マルトラヴァース夫人の口のきき方が、ときとして、ヴィクトリア時代さながらの村人たちのいわゆる皮肉調というやつになるという事実。いま一つは、少なからぬ女優がそうであるように、夫人もまた神父と同じ教会に属しているということだった。

この事実のみから夫人は噂の犯罪事件で潔白であると推論するほど、神父は非論理的（かつ非正統的）ではなかった。自分の属する古い教会だって何人かの傑出した毒殺者を擁していたことを誇れるのだということは先刻承知だった。しかし、こういう事件では、カトリック教会というものが清教徒なら精神的な弛《ゆる》みと称しかねないある知的な自由と結びついており、その自由さは、古き英国でも特に偏狭なこのあたりの住人にはコスモポリタンなものとさえ思えたにちがいないことを、神父はたやすく理解した。なにはともあれ、神父はかの女性が善《よ》かれ悪《あ》しかれ大いにものを言いそうな人物であることを確信していた。夫人の褐色の目は勇ましく、戦いを挑むがごとく、ユーモラスでかなり大きな謎めいた口は、あの牧師の詩人がかったせがれに対して夫人のもくろんでいることが（何であるにせよ）ちょっとやそっとではぐらつくものではないことを物語っていた。

その牧師の詩人がかったせがれそのものは、《青獅子》の外のベンチで村人たちの喧々囂々《けんけんごうごう》の非難を浴びつつ面談してみると、まったくのすね者という印象を受けた。サミュエル・ホーナー師の息子こと、ハーレル・ホーナーは、四角ばった身体つきの青年で、薄いグレイの上下そろいの服にいささか芸術家気どりの薄いグレイのネクタイをし、それ以外に目だつところとしては、たてがみのような金褐色の頭髪と、にこりともしない不断の渋面《じゅうめん》が主なものだった。しかし、ブラウン神父は、一言もしゃべろうとしない人たちに、そのしゃべろうとしない理由をかなりこまごまと説明させてしまう術《すべ》を心得ていた。この村の大々的なスキャンダル趣味に対して、青年は自由奔放に呪咀《じゅそ》の言葉を浴びせはじめたのだった。そればかりか、おまけに自分もスキャンダルを披露してみせた。すなわち、清教徒のカーステアーズ・キャルー嬢と弁護士カーヴァー氏とのあいだに、かつて色恋沙汰があったという話を、恨みをこめて神父に語ったのみか、さらに、同じ弁護士がマルトラヴァース夫人に対して交際を強要しようとしたことがあるとさえ断言した。しかし、自分の父親のことになると、親に対する苦々しい礼儀や一応の敬意からか、それとも、口もきけぬほど怒っていたためか、二言三言を吐きだすように言っただけだった。

「こういうわけなんです。父は夫人のことを日がな夜《よ》がな悪《あ》しざまに言って、やれ塗りたくった尻軽女だの、まがいの金髪をつけた女給だのとくさすんです。そうじゃないんだ、とぼくは言い返します。あなたはご自分でお会いになっているから、夫人がそんな人間でないことはおわかりでしょう。ところが、父は会おうとさえしないんです。通りで会うことはおろか、窓からあの人を眺めることさえしないんです。女優が入ってきたら家がけがれる、我輩の聖《きよ》い存在さえ汚されてしまう、というわけなんです。我輩をこちこちの清教徒と呼ぶんならそれもよかろう、我輩はそれを誇りにしている、とこうなんです」

「お父上は」とブラウン神父は言った。「どんな見解であれ、ご自分の見解を尊重してもらう資格があります、わたし自身としてはあまりよくのみこめない見解ですけれどもね。しかし、まだ一度も会ったことがなく、遠くから眺めるのもいやだというご婦人について、自分の考えを確かめようともせずに、はなから独断的な掟《おきて》を設けているというのは、わたしも認めるわけにはまいりません。それでは非論理的だ」

「そこが父のいちばん頑固なところなんです」と青年は答えた。「ほんのひと目も会ってみてくれないのです。もちろん、ぼくのそれ以外の演劇的な趣味についても父はすごい剣幕で反対しています」

　ブラウン神父は、この新しい話の糸口をたちまちとらえて、知りたかった多くのことを聞きだした。この青年の評判についた大きな汚点である例の詩作趣味は、ほとんどが劇詩趣味であることがわかった。青年は韻文《いんぶん》で悲劇を幾編か書き、目の肥えた人たちの賞賛を博していたが、決して単なる芝居狂などというものではなく、いかなる点でも狂っていず、愚か者でもなかった。シェイクスピアの上演について、いくつか独創的なアイディアを持っているほどで、この青年がグレンジのあの才気煥発な婦人に狂喜したのも無理からぬことと合点された。そして、神父の知的な共感によって、さしものポタース・ポンドの反逆児も、別れ際には笑顔を見せたくらいだった。

ほかならぬその微笑ゆえに、ブラウン神父はこの青年が本当にみじめな思いをしていることを忽然として悟ったのである。青年が仏頂面《ぶっちょうづら》をしているかぎり、それはただすねているだけのことかもしれなかったが、ひとたび微笑を浮かべると、それはあきらかに本物の悲しみのあらわれと受けとれた。

この詩人との会見で、なにかがいつまでも尾を引いて神父の心にわだかまった。内なる本能が、このしっかりした青年が内部からむしばまれていることを告げていた。それは、まことの恋愛の行く手に昔気質《かたぎ》の両親が障害となって立ちふさがっているという、昔ながらの話よりももっと大きな苦悩であるらしかった。ほかにこれと言って考えられる原因がないだけに、それはますます大きな苦しみだったのである。詩人はすでに文学界でも演劇界でもかなりの成功を博しており、その詩集はブームになっているとさえ言ってよかった。酒はやらぬし、堅気にかせいだ富を蕩尽《とうじん》しているわけでもない。《青獅子》で《どんちゃん騒ぎ》をやると言われているが、それだってライトエール一杯というところがせいぜいである。第一、ずいぶん財布の紐をきつく締めているらしかった。ブラウン神父は、ハーレルの莫大な収入とつつましい支出とに関連して、もう一つのありうべき説明を考えてみた。そこで神父の顔は曇った。

　次に訪れたカーステアーズ・キャルーと話しあった結果は、この牧師のせがれをかつてなく暗い彩《いろどり》のもとに置くことになった。しかしキャルーの話は、この青年が身をもって示してはいない（とブラウン神父が確信できる）悪徳に冒されていると非難することで終始したので、神父は、これをよくある清教主義とゴシップ趣味の結びつきのせいにした。しかし、当の婦人は、甚《はなは》だ高邁《こうまい》ではあったが、なかなか人をそらせないところがあって、どこにでもいる昔気質の大叔母さんなみに、かいがいしく一杯のワインとひと切れの香味菓子をふるまい、神父はやっとのことで風紀と習俗の全般的紊乱《びんらん》に関するお説教から解放された次第だった。

　神父の次の寄港地は、これと強い対比をなした。神父は、カーステアーズ・キャルー嬢なら頭のなかで考えるだけでもご免だと言いそうな、暗い汚れた路地の奥に消え、屋根裏部屋で高く声を張りあげている誰かの熱弁でいやがうえに騒々しい狭苦しい長屋に入った……なにかに目を回しているような表情で、そこから現われた神父のあとを追って、鈍い緑色に変色した黒いフロック・コートを着た、顎の青い青年がひどく興奮した様子で通りにとびだし、議論する口調で叫びちらした。

「消えたんじゃないんだ！　マルトラヴァースは消えやしなかった！　やつは現われたんだ。死んで現われ、このおれは生きて現われたんだ。だが、劇団のほかの連中はどうした？　おれの台詞《せりふ》を盗み、おれの最上の場面をこきおろし、そしておれの出世を台なしにしてしまったあいつはどこにいる? いままで舞台を踏んだチューバル役（『ヴェニスの商人』の端役）のなかで、おれほど見事にやった者はいない。やつはシャイロックをやった。シャイロックなんて、大した演技は要らないんだ! おれの一生の経歴での最大のチャンスというあのときだって、そうだったんだ。なんなら、おれがフォーティンブラスに扮したときの新聞の切り抜きを見せてやってもいい」

「さぞやすばらしい、当然受けるに値する批評だったでしょうね」と小柄の神父は息をはずませて言った。「その劇団はマルトラヴァースが死ぬ以前に、この村から去ったのではありませんでしたか。しかし、まあ、それはよろしい。かまいませんよ」こう言うと、神父はまた急ぎ足で通りを歩きだした。

「やつはポローニアスをやることになっていたんだ」と背後の飽くことなき熱弁家はしゃべりつづけた。ブラウン神父は、はたと足を止めた。

「ほう」と神父はひどくゆっくりと言った。「ポローニアスをやることになっていたとな」

「ハンキンの悪党め!」と役者は叫んだ。「やつのあとをつけろ。地の果てまで追いつめろ! もちろん、やつは村から去っている。それはまちがいない。やつを追え、やつを見つけろ、そして呪いはすべて――」しかし、神父はすでに通りをすたすたと歩きだしていた。

　このメロドラマチックな場面にひきつづいてさらに二つ、もっと散文的で、おそらくはもっと実際的な会見が行われた。まず神父は銀行に行って、その支店長と十分にわたって懇談し、続けて例の年老いた愛想のよい牧師を当然訪れるべくして訪れた。ここでもまた、すべてはすでに記された状況と大差はないらしく、それは不変であり、今度も変化しうるとは見えなかった。もっと峻厳な数々の伝統から受け継いだ信仰心のあらわれが、壁にかかった細い十字架や、書見台の上の大きな聖書や、安息日を無視する近ごろの人たちを非難するこの老紳士の開口一番の言葉などにちらほらあらわれていたが、それには一抹の上品さがただよっていて、それなりにこぢんまりと洗練されており、色褪《あ》せた豪華さを保っていた。

この牧師も客人に一杯のワインをすすめた。しかし、そのおともは、シードケーキではなくて古いイギリスのビスケットだった。またしても神父は、これではなにもかもが完全すぎる、まるで一世紀昔の時代に生きているようだ、という不気味な気持ちを味わった。ただ一つの点でこの愛想のよい老牧師は、愛想のよい態度に溶けいるのを拒否した。すなわち、舞台役者と会うことは良心が許さないと、牧師はおとなしくしかし断固として主張したのである。しかし、ブラウン神父はいかにもうまかったと言いたげな感謝の表情でワインの杯を置くと、その足ですぐ約束場所である町角へ医者の友人と会うために出かけた。二人はそこから弁護士のカーヴァー氏の事務所を訪れる予定だった。

「ひと回り憂鬱《ゆううつ》な訪問をなさったわけですね」と医者は言った。「ずいぶん退屈な村でしょう」

ブラウン神父の返事は鋭く、甲高《かんだか》くさえあった。

「この村を退屈だなんて言ってはなりません。請けあいますが、極めて並みはずれた村ですよ、ここは」

「わたしが扱っている事件が、この村で起こったたった一つの並みはずれたことだと思うんですが」とマルボロウ博士は述べた。「しかも、それすら外部から来た人に起こったことです。実はゆうべ死体の発掘がこっそり行われて、今朝わたしは検死をしました。はっきり言ってしまえば、掘りだした死体には文字どおり毒がぎっしり詰めこまれていたんですよ」

「毒を詰めこまれている死体」とブラウン神父は、ややぼんやりと繰り返した。「ところが、あんたの村にはそれよりもなお、並みはずれたものが入っているのですぞ」

そこでだしぬけに沈黙が始まり、やはりだしぬけに弁護士の家の玄関の古めかしい呼び鈴の引き綱がぐいと引かれた。まもなく二人は法律家の前に請じ入れられ、その主人はすぐ二人を、白髪で黄色い顔の紳士に紹介した。例の提督らしい。

この頃には村の雰囲気が小柄な神父の潜在意識にまでしみこんでしまっていたが、神父は、この弁護士がいかにもカーステアーズ・キャルー嬢のような人たちに、助言を与えるのにふさわしい種類の弁護士であることに気づいていた。しかし、弁護士はえらく古めかしい人物だったが、単なる化石でもなさそうだった。おそらくこれはこの事件の背景がおしなべて一様だったことによるのだろうが、とにかく神父はまたしても自分までもが十九世紀の初頭に押し戻された感じで、弁護士のほうが二十世紀にまで生きのびた遺物であるというふうには思えなかった。弁護士のカラーとネクタイは、やけに長い顎がそのなかにすっぽり収まっていると、さながら昔の襟飾りだった。しかし、それらは仕立てがすっきりしていると同時に清潔で、この人物全体の様子にはどこか非常にドライな、めかし屋といったふうがあった。つまり、この男はいわゆる手入れの行き届いた（保存のきく）人物だった、化石している部分もあるにせよ。弁護士と提督、それに医者までも、ブラウン神父が村人たちの牧師への同情にもとづく慨嘆の声から牧師の息子をどうやら弁護したい風向きであるのを知って、かなりの驚きを示した。

「あの青年はなかなか魅力的じゃありませんか」と神父は言った。「しゃべるのもうまいし、詩人としてもすぐれているんじゃないですか。マルトラヴァース夫人も、少なくともこのことについてはまじめな態度で、あの人は立派な役者だと申しています」

「ところが」と弁護士は言った。「ポタース・ポンド村の意見としては――マルトラヴァース夫人は例外ですが――それよりも、はたしてあの男が立派な息子であるかどうかが問題だということになっています」

「立派な息子ですよ」とブラウン神父。「そこが尋常ならざるところです」

「とんでもない」と提督が言った。「あれが実は親父を好いていると言うのかね?」

神父はためらった。そして、「その点はどうですか、確信がありません。そこがまた尋常ならざるところです」

「いったいどういうことなんだ」と提督はいかにも海の男らしく荒っぽく訊いた。

「つまり」とブラウン神父。「あのせがれは、父親のことを断じて許さじといった調子で語っておりますのに、結局は父親への義務をすっかり果たしているばかりか、それ以上のことさえしているようなのです。わたしは銀行の支店長と話しあって参りました。わたしたちは警察の許可を得て、ある容易ならぬ犯罪についてひそかに調べているわけなので、支店長はわたしにいろいろ事実を語ってくれました。あの老牧師さんは教区の仕事から引退なさっているそうですね。いや、だいたいこの村はあの牧師さんの教区ではなかったのです。かなり異教徒の多いこの村でいやしくも教会へかようような人たちは、一マイルと離れていないダットン・アボットへかよっています。あのご老人は私的な収入を得ていませんが、しかしあの青年には相当のかせぎがあり、ご老人の世話は、立派に行われています。ご老人は、わたしにとびきり上等のワインをご馳走してくださいました。同じ酒の瓶が何本も埃《ほこり》にまみれて並んでいるのをわたしは見ました。そして、おいとまするとき、ご老人が昼食だというのに古風なすばらしい食事の席につかれるのをわたしは見ました。みんなせがれのお金でまかなっているのにちがいありません」

「まったく模範的な息子だ」とカーヴァーはかすかな冷笑を浮かべて言った。

ブラウン神父は、相手の言う意味とは無関係の、自分だけの謎を吟味するような具合に眉を寄せて、うなずいた。

「模範的な息子。しかし、どうも機械的な優等生ぶりですな」

このとき、事務員が切手の貼ってない手紙を弁護士に持ってきた。弁護士はそれをひと目見るや、せかせかとそれをひきちぎった。手紙が裂けて床に落ちたとき、神父はその上に蜘蛛《くも》のようにごたごたとしたおかしな筆跡で、《火の鳥フィッツジェラルド》と署名がついているのを認めた。それが何者であるかという神父の推測は、弁護士によってあっさりと確認された。

「これは、いつもわたしたちを悩ましている例のメロドラマがかった役者です」と弁護士が言う。「この男は、もう死んでしまった昔の仲間になにかよほど根深い恨みを抱いているんですが、この事件とは何の関係もないことです。誰もこの男に会う人はいません、博士は別ですが。博士は会ってみて、やつは頭がおかしいと言っております」

「さよう」とブラウン神父は、思案ありげに唇をすぼめて言った。「狂っておいでだ。しかし、もちろん、あの人の言うことが正しいということには疑いをいれる余地はありません」

「正しい？」とカーヴァーは鋭く言った。「なにが正しいんだ？」

「この事件が昔の劇団と関係しているということです」とブラウン神父。「この話で、なによりも初めにわたしをまごつかせたのはなにか、おわかりになりますか？　それはマルトラヴァースが、この村を侮辱したために村人たちに殺されたのだという考えです。検死官が陪審員たちにどんなことを信じこませてしまうか、それは怖るべきものがあります。新聞記者というやつがまた、言うまでもなく、信じられないほど信じやすい人たちなのです。イギリスの田舎者のことなど、大して知っているはずがありません。わたし自身はイギリスの田舎者です。少なくとも、ほかの野暮な連中とエセックスで育ちました。いったい、イギリスの農夫が昔のギリシャの都市国家の市民みたいに自分の村を理想化したり、擬人化したりしたあげく、その聖なる旗じるしのために、さながら中世イタリアの都市共和国の住民のように剣を抜いて立つなんてことが想像できるでしょうか？　陽気な田舎者が《ポターース・ポンドの紋章につけられた汚点を拭いうるものは血あるのみ》などとふれまわっているのを、いったいどこで聞けるでしょうか？　聖ジョージと、その手で退治された竜の名にかけて、わたしはそうあってほしいものだと願うばかりです。だが、それはそれとしても、もう一つのみなさんの考えに対して、わたしはもっと実際的な意見を持っているのです」

神父はここで考えをまとめるかのようにひと息いれて、また語りだした——

「マルトラヴァースが最後に言った言葉は誤解されたのです。あの人は、この村はみじめな寒《ハム》村《レット》にすぎんなどと村人たちに言っていたのではありません。話の相手は役者だったのですよ。フィッツジェラルドがフォーティンブラスをやり、謎の人物ハンキンがポローニアスを、そしてマルトラヴァース自身は、デンマークの王子ハムレットをやることになっていた上演の打ち合わせをしていたわけです。たぶん、どなたかほかの人がその主役をやりたかったのか、あるいはなにか意見を持っていたのでしょう。そこでマルトラヴァースは、怒ってこう言いました。『おまえじゃ、とんでもなくみじめなハムレットができるだろうよ』ただそれだけのことですよ」

マルボロウ博士は目を見はっていた。この説をゆっくりと、しかし案外たやすく消化しているようだった。しまいに博士は、他の人たちがまだ口をきけずにいるうちに言った——

「それじゃ、これからどうしろとおっしゃるんですか？」

ブラウン神父は、かなり唐突に立ちあがった。しかし、しゃべり方は充分に丁寧だった。

「しばらくのご辛抱をお願いいただけるなら、博士、あなたとわたしでいますぐホーナー一家のところへ出かけたいのです。いまなら牧師さんも息子さんもいらっしゃいます。わたしがしたいことというのは、博士、こうなんです。この村の誰もまだあなたの検死とその結果を知らないわけですから、牧師さんと息子さんがいっしょにおいでになるところで、事件の正確な事実をお二人に伝えていただきたい。つまり、マルトラヴァースが打撲傷ではなく、毒で死んだということをお伝え願いたいのです」

マルボロウ博士は、さきほどこの村は並みはずれたところだと告げられたときの自分の「まさか」という気持ちを再検討せざるをえなくなった。このあとに続いた場面——それは博士が神父の計画を実行したときのことである——は、確かに自分で自分の目が信じられなくなるような場面だった。

サミュエル・ホーナー師は黒い僧衣を着て立っており、その黒のせいで師のやんごとない銀髪が際立っていた。いつも聖書を研究するときに使う書見台にいまも師は片手をかけていたが、この場合はおそらく偶然の身ぶりだったろう。しかし、そのために師はいよいよ権威の後光を帯びてくるようだった。真向かいに反逆児のせがれが大の字に椅子にすわりこんで、ことさらに重苦しい渋面《じゅうめん》をつくって安たばこを吸っていた。いかにも若者らしい不敬の姿が生き生きとそこにあった。

老人はブラウン神父を丁寧に椅子へ手招いた。神父はそこへ腰をおろすと、無言のまま淡々と天井を睨んでいた。しかし、マルボロウは重大なニュースを切りだすには立ったままのほうが威厳があるとなぜか感じていた。

「ある意味でこの集落の精神的な父であるあなたに」と医者は言った。「この村の記録に載った唯一の悲劇であるあの事件があらたな意義を帯びてきた——いや、どうやら前にもまして怖ろしい様相を呈してきた——ことをお伝えせねばなりません。マルトラヴァースの謎の死という、あの悲しい事件をご記憶でしょう。あの人は、恐らくは田舎者の敵が振りまわしたステッキで打ち殺されたことになっていましたね」

牧師は大きく震える手で身ぶりをして、「いかなる場合であろうとも」と言いだした。「人殺しの暴力の肩を持つようなことを、わたしは言うわけにはいかん。神がそれを禁じられている。しかし、誰であれ役者がこの無垢《むく》の村に邪悪な空気を背負って入りこんでくるとなれば、神の裁きが待っているのだ」

「まあ、そうかもしれませんが」と医者は深刻そうに言った。「とにかく裁きはそんな具合にくだったのではなかったのです。わたしはこのたびの死体の検査をおおせつかったのです。が、絶対たしかなことは、第一にあの頭の傷が死因にはなりえなかったこと、第二に、死体には毒が回っており、それが死因だったにちがいないことです」

ハーレル・ホーナー青年はたばこを遠くへ投げとばし、猫そこのけの身軽さで立ちあがった。そのひとっ跳びでハーレルは書見台の一ヤード以内に来ていた。

「たしかなんですか?」と息をきらせて言う。「あの打撲傷が死因じゃなかったっていうのは、絶対にたしかなんですか?」

「絶対にたしかです」と医者。

「それなら」とハーレルは言った。「この一撃が命とりになってほしいくらいだ」

誰一人として小指も動かす暇もないうちに、青年は牧師の口に痛打をくらわし、牧師は前向きのまま関節のはずれた黒い人形のようにうしろのドアへ叩きつけられた。

「なにをするんだ?」とマルボロウはどなった。いまの殴打のショックと音で頭から足まで、がたがた震えている。「ブラウン神父、このばか者はなにをしているんです?」

しかし、ブラウン神父はぴくりとも動かなかった。依然として、のんびり天井を見つめたままなのである。

「こうしてくれるのを待っていたのですよ」と神父は平然として言った。「前にもやったことがあるんじゃないですかな」

「いやはや」と医者は叫んだ。「このせがれがなにかでひどい目に遭っているらしいとは思っていたが、しかし、父親を殴りつけるなんて——牧師であり、平和な一市民である人に暴力をふるうなんて——」

「父親を殴ったのではありません。牧師を殴ったのでもない」とブラウン神父。「牧師になりすましたごろつきの脅迫者を殴ったのです。この男はもう一年以上、ホーナー君にひるのようにたかりついて生きてきたのです。ホーナー君はいま、もう自分が脅迫の種にはならなくなったことを知って怒りを爆発させたのです。あまり責められますまい。どうやらこの脅迫者は毒殺犯人でもあるようですから、なおさらです。さあ、マルボロウさん、警察に電話をかけてくれませんか」

二人は、他の二人に邪魔をされることなく部屋を脱けだした。一人は打ちのめされて目をまわしており、一人は安心と激怒のあいなかばする激情で目もくらむばかりで、息づかいが荒かった。しかし、部屋を出るときブラウン神父がもう一度振り返って青年を見たとき、青年は神父の顔がいつになくなだめがたい峻厳さを帯びているのを見てとった。神父のそういう顔つきを見たことのある人は至って少ないのである。

「その人は一つ本当のことを言いました」とブラウン神父。「誰であれ、役者がこの村に邪悪の空気を背負って入りこめば、神の裁きが待っている」

「さよう」ブラウン神父はポタース・ポンドの駅で列車内の席に医者と並んで腰をおろすと、そう言った。「いかにも妙な話でした。しかし、いまとなってはミステリ物語ではありますまい。とにかく、わたしにはこの物語は、だいたいこんなふうだったと思われます。マルトラヴァースは自分の巡業劇団の一部を連れてこの村に来た。ほかの一団はダットン・アボットへまっすぐひと足先に行ったのです。そこで十九世紀初めの時代を背景にしたメロドラマを全員で上演することになっていたわけです。マルトラヴァース自身は、その舞台衣装のままでこの辺をぶらついていた。当時の洒落者《しゃれもの》が着る目だちやすい服です。連れのほうの役は旧式な牧師さんでして、これが着ていた黒っぽい衣装は目だたず、単に旧式だという程度で見すごされてしまうようなものでした。この役を演じる人物は、たいがい老人の役ばかりやってきた人で、シャイロックもやったことがあり、のちにはポローニアス役になることになっていました。

さて、この劇の第三の登場人物があの劇詩を書かれる青年で、あの人は自分でも出演するので、『ハムレット』の上演法についてマルトラヴァースと口論したわけですが、個人的な問題でも、もっと派手にいがみあっていました。その頃すでに、あの青年がマルトラヴァース夫人に惚《ほ》れこんでいたと思える節がありますが、しかし、二人のあいだがけしからぬ関係だったとは思いません。もうこれであの二人が万事うまくゆくだろうとわたしは願っています。しかし、それにしても、夫としてのマルトラヴァースにはあの青年がひどく腹を立てていたということは大いにありえます。マルトラヴァースというのは居丈高《いたけだか》の男で、喧嘩っぱやい。こうして起こった喧嘩の一つで二人はステッキで殴りあい、詩人はマルトラヴァースの頭をこっぴどく叩いた。そして、あの検死の結果からして、当然、マルトラヴァースを殺してしまったのだと考えた。

この事件には、もう一人の人間が立ち会っていました。老牧師に扮していたあの男です。この男はそこで一般に犯人と認められた詩人を脅迫しはじめた。引退した牧師というふれこみで、かなり豪奢《ごうしゃ》に暮らす生活費をせびったのです。こういう人間がこういう場所で引退牧師の舞台衣装を着つづけるというのは、変装にしては見えすいたものです。しかし、本人にしてみれば、引退牧師でいなければならない個人的な理由があったのです。マルトラヴァースの死の真相が次のようなものだったからです。マルトラヴァースは深い羊歯《しだ》の茂みに転がり落ちたが、やがて意識を取り戻し、家のあるほうへ歩きだしたところが、今度は殴られたためではなくて、一時間前にあの慈悲深い牧師がワインかなにかに入れて飲ませた毒のために、本当に命を絶ってしまったのです。わたしがそれを思いついたのは、あの牧師さんのワインをご馳走になったときのことです。どうも、ぞっとするような変な気がしました。この説を確かめるべく警察が調査を進めていますが、はたして物語のこの部分がそれで確認されるかどうかはわかりません。正確な動機もまだわかっていない始末ですが、しかし、この劇団の人たちが蜂の巣を突っついたような騒ぎで喧嘩ばかりしていて、マルトラヴァースが非常な嫌われ者だったことは火を見るよりもあきらかです」

「警察は、嫌疑がはっきりしたからには、なにか証拠だてることができるかもしれませんね」とマルボロウ博士は言った。「わたしに解《げ》せないのは、神父さんがそもそもどうして疑いを抱かれたのかということです。あの虫も殺さぬような顔をした黒衣の紳士を、どうして、怪しいと思うようになったのですか？」

ブラウン神父は微笑した。「ある意味でそれは」と説明を加える――「特殊な知識の問題、と言っていいでしょう。職業柄とさえ言えるかもしれませんが、それは特別の意味においてです。ご存じでしょうが、わたしどもの宗教が実際にどんなものであるかについて、非常に多くの人が無知であるということを、わたしどもの論客がしばしば嘆いております。しかし、実際はそれよりもっと奇妙なことになっているのです。イギリス人がローマ教会についてあまりよく知らずにいるということは事実ですし、また決して不自然なことでもありません。しかし、イギリス人は英国教会についてもあまりよく知ってはおらんのです。わたしが知っているほども知ってはいません。国教会の論争について一般民衆がどんなに無知であるか、それは驚くべきものがあります。民衆の多くは、高教会派と低教会派の区別さえ本当は知らない有様で、実践の問題についてさえそうなのですから、両派の背後にある、歴史と哲学についての二つの異なった説となると、なおさら無知なのです。この無知はどの新聞を読んでもあきらかです。俗受けするだけの小説や戯曲のどれを読んでも、歴然たるものがあります。

さて、初めにわたしの注意を惹《ひ》いたのは、例のやんごとない牧師さんがこの問題を、すっかりごっちゃまぜにしているということでした。あれほど英国教会の問題一つ一つについて誤った考えを持った国教会の牧師さんがいるなんてはずはありません。あの人は保守党員の高教会派というふれこみでした。ところが、自分は清教徒なんだと誇らしげに吹聴《ふいちょう》したではありませんか。ああいう人なら、個人的には清教徒的であっても不思議はないわけですが、いくらなんでも、はっきりと口にだして清教徒だと言うのは変です。あの人はまた芝居は大嫌いだと公言していました。低教会派ならいざ知らず、高教会派は普通、芝居に対して恐怖の念を抱いてはおりません。あの人はそれを知らなかった。また、あの人は安息日について清教徒らしいことを言いましたが、自分の部屋に磔刑《たつけい》の像が置いてあった。あの人は極めて敬神的な牧師とはどういうものかということについて、ただ謹厳でしかつめらしい様子をして、この世の快楽に顔をしかめてみさえすればよいということしか知らなかったのです。

この間にもずっとわたしの頭のなかに、一つの潜在意識が流れていました。どうしてもそれが何であるか思い出すことができなかったのですが、それが急に頭にひらめいたのです。こいつは舞台の上の牧師だ。俗受けしている古い流派の劇作家や俳優が、いわゆる変わり者の宗教家というものはこんなものだろうと考えている、その頭のぼんやりした、しかつめらしいぼんくら爺さんに、この男はぴったり一致する。そうわたしは看破したのです」

「古い流派の医者とても同様」とマルボロウはユーモラスに言った。「宗教家というものについて、あまり知っていたとは言えません」

「実を申せば」とブラウン神父は続けた。「疑いを抱いた原因として、もっと明々白々の事実があったのです。この村の吸血鬼と言われていた、あのグレンジのダーク・レディーですが、わたしはずいぶん前から、この黒い汚点がむしろこの村の明るい一点ではないかという印象を抱いていたのです。あの女性は神秘扱いされていました。しかし、現実のあの人には神秘的なところなどありはしなかった。僅か一年ほど前、あの人は自分の名前を隠さずかなり大っぴらにこの村へやってきた、その目的は、自分の夫に関する新しい調査をたすけるためでした。夫のほうはあの人をあまり立派に扱ったとは言えぬのですが、しかし、あの人は節操を尊《とうと》ぶ方でしたので、嫁ぎ先の家名と、社会の裁きに対して自分の尽くすべき務めがあると考えたのです。夫の死体が発見された場所に近いあの家に住みついたのもやはりその理由からです。この《村の吸血鬼》のほかにもう一人いた罪のない、まともな人物が、《村の恥辱》すなわち牧師の放《ほう》蕩《とう》息子でした。この人もまた、自分の職業を偽らず、かつて舞台の世界と関係があったことを隠しませんでした。わたしがあの牧師を疑ったのに、この青年を疑わなかったのは、そのためです。しかし、牧師を疑うようになった本当の適切な理由は何であるか、もう見当がおつきでしょう」

「ええ、わかると思います」と博士は言った。「女優さんの名前を問題になさるのは、それだからでしょう」

「はい、問題は、あの牧師が妙な強情を張って、女優さんに会いたがらなかったことにあるのです」と神父は説いた。「しかし、女優さんと会ったところで、どうということではなかったのです。女優さんに見られるのがいやだっただけなのですからね」

「ええ、わかります」と博士は相槌《あいづち》を打った。

「あの女性がサミュエル・ホーナー師を見たら、あれは牧師でも何でもない役者のハンキンだ、あの変装したいかさま牧師の正体はしたたかの悪人なのだ、とひと目で見破ってしまったでしょう。この村の、単純な牧歌と言うべき今度の事件の全貌は以上のとおりだったと思います。しかし、わたしがわたしの言った約束を破らなかったことは、認めていただかねばなりません。この村でわたしは人間の死体——それも毒殺された人の死体——よりも、遙かに身の毛のよだつものをちゃんとお見せしたわけです。牧師の黒い僧服、その実、中身は脅迫者、というようなものはそうざらにある代物ではないし、これは生きていたくせに、あなたの騒ぎたてていた死体よりもよほど死に物狂いで怖ろしいものでした」

「ええ」と博士は座席の奥に心地よげに身を沈ませて言った。「汽車旅行の楽しい道連れにどちらを選ぶかと言われたら、わたしもやはり死体を選びますね」

# ブラウン神父の世界——訳者あとがき

中村保男

**※文中、「ダーナウェイ家の呪い」（『ブラウン神父の不信』所収）、「《ブルー》氏の追跡」、「共産主義者の犯罪」の真相に触れています。**

「人間は誰でも自分の道徳的な偏向によって支配されているべきだ——私はそう信じている一人である。オランダの庭園だとかチェス遊戯について私は何も語ることができないが、もし私がそれについて語るとしたならば、その場合でも、私の言うどんなことも私の宇宙観によって色づけられるにちがいない」——G・K・チェスタトン。

推理小説の解説を始めるのに、これはいかにも見当はずれな書き出しだと思われるだろうが、私がこれから試みようとしているのは、いわゆる「推理」小説としての『ブラウン神父』についてよりも、むしろ、もしチェスタトンが「推理小説を書いたのであっても、そのなかに書かれたどんなこともチェスタトンの宇宙観によって色づけられているにちがいない」その宇宙観のほうについて論じることなのである。

手っ取り早く言えば、彼の「推理」小説を推理して、そのなかにある人間としての思想をはっきり取り出してみたいのである。名探偵ブラウン神父の手口を少し探偵してやろうというわけだ。そう言うと、まるで彼の思想が巧みなアリバイに隠蔽されて伏線や神秘化や遁辞《とんじ》の煙幕《ぼやかし》の奥にすっぽり姿を隠しているように思われるかもしれないが、実はその反対で、むしろくどくどしいくらいに彼はこの五十編にのぼる娯楽作品の全体を通じて自分の思想を述べ立てているのであり、私としては、それらのふんだんにばらまかれた手がかりを整理、分析してみれば充分なのである。新奇で単純なトリックも、これらの思想やモラルの内容と渾然《こんぜん》一体に溶け合って初めて、あの独特の微妙な味わいを持つようになるのである。

極言すれば、『ブラウン神父』の意外性も、その奇矯なトリックも、どんでん返しも、つまりはその「逆説」も、すべて彼にとっては「自然な」彼自身の人間観に由来しているものなのだ。もし現実の大多数の人間が「不自然な」ものの見方にとらわれているとしたら、その人たちに「自然な」ものの見方を、――つまり「正統説」を教えさとそうとする試みは、どうしても、その人たちにとって一見「逆説」としか思えない形をとらざるをえないであろう。

私の見方は結局こういうことになる。チェスタトンは「推理」小説という料理のなかに彼の宇宙観、宗教観、社会観などの薬味を添えてその味を多彩にしたのではなくて、「推理」小説という器に彼の信念と思想を盛ったのである。むろん文学作品はすべて形式と内容の相互作用によって創られるものであり、チェスタトンの場合も、形式への興味がまず頭にあったのか、それとも思想的なテーマがみずからに適した形式を求めたその結果として「推理」小説に思い至ったのか、その辺のことは芸術作品の創造にまつわる一つの重大な問題として永久に解きえない謎である。たとえチェスタトンがコナン・ドイルあたりの成功に刺激されてこの形式に目をつけたのだとしても、たまたま彼のテーマがこの形式にぴったり合ったのでなければ、彼は『ブラウン神父』を書きはしなかったろう（こう言うと、まるで私がこの娯楽読み物を文学作品として非常に高く買っていると思われるかもしれないが、問題はそういうことではなくて、この一連の物語が、たとえ文学として特に優れたものでないとしても、少なくとも「推理」小説というジャンルに文学的な品格をもたらした功績は否定できない、ということなのである）。

少なくとも、これらの短編小説を主としてテクニカルな「推理」小説と見るのも、私のようにそれをいわば「寓話」的な物語と見るのも、それは各自のお好みのまま、と言うことはできるだろう。という想定のもとに、私はしばらく読者のご辛抱を願って、「推理」小説にはどちらかと言うと門外漢の私が勝手気ままに私のブラウン神父を論じるのに付き合っていただきたいと思うのである。『ブラウン神父』全五巻完結のこのめでたい機会に、私は、訳者ならびに愛読者として神父の正しい人間像を日本の読者の前に誕生させたいという念願を起こしたのである。つまり、チェスタトンが推理小説史上はじめてローマ・カトリックの神父を探偵としてかつぎ出したのは、偶然でもなければ新奇な光彩を添えるための思いつきでもなく、むしろ神父そのものの思想と行動の上にこれら五十編の少々荒削りだが大いに魅力あるファンタジーの基礎が置かれているものであることを実証したい、という念願である。

近ごろの「推理」小説は、ピストルや鉄拳を振りまわすハードボイルド派が暗中模索の試《トライ》行《アル・アンド》錯誤《・エラー》方式であばれまわったり、法廷の劇的場面の描写や警察組織の活動に力をいれたり、社会的な「問題」小説が既成秩序の堕落を批判したり（これはブラウン神父もやっている）、サイエンス・フィクションものと接近して重なり合う傾向を示したり、犯人捜しよりも犯罪人の行動や心理のほうに関心を示したり（どうやら善人の現代人は、犯人を摘発することよりも、犯人となること、犯罪人であることのほうに興味をひかれるらしい）、ジャンルとして目下大いに拡大発展中で、いささか「推理」小説の定義があいまいになっているが（現状ではむしろ「犯罪」小説と言うべきではないかと私は思う）、とにかく門外漢の私がしいて古めかしく定義を下せば、「与えられた具体的手がかりをデータとした論理的な思考すなわち純粋な推理過程による犯人捜しをテーマとする小説」ということになるだろう。

ところが、純粋なそういう意味では、『ブラウン神父』はどうも「推理」小説とは言えない節がある。神父の探偵術は、外的な物質証拠や状況証拠に頼る「推理」でも、ハードボイルド式の「足による」捜査方式でもなくて、容疑者たちの精神状態ないしは人生観そのものを見破ることによって、そこから演繹的《えんえきてき》に解答をひきだす。多くの「推理」小説が帰納法に頼っているのとよい対照である。そういうと、神父の探偵術が単なる神秘的な直観にたよっているように思われるかもしれないが、そうではなく、神父が相手の本質を見ぬくのは、相手の平素の言動をつまびらかに観察した結果なのである。人物の言動とくにその思想表現――（帰納法）↓

その本質――（演繹法）→その犯人か否かの決定、という実はかなりややこしい推理過程を経ているのである。これが普通の「推理」小説だと、身元調査や物質証拠や証言などのデータから、帰納的に結論を抽き出そうとするわけで、しかもそれらの証拠は整理して一度に並べてみせたら、誰にでもたちまち正しい解答が見つかってしまうので、それに煙幕を張るために長々と物語を展開して、見当違いの容疑者を出没させたりなどして文字どおり読者を煙に巻いてしまう。話が長くなるのも当然である。

　ところがブラウン神父は、難しい形而上的神学から貧民街の細民の人情の機微にまで通じていなければならない神父であるうえに、きわめて強い想像力の持ち主なので、たちまちにして人物の実相を見ぬき、極端な場合には、《私は犯罪人を見るのではない、私自身がその犯罪人になりきってしまうのです》（「ブラウン神父の秘密」）というわけで、神父の滅私の想像力はどんな悪魔をも自分自身のうちに再現してしまう。あとはただこの「心証」を具体的データに照合させればよいということになり、結局、物語は短くてすむ。『ブラウン神父』はじめチェスタトンの推理小説がほとんど短編であるのは、むろんその発表の際の便宜ということもあったろうが、右の点からも説明される。

　次に、江戸川乱歩氏の言っている「トリックを数多く創案した点でチェスタトンの右に出る推理作家はない」ということであるが、私の思うに、問題はトリック自体の独創性にあるよりも、むしろその扱いかたにある。チェスタトンのトリックは人を食ったものが多く、ときには子供だましみたいで、単純である。トリックというものは、みんなそういうものかもしれない。

とにかく、ここで問題なのは、理屈としてはありそうだけれども現実にはめったに起こりそうもない荒唐無稽《こうとうむけい》なアイディアやトリックをどのようにストーリーの内容《モラル》と結びつけて肉化するかということであり、才能と技術と何かしらの原理が要求されるのはここのところである。ファンタジー的な怪奇の雰囲気とか、人物の劇的配置とか、もってまわったり、ひねくったりした描写法とか、人物の口から語らせては注釈批判つきの複雑なものにする間接記述法とかいった要素が、どうしてもそのために必要なのである。逆に見れば、（私はむしろこの見方に立つわけだが）これらの要素を充分に展開したいために、そのつなぎとして奇矯なトリックを利用したのだとも言える（こういう作品は長編にはなれない。トリックの非現実性というものを緊迫した厚味のある文体と異常なシチュエーションと倒述的な構成で一気呵成《かせい》に押し通す必要があるからだ）。

　とにかく、これらの（トリックも含めた）さまざまの要素を一貫したテーマと調子とスタイルでまとめ、統一ある作品に仕立てあげることは、難しい。よほど強い中心的な原理がないと、いくら才能があっても、自信をもってこれを試みることができないのである。しかもチェスタトンはこれを意のままに、ほとんど自由奔放《じゆうほんぽう》にやってのけている。そのスピードがまたすさまじい。『詩人と狂人たち』や『奇商クラブ』（ともに創元推理文庫発行の訳あり）などを含めたら推理小説だけで百編近くある。もちろん、全体として見れば、作風にあまり大きな変化も発展もなく、十編も読めばだいたいその手口はわかってしまうという弱味があり、文学作品としてなら「マンネリズム」という批判が加えられるところかもしれない。が、いくらか同工異曲風の感じはあるにせよ、チェスタトンの筆の厚味とスピードは驚異である。それは、多くの現代作家が悩んでいる思想的な懐疑や分裂といったものに彼がわずらわされず、彼の信じている一つの不動の中心と原理があって、そこから彼が自分の物語を無限に、そして自由に分岐展開させて行ったのだということで説明できないだろうか。ここにも「演繹法」がある。彼の「マンネリズム」もそれで説明がつくというものだ。

チェスタトンのこの自信と落ち着きは、彼の理知よりもむしろ彼の素朴な信仰に由来していたと私は思う。彼は生まれながらにして宇宙の秩序と統一を感じる神秘家だった。彼のカトリック改宗は、多くの現代的な主知主義者が行なっているような「教養のためにあえて感情を犠牲にした信仰」による改宗ではなく、もっと本来的な信仰に根差していたと私は見る（「正統説」の中で彼は次の意味のことを書いている——カトリシズムというものを知ったとき、私は自分の幼年時代の夢想が実現されたような気がした。その夢想とは、宇宙が巨大で空虚なものでなく、小さくて居心地がよいものだということであり、現代知識人の説明する世界よりもお伽噺《とぎばなし》の世界のほうがずっと正気で健全な世界だ、ということだった）。少なくとも、彼は単に主知的な思想家ではなかった。逆説とレトリックを駆使した彼ではあったが、彼の理知は常に彼の根源的な感情と平衡を保っていたのである。彼が思想家として荒削りだったことや、彼のかなり戦闘的なドグマティズムといったものも、彼のこの素朴な信念によって説明される。彼と同時代のウェルズやショウなどの進歩主義者と較べると、彼は過去の人だった。少なくとも、彼の目は未来の夢の世界や現前の世界の認識よりも、どちらかと言えば過去の世界に注がれていた。そして、彼の思想は現実認識のための精密な体系を築き上げるほど客観的でなく、ドグマからの演繹を主としたものであったにせよ、彼が自分の経験からそのドグマを割り出し、それが形而上的にも実践的にも正しいものであるのを信じて疑わなかったことは事実である。ウエルズやショウが事物の一面を誇張して見ていたのにたいし、彼は常に事物の全体をつかもうとし、宇宙の多様性のうちに統一的な真理があることを直観していた。彼のカトリシズムは彼の幼年時代の夢の実現だった。その体系化だった。そして、そういうお伽の世界に西洋の社会全体が最も近づいたのが中世の世界だった。チェスタトンの中世への渇仰がそこから生まれる。

トリックとモラル、ファンタジーとアイロニーなどさまざまの豊富な要素をいっしょくたにした上で一貫したテーマと文体と筋を通している『ブラウン神父』の不思議な世界は、言うならば、神が頂点にいて、そこから末広がりのピラミッド状に秩序整然と、しかも天衣無縫にアナロジーのヒエラルキーが放射して宇宙を占領していったあの中世の世界のようなものだ。一つの確固たる中心をめぐる演繹と類似《アナロジー》は、強力な知性が伴えば、まさに自由無碍《むげ》なのである。チェスタトンの文体が中世の神学者アウグスティヌスの文体と似ていたという（ベロックの言葉）ことも偶然ではあるまい（アウグスティヌスは理性と信仰の有機的統一に達した最初のキリスト教徒だった）。もう一つ、『ブラウン神父』物語の全体に漂う絵画的な怪奇ファンタジーの雰囲気も、中世的なゴシック様式によるものであり、この物語を現代ゴシック・ロマンの一種として眺めてみることも、この際無駄ではあるまい。

話がだいぶ拡大解釈的に（これもブラウン神父の方法だが）大きくなりすぎてしまったので、

ふたたび前に戻って、ブラウン神父の探偵術とチェスタトンの手口を分析することとしよう。『ブラウン神父』は、多くの「推理」小説がこだわってまごまごしているところ（正しい証拠をたやすく見破られないようにあの手この手を使うところ）をほとんど素通りして、それとは違ったところ（私の言う演繹過程）で読者に推理を要求するものであることはすでに述べたが、まさにその理由によってこの物語こそある意味で真の推理小説だとも言えると同時に、これは普通の「推理」小説のパロディー（もじり）であり、作者は『ブラウン神父』を通じて世間一般の「推理」小説を諷刺《ふうし》し、批判しているのだとも言える。そう言えば、『知恵』の「ジョン・ブルノワの珍犯罪」のなかで作者は「神父は、実在の多くの探偵や推理小説中の探偵たちとは一つの些細な点で違っていた。自分によくわかっていることをわからないふりをしてみせることが神父にはなかったのである」と書いていたのが思い出される。私が普通の「推理」小説でいつも不法な背負い投げをくわせられたと思うのはまさにそこのところなので、これには大いに共鳴した。多くの「推理」小説作者（とその探偵）は、貴重な証拠を自分だけの秘密として最後までとっておきたがるものだが、神父はそんなことはしない、というのである。むろん、全部が全部そうであるわけではなく、チェスタトンだって神父と共謀して、まったく予想のつかない無理などんでん返しで私たちに肩すかしをくらわせることが結構あるが、そのときはそのときで、神父＝チェスタトンはちゃんとおわびをして、すっかり恥じ入っているのである。『不信』の「ダーナウェイ家の呪い」は誰にもわからなかった隠し階段が事件を解く鍵となっている点で、まさに作者が「知っていながら知っていないふりをした」最悪の例であるが、神父は最後にこうわびている。「どうも申しわけない……わたしはいかんなくあほうぶりを発揮した……秘密の通路が一つ……」といった具合である。しかし、弁解も堂にいったもので、「落ちぶれた貴族とその腐りかかっていた邸宅をめぐる、文字どおりかびのはえた古くさい怪奇物語だった」（つまり、この物語の目的はひと昔前の怪奇譚の再現にあった）のだからご勘弁願いたいと言い、おまけに巧みな語呂合わせまで持ち出して、その隠し階段は昔の「坊主の隠れ穴」（priest's hole という原語は「坊さんのディレンマとか盲点」という意味にもなる）だったのだから、わからなかったのも無理はないでしょうと落語の落ちみたいに締めくくっているのである。語呂合わせといえば、チェスタトンはこれを押韻《おういん》法とともにシェイクスピアみたいに盛んに使っており、その点だけでも、『ブラウン神父』が普通の「推理」小説と違う文学であることがわかる。こういう傾向が極端になってユーモア小説に近づいている物語も多い。

　どんでん返しと言えば、『醜聞』の「《ブルー》氏の追跡」も随分極端な例だが、この場合にはりっぱな伏線として、神父が手動の人形競争機械にしきりに感心している場面が初めから出されている。このどっちが鬼だかわからなくなる鬼ごっこの玩具《おもちゃ》と問題の事件とを結びつけてしまえば、謎は解けたも同様なのである。それにまた、この題名が故意に曖昧《あいまい》にされているところに気がつけば、謎は完全に解けたことになる。「《ブルー》氏の追跡」という意味は、青い人が追跡されているともとれるし、青い人が赤い人を追跡しているともとれるのである。読者は直接事件と関係ないどんなところにも万遍なく注意を向けることを要求されるわけだ。こう言うと、そんな些細なことにまで終始気を使っていたのではやりきれない、だから『ブラウン神父』はごめんだという読者もあるだろう。が、こういう伏線を読み過ごしてしまうことは、語呂合わせの点などで原文を読んでいるという利点をもっている私たちでさえ、最初はしばしばありがちなことであり、ふたたび読み返してみて、なるほどこれは伏線だったのかと気づき、しかもそれがいかにも巧みな配置と言いまわしで置かれていることに感心する。初めからそれに気づいた場合よりも、結末を知ってから読み返したほうが、ずっとその意味を深く味わえる道理である。私たちは、すでに何度も観て筋を知っている芝居などをどういう興味でふたたび観るのだろうか。違った演出とか、違った役者によるそれが観たいということはここでは別問題として、私たちはすでに先の筋を知っている芝居の登場人物たちが自分ではそれと知らずに、(あるいは人物の一人だけが知っていて相手は知らないままに) 自分なり相手なりの来たるべき運命を語ったりするところで、ああ、あの人物はあんなことを言っているが、それがそのままおまえの運命になるのだぞ、というような、いわば優越した全知者の快感を楽しむのではないだろうか。これは人物の台詞《せりふ》だけにかぎらない、動作でも、人物の関係でも、場面全体の雰囲気でもよいわけである。つまり、初めには気づかなかった微妙な点が再見再読するにつれて目から鱗《うろこ》が落ちるようにわかってくる、その魅力である。そして、こういう「劇的アイロニー」の魅力を十二分に活用した作品こそ文学として真に深いものであり、再読するにたる、いや、再読しなければならないものなのである。

また脱線したが、ある意味で推理小説の伏線はみな劇的アイロニーだとも言える。ただ、その伏線がたいていさりげなく描かれた物的・状況的な証拠だったり、まだ見破られていない真犯人が不注意に漏らす言葉のはしくれだったりするだけで、その伏線が物語の犯人ないし主人公の本質や、そのテーマの中心と密接に結びついたものではない単に偶然的なものである場合が多い。ところが、『ブラウン神父』の場合、その「伏線」は半ば隠された偶発的断片としてではなく、むしろあらわな一貫した筋と文体のうちに透かし絵のようににじみこまされているのである。人物の日常の自己表現ばかりか、題名にも、構成にも、人物配置にも、象徴的な情景描写にも、ニュアンスの多い単語の使い方そのもののうちにも、伏線がにじみわたっているのである。つまり作品全体が、その行間も含めて、伏線みたいなものなのである。『ブラウン神父』が写実的な描写を排して、むしろファンタジー的な多面・立体的文体を打ち出している理由がここにもある。読者としても非常に多面的な、幅の広い、ある意味で文学的なディテクション（探索）と鑑賞を要求されるわけであるが、訳者としては、このニュアンスの深い原文の伏線的効果をなるだけそこなわずに日本語に移し変えることに特別の努力と工夫が要求されることになる。私はいま、題名のうちにも伏線があると言ったが、伏線は人名にも含まれている場合があり、そうなると、訳者としてはお手あげである。まさかサンド夫人のことを砂夫人と訳すわけにはゆくまい。ところが、彼女は砂を嚙むような味気ない人物であり、それがまたストーリーのポイントと関連しているのである。

ただいま、題名の伏線とアイロニー（両義性《あいまいさ》、皮肉、含蓄）という問題が出たが、題名で最もアイロニカルなものは『醜聞』の「共産主義者の犯罪」であろう。同じ巻の「手早いやつ」

も二重の意味をもった題名だが、これは単なる語呂合わせで事件の本筋と関係がないので、題名が物語のポイントと実に密接な関係をもっている「共産主義者」のほうを論じることにする。それにこの話は、さっき採り上げたまま少し脱線してなおざりにしてしまったブラウン神父の人物鑑定法の実地応用という意味でも、ずばぬけておもしろい。

勇ましい革命の指導者をもって自他ともに任じている経済学教授のクレイクンが、学校を見学に来た資本家をマッチに仕込んだ毒薬で殺した犯人だということにされてしまうが、結局、神父の人物鑑定法的推理と些細な記憶によって、真犯人は他にあることがわかる。この真相発見の直接の端緒は、たった一つ、健忘症の教授が「現実家」でそつのない会計主任からマッチを借りて、そのまま返すのを忘れて行ってしまったという事実を神父がふと思い出しただけのことなのである。もちろん、神父がやっと思い出したこのマッチ手渡しの場面はかなり意味深長に描かれてはいるのだが、それと、葉巻ないしはそれに付属する品による毒殺という事実を結び付けることは難しく、おまけに教授が流血革命も辞せずと公言している事情があるから、なかなか見破れない。これだけのことだったら、この物語のトリックは単なる思いつきにすぎなくなってしまう。

ところが、よく読んでみると、この結末がそれほど突飛でも、偶然でもないことがわかってくる。たとえば、マッチを手渡しながら主任は「教授は自分たちの仲間だけが現実的な人間だと思っているのでしょうが、私のほうがよっぽど現実的だ」という意味の皮肉を言っており、それにたいして教授は「ぼくは細かな点でもの忘れをしますよ。ただ、……権利というものについて真に新しい考えを持っているので、きみたちの目から見ればまちがっていると思われることをやるだろう」と答える。一見したところ、教授の言い分がいかにも伝統破壊的暴論に聞こえ、主任の「現実性」が健全なものに思われるのだが、注意すべきは、神父がこの教授の発言に同意を示していることである。神父が皮肉な調子をまじえずにまともに肯定している人間なら、まず誰でも、悪人の仲間ではないと思ってよい。神父は作中で常にコーラス（注釈係）の役目を果たしてもいるのである。手がかりは物的な証拠や状況証拠よりも人物たちの心理と思想にある。この物語の場合、読者が「現実的」という言葉の使われ方に注目すれば、手がかりは到るところにばらまかれている。現実的、常識的、健全、潔白という順序で考えが進むと、それと平行して急進思想、破壊主義、犯罪というふうに形式的推論が行われる。ところが、口では「現実家」といい、あるいは「改新派」と自称していても、それは単に言葉であって内実はそれと同じだともかぎらない。だいいち、この言葉の意味そのものがあいまいである。「現実家」は犯罪をやらない、という命題が成立するとしたら、「現実家」だからこそ犯罪もやる、という逆の命題も成立するはずだ。「現実家」という言葉には道徳的意味が含まれていないからである。それを、あたかも含まれているかのように考えるのが私たちの日常の言葉に対する反応の仕方であり、チェスタトンはその盲点をこの物語で衝《つ》いているのである。そうでなければ、彼はこの物語の多くの紙面をさいて学長以下の関係者に革命論議を長々とさせたりはしなかったろう。この論議のうちにすでに、誰の考えが最も犯罪性をもっているかが示されているからである。「ぼくは考えごとなどしません」と主任は言う。いかにも「現実家」らしい言いぐさだが、考えてみれば、そんな人間は危険極まる。しかも、彼はすぐに続けて「自然によってあらゆるものが実力競争をしなくてはならんというのは、なにもぼくらの罪ではないのです」と言う。つまり、主任はダーウィンの猿そのものなのである。そこまで見破ってしまえば、彼がどんな罪でも犯しかねないことがわかり、結末に至っても不法な背負い投げをくわされたとは思わなくなる。殺人犯人とわかった主任のことを神父が意識的、科学的に殺人薬を研究している化学の教授よりもましだと言ったのも、主任が単なる動物的衝動の持ち主だったことを指摘していたわけである。さらにクレイクン教授が神父の信任を得るに値する人物だということは、彼の言葉ばかりか、彼の行動からも見て取ることができる。彼は「無神論者のくせに神の名を熱烈に呼んで言った」と革命論議の場面に早くも書かれていたのを読者はご記憶だろう。

さて、ここまで説明すれば、この「共産主義者の犯罪」という題名（と物語全体）のアイロニーもおのずとわかってくる。表面的な筋から言えば、これはまちがった題名である。普通なら「共産主義者のしなかった犯罪」とか、「現実家の犯罪」とでもすべきところだろう。では、なぜ作者はこんな題名をつけたのか。その意味はこの物語の結びで神父が少々あまのじゃくな言い方で説明している。神父が警察医の質問に答えて説明しているのは、殺人犯の主任のことではなくて、自分の意識が奉じる共産主義に実はそむいている教授のほうなのである。彼は「十戒を打ち破り、……宗教と文明のいっさいを根こそぎ倒しさり、所有権と正直さという常識をすべて抹殺し……」たかったのです、というのは、すべて教授の意識的な思想に関するものであり、教授が「ワインを飲みながらたばこを喫うものではない」というマンデヴィル大学の古い伝統を律儀に守っていることこそ彼の真実の姿だったのである。彼は「ただの無神論者」だった。彼の犯罪は（もしこれを犯罪と言うならば）共産主義を標榜《ひょうぼう》していながら、その実、かたくなな伝統主義者だったというその表裏のギャップにこそある。こう説明する神父の大いに好意的だが複雑微妙な口調は、現代日本の進歩的な社会学者に向かって苦言を呈する福田恆存氏の複雑な表情に通ずるものがなくもない。ブラウン神父の、いや、チェスタトンの願いは、教授が自分の真実の生き方に自分の思想体系を合致させることにあった。そして、無意識と理性の最も完璧に近い結合と一致はカトリシズムのうちにこそあるという彼の信念がその底に横たわっていたのである。

このように、「共産主義者の犯罪」という言葉には少なくとも三とおりの意味が含まれている。一つは、彼がしなかった殺人の犯罪、第二は、彼が実生活において革進的共産主義にそむいていたという犯罪、第三に（これが人間的に最も重大な「罪」だが）彼の意識的な思想が彼の真実から遊離していたという犯罪である。このように見て初めて私たちはチェスタトンがなぜこの物語をその具体的な事件の中心である主任にちなんで「実際家の犯罪」としなかったのかという理由を了解するわけであり、作者のめざすテーマが現実の犯罪そのものにではなく、人間心理の盲点や欠陥や矛盾の摘発のほうにあるのだという私の主張がこの物語によって最もよく例証されるのを読者はごらんになったわけである。

また、一箱のマッチという小道具が事件解明の手がかりとして使われているばかりか、同時にこの物語のテーマである伝統主義（具体的には、教授が食事の席上でたばこを喫わなかった

——つまり、マッチを使わなかった——ということ）と結びつけられていて、いわば（主任の）肉体的犯罪と（教授の）精神的犯罪という二つの側面をつなぎあわせる契機ないしは支点となっているという点で、この物語は非常にうまくできていると思う。

とにかく、以上くどくどといろいろな角度からだいたい同じことをめぐりめぐって解明して来たわけだが、これで、ブラウン神父が実は「何を探偵しているのか」という私の最初の設問に少なくとも私なりの解答が出たことになる。紙面がもっと使えれば、ちょっと日本語の読者にはわかりにくい伏線の幾つかをさらに説明しながら『ブラウン神父』物語に使われているモデルや史実*に言及して、この物語がいままで私のあげた要素のほかにさらに少なくとも一つの要素を併せもった盛りだくさんの作品であることを証明したいのであるが、それはまたの機会に譲るとして、最後に『ブラウン神父』よりも形而上学的・逆説的な面の強い『詩人と狂人たち』の「鱶《ふか》の影」で狂人あがりの詩人ガブリエル・ゲイル君が自分の探偵術について述べていることを引用して、この小論の冒頭に引いたチェスタトン自身の言葉と釣り合いをとらせて締めくくりの結論としよう。

「ぼくの説は、迷宮のように入り組んだ多くの説のかたまりみたいにしか思われないでしょう。こんなのは夢物語じゃないかと多くの人はいうことでしょう。現代人の大半はおかしな矛盾を犯しています——やたらに多くの理論をもっているくせに、実生活において理論が果たしている役割がとんと分からないときている。始終、気質だとか、境遇だとか、偶然だとか、そんなことばかり持ち出しているけれども、実際には、大部分の人間は自分の抱いている理論の権化にすぎないのです。人びとが殺人を犯すのも、結婚するのも、あるいはただぶらぶらするのも、なんらかの人生理論に基づいているのです（筆者注・その「理論」ないし人生観を発見することがブラウン神父の探偵術の秘密だった）。その理論が公言されたものであろうと、暗に信じ込まれたものであろうと、そんなことはかまいません。そういうわけで、ぼくは、あなたがた医者や刑事がやるような、活潑、適切、実際的な方法で説明を始めることができません。ぼくはまず人間の心を見る——場合によっては、人物とまったく無関係に心だけを見ることさえあります（傍点はいずれも筆者による）」

＊比較的に大きく扱われているモデル——と言うよりも、正確には、実在の人物をあてこすっているもの——で特に有名なのは『童心』の「折れた剣」のセント・クレア将軍と、『醜聞』の「古書の呪い」のオープンショウ教授である。前者は十九世紀末の植民地戦争でセンセーショナルな勇名を馳せた英国の国家的英雄ゴードン将軍を、後者は心霊術にこった探偵小説作家コナン・ドイル卿をそれぞれ少なくとも部分的にあてこすって描かれた人物である。ゴードン将軍の実は悪魔的な英雄・聖者ぶりと、ドイル卿のこっけいな矛盾（と少なくともチェスタトンが考えたと思われるもの）を両人の伝記を通じて説明するゆとりがないのは残念である。

※末尾で引用されている『詩人と狂人たち』は、現在新訳が刊行されていますが、旧訳のままとしました（編集部）。

# 色とりどりの国

若島　正

　チェスタトンの小説を読むたびに、妙だなあと思ってきた。作品世界の手ざわりが、他の小説家と違う。だから、作者の名前を伏せたとしても、チェスタトンだと当てられそうな気がするくらいだ。そういう独特の手ざわりは、なんとなく感得できても曰く言い難いもので、たとえば逆説といったタームでそれを言い当てようとする試みはこれまでに嫌というほど行われてきた。ここでは、そうしたチェスタトンの「妙な感じ」を、色彩の使い方という小さな切り口から考えてみたい。

　チェスタトン作品における色彩を論じるとは言っても、たとえば「赤のシンボリズム」を論じたいと思っているわけではない。わたしに言わせれば、ある作品または作家の色彩のシンボリズムを論じたものに、おもしろいものは一つもない。それは、論じる人間がほとんど無意識のうちに、その作品ないしは作家を検討する前から、既成知識として存在している一般的な色彩のシンボリズム（それこそシンボル事典に載っていそうなもの）を議論に持ち込んでしまうからである。もしそのような既成のシンボリズムで綺麗に論じられるのなら、もともとその作品ないし作家は論じるに値しないと言ってもかまわないだろう。そういうわけで、わたしの関心が向かう先は、あくまでもチェスタトンが色彩を用いる、その独特な手つきにある。

まず、ブラウン神父物の全作品で実際にどれくらい色彩が現れるのか、数値で見てみよう。原文のテキストを検索すると、主な色彩について次のような結果が得られる（題名に現れるものも含む）。

黒色（black）　三八〇
赤色（red）　二五二
白色（white）　二一一
灰色（grey）　一八一
緑色（green）　一八〇
青色（blue）　一二三
茶色（brown）　一〇二
銀色（silver）　九三
黄色（yellow）　八九
紫色（purple）　三四
金色（golden）　三三

なお、当然ながら、茶色（brown）からは「ブラウン（Brown）」神父を除外している。「ブラウン（Brown）」神父の出現回数は一三六九である。ちなみに、「色彩（colour ――英国式の綴りであることに注意）」の出現回数は四四だった。

ブラウン神父物の全作品がざっと五〇作であることを計算に入れると、このリストで黄色までの色は一作につき平均一回以上現れていることになる。銀色が平均二回近いというのもかなり異常なら、赤色にいたっては平均五回というのも相当に異常に映る。つまり、わたしたち読者は、それこそ色眼鏡を掛けているような感覚で、このブラウン神父物の小説世界を眺めることになるのだ。チェスタトンの「妙な感じ」の出所の一つは、明らかにこの過剰な色彩にある。

このことは、ごくわかりやすい事実からも確認できる。『童心』には「青い十字架」、『知恵』には「紫の鬘《かつら》」、『不信』には「金の十字架の呪い」、『秘密』には「メルーの赤い月」、『醜聞』には「緑の人」と「《ブルー》氏の追跡」というように、各短篇集には色彩を題名に含んだ短篇が必ず入っているのだから。いや、それを言うなら、あまりにも自明の事実であるためにかえって見逃されがちな、「ブラウン」神父という名前がすべてを物語ってはいないか。

ブラッドフォードのジョン・オコナー神父をモデルにした主人公が、いかにしてブラウン神父と名付けられるようになったか、わたしはその経緯を知らない。しかし、どこにでもいそうで、いかにも見栄えのしないキャラクターとして、ブラウン神父が創造されたことはたしかで、初登場となる「青い十字架」（『童心』）では「いくつかの茶色の紙包み」を持って現れる。このどこにでもありそうで、従って読者の視界から消えてしまう茶色の紙包み（この短篇では六回言及される）が、実は重大な意味を担っていたことは、ブラウン神父物の愛読者ならきっとご記憶だろう。「青い十字架」というあざやかな色が表題になったこの短篇で、ブラウン神父と茶色の紙包みは切っても切れない関係であり、ほとんど提喩《メトニミー》に近い。そうは言っても、シリーズ物にした場合、ブラウン神父にいつでも茶色の紙包みを持たせるわけにもいかない（ただし、この茶色の紙包みにきわめて類似したものを、チェスタトンはもう一度使ったことがある。それは、『童心』収録の「見えない男」に出てくる、やはりこれも大きな意味を文字どおりに担った、「薄茶色の袋」である）。そこでチェスタトンは、ブラウン神父を「これといって見るところのない風采で、短い茶色の毛とぼんやりした円顔の爺さん」と描写することで、ブラウン神父に茶色を固定した。これが「神の鉄槌」（『童心』）だ。ついでに言うと、ブラウン神父の目を初めて「灰色」と描写したのは「奇妙な足音」（『童心』）である。ここでも選択の理由は、目立たない色合いにある。

　挿絵画家になろうとしたこともあるチェスタトンの色使いは大胆なものであり、細やかなグラデーションで色合いを描くことはさほどない。実際に、すでに全作品での出現回数を検索したさまざまな色について、たとえば黒色なら「黒色がかった（blackish）」というようなシェードを表す語をやはり全作品で検索してみれば、「緑色がかった（greenish）」が四、「赤色がかった（reddish）」が三、「白色がかった（whitish）」「灰色がかった（greyish）」「青色がかった（bluish）」「茶色がかった（brownish）」がそれぞれ一と、頻度はごく少ない。これはどういうことか。ウラジーミル・ナボコフは、独特なニコライ・ゴーゴリ論の中で、ゴーゴリとプーシキンの出現以前には「ロシア文学は半盲であった」と喝破して、それまでのロシア作家たちについてこう書いている。「色それ自体を見ることはせず、ヨーロッパが古人たちから受け継いだ盲目の名詞とこれに先行する盲導犬的形容詞との型にはまった組み合せで満足していた。空は青く、暁は赤く、樹葉は緑に、瞳は漆黒、雲は灰色等々。そもそも黄と紫をはじめて見たのはゴーゴリ（彼ののちにはレールモントフとトルストイ）である」。その伝で行くと、チェスタトンもそうした「半盲」の作家たちに入るのだろうか。それはおそらく、正しくもあれば間違ってもいる。ここでナボコフが指摘しているような、自然を観察し、その微妙な色合いを正確に再現するような意図は、チェスタトンには最初からまったくなかった。彼はただ、なにもないキャンバスにラフなスケッチをして、そこに絵具で自由に色を塗り込んだだけなのである。チェスタトンには「絵具箱の絵具（Paints in a Paint-Box）」というエッセイもある。ブラウン神父は、茶色を塗った木偶《でく》なのであり、それで木偶が「人物」として動き出す。ちょうど、「《ブルー》氏の追跡」（『醜聞』）の中で、機械仕掛けの人形が上着の色に従って「ブルーさん」「レッドさん」と呼ばれていたように。

こうして、チェスタトンの作品世界は塗り絵を見るような世界になる。わたしたち読者が抱く「妙な感じ」は、結局のところ、現実世界の写し絵を眺めているのではなく、絵本の中に入ってしまったような感覚に起因している。そこで思い出されるのは、初期のエッセイ「一片のチョーク（A Piece of Chalk）」で、夏休みのこと、空は「青色と銀色ばかり」という快晴のある朝に、チェスタトンはにわかに絵心を催し、ポケットに六本の色チョークを入れ、宿屋の女将に茶色い紙をくれと所望する。茶色い紙は「天地創造のために神が初めて汗を流した、その原初の黎明を表す」から好きなのだとチェスタトンは言う。これを敷衍《ふえん》するならば、ブラウン神父物は、ブラウン神父という茶色い紙に描きだした絵であり、その創作行為はチェスタトンにとって天地創造を真似たものだった、と想像してみてもかまわないだろう。

チェスタトンが一九一二年に書いた物語に、「色とりどりの国（The Coloured Lands）」というおとぎ話風の掌篇がある。その物語の中で、少年トミーは青い眼鏡を掛けた奇妙な若者に出会い、その眼鏡を借りると、見たこともないような青色に染まった世界が見える。さらに若者が取り出した赤い眼鏡を借りると、今度は火事になったような世界が見える。こうして、少年は世界を驚きの目で眺める感覚を手に入れる。"coloured lands" という言葉は、神が天地を創造するときに色をつけるために使った粘土のことらしいが、少年トミーはもちろんそのような視点を獲得したチェスタトン自身であると同時に、わたしたち読者でもある。チェスタトンが創造した「色とりどりの国」を、わたしたちはまるで初めて万華鏡を覗き込んだような、驚異の念に打たれながら眺めるのだ。

収録作品原題・初出一覧

**ブラウン神父の醜聞** The Scandal of Father Brown 〈ストーリーテラー〉誌一九三三年十一月号
**手早いやつ** The Quick One 〈サタデー・イブニング・ポスト〉誌一九三三年十一月二十五日号
**古書の呪い** The Blast of the Book 〈ストーリーテラー〉誌一九三三年十月号
**緑の人** The Green Man 〈レディース・ホーム・ジャーナル〉誌一九三〇年十一月号
**《ブルー》氏の追跡** The Pursuit of Mr. Blue 〈ストーリーテラー〉誌一九三四年六月号
**共産主義者の犯罪** The Crime of the Communist 〈コリアーズ〉誌一九三四年七月十四日号
**ピンの意味** The Point of a Pin 〈サタデー・イブニング・ポスト〉誌一九三二年九月十七日号
**とけない問題** The Insoluble Problem 〈ストーリーテラー〉誌一九三五年三月号
**村の吸血鬼** The Vampire of the Village 〈ストランド〉誌一九三六年八月号

**訳者紹介** 1931年生まれ。東京大学文学部英文科卒。チェスタトン「ブラウン神父」シリーズ、ブラウン「まっ白な嘘」、バラード「結晶世界」、ヴァン・ヴォークト「非Aの世界」、ウィルソン「賢者の石」など訳書多数。2008年歿。


ブラウン神父の醜聞

1982年10月29日 初版
2015年6月12日 17版
新版 2017年9月22日 初版
2025年2月28日 再版

著 者 G・K・チェスタトン

訳 者 中《なか》村《むら》保《やす》男《お》

発行所 (株) 東京創元社
代表者 渋谷健太郎

162-0814 東京都新宿区新小川町1-5
電 話 03・3268・8231-営業部
03・3268・8201-代 表
URL https://www.tsogen.co.jp
組 版 工友会印刷
印刷・製本 大日本印刷





ISBN978-4-488-11017-8 C0197